Andreas Kufsteiner

Der Zauber einer Maiennacht

Ein Edelweiß für die Liebe

Dr. Burger und die reiche Erbin

Andreas Kufsteiner

Der Bergdoktor

Der Zauber einer Maiennacht

Ein Edelweiß für die Liebe

Dr. Burger und die reiche Erbin

Weltbild

Lizenzausgabe mit Genehmigung der Bastei Lübbe AG,
Köln für Weltbild GmbH & Co. KG,
Werner-von-Siemens-Str. 1, 86159 Augsburg

Band 1451 Der Zauber einer Maiennacht
Band 1454 Ein Edelweiß für die Liebe
Band 1458 Dr. Burger und die reiche Erbin
Einbandgestaltung: Büro 18, Friedberg (Bay.)
Titelmotiv: oben: © Wolf
unten: Hiroshi Higuchi/mauritius images
Druck und Bindung: CPI Moravia Books s.r.o., Pohorelice
Printed in the EU
978-3-8289-3793-2

2019 2018
Die letzte Jahreszahl gibt die aktuelle Lizenzausgabe an.

Der Zauber einer Maiennacht

Du bist in all meinen Gedanken, Lissy. Wenn Du nur wüsstest, wie oft ich mich dabei ertappe, dass ich mich frage: Wie würde Dir dies oder jenes wohl gefallen? Deine lieben Briefe sind wie Sonnenstrahlen für mich. Mein Zuhause erscheint mir leer ohne Dich. Ich kann es kaum erwarten, dass Du endlich vor mir stehst.

Ein grollender Donnerschlag riss Lissy Hitzberger aus ihrer Lektüre. Ihr verträumtes Lächeln schwand und machte einem erschrockenen Ausdruck Platz.

Das hatte so nah geklungen!

Sie ließ den Brief sinken und spähte aus dem Fenster in die Nacht. Ein Frühlingsgewitter zog über die Berge hinweg. Blitze zerschnitten den Himmel wie silbrige Klingen, und das Firmament glühte in einem unheimlichen dunklen Rot. Der laute Donnerhall ließ die junge Magd vermuten, dass gerade irgendwo in der Nähe ein Blitz eingeschlagen war.

Sie saß im Schein einer Kerze in ihrer Kammer. Der Strom war auf dem ganzen Hof ausgefallen, vermutlich durch das Unwetter. Wenn der Sturm irgendwo einen Baum gefällt und damit eine Stromleitung beschädigt hatte, konnte es noch Stunden dauern, bis es wieder Strom gab.

Lissy kuschelte sich auf ihrem Bett zurecht und vertiefte sich wieder in den Brief. Lennarts innige

Worte berührten sie und ließen ihr Herz schneller klopfen. Ihr größter Wunsch war eine eigene Familie, und mit ihm schien er endlich in Erfüllung zu gehen.

Sie war Lennart noch nie begegnet. Über ein Inserat hatte er eine Frau gesucht. Seine Zeilen hatten Lissy angesprochen, und so hatte sie ihm geantwortet. Seitdem schrieben sie sich jede Woche mehrere Briefe, und Lennart fügte oft kleine Gedichte oder Kurzgeschichten dazu, die er für sie schrieb. Inzwischen kannte sie seine geheimsten Gedanken und Träume, und sie freute sich ebenso wie er auf ihr erstes Treffen. Immer wieder las sie seine Zeilen.

Plötzlich riss ein Knarren auf dem Flur sie aus ihren Gedanken.

Nanu? Wer ging so spät noch im Haus um? Sie hatte angenommen, alle Hofbewohner würden längst in tiefem Schlummer liegen.

Lissy warf einen prüfenden Blick in das Terrarium neben ihrem Bett. Hector hatte sich unter seine Baumrinde zurückgezogen und schlief tief und fest. Er schien sich nicht an dem Unwetter zu stören. Die Vierzehenschildkröte war ein Geschenk ihres Bruders. Michael lebte seit zwei Jahren in Tansania und arbeitete dort als Assistenzarzt. Sie war unendlich stolz auf ihn, vermisste ihn aber auch sehr. Ihre Eltern waren vor sechs Jahren bei einem Lawinenunglück ums Leben gekommen. Seitdem waren ihr Bruder und sie allein.

Tief in meinem Herzen kenne ich dich, Lissy …

Verträumt strichen ihre Finger über das blaue

Briefpapier. Sie empfand dasselbe. Sie hatte das Gefühl, Lennart schon seit Jahren zu kennen. Sobald sie Urlaub hatte, würde sie ihn besuchen. Sein Heimatdorf St. Christoph lag am anderen Ende des Landes, aber das störte sie nicht.

Sie hatten ausgemacht, keine Fotos zu tauschen, um sich auf das Wesen des jeweils anderen konzentrieren zu können. Mittlerweile war Lissy jedoch unendlich gespannt darauf, wie Lennart aussah. Vermutlich war er kräftig und sonnengebräunt, immerhin führte er einen Bauernhof und war viel an der frischen Luft. Welche Farbe wohl seine Augen hatten?

Wieder ließ ein Donnerschlag den Boden vibrieren.

Unwillkürlich fuhr Lissys Kopf hoch. Sie blies sich eine ihrer langen rotblonden Locken aus der Stirn. So ein heftiges Unwetter hatte es schon lange nicht mehr gegeben! Der Mai hielt in diesem Jahr wirklich mit Donnergetöse Einzug.

Erneut knarrte eine Fußbodendiele auf dem Flur. Diesmal klang es schon viel näher. Wer schlich denn um diese Zeit noch da draußen herum? Ob der Bauer bei dem Sturm auch keinen Schlaf fand?

Unvermittelt bewegte sich die Türklinke!

Lissy erstarrte. Ein eisiger Schauder rann über ihren Rücken, als die Tür im flackernden Kerzenschein ein Stück weit aufgeschoben wurde. Ein stämmiger Mann schlich herein und starrte begehrlich zu ihr herüber. Der Sohn des Bauern!

»Korbinian?« Sie richtete sich auf und raffte

ihr Nachthemd vor der Brust zusammen. »Was machst du denn hier? Ist etwas passiert?«

»Ich will dich, Lissy«, raunte der Vierundzwanzigjährige. Seine Zunge war schwer, und er sprach undeutlich. Offenbar hatte er sich Mut angetrunken, ehe er bei ihr eingedrungen war. »Und diesmal lasse ich mich net abweisen.«

Lissys Herz hämmerte gegen ihre Rippen. Korbinian stellte ihr schon seit Wochen nach. Bisher war es ihr immer gelungen, ihn abzuweisen. Nachts verschloss sie vorsorglich ihre Kammer. Hatte sie das an diesem Abend etwa vergessen?

Ihr Blick fiel auf den Dietrich in seiner Hand, und sie erschrak. Offenbar war Korbinian in dieser Nacht zu allem entschlossen! Er war der Sohn eines Großbauern und gewohnt, zu bekommen, was er haben wollte …

»Geh, Korbinian«, bat sie. »Du bist betrunken.«

»Ich habe gerade genug getrunken, um gut drauf zu sein.« Er grinste sie an. »Komm schon, Lissy. Lass uns ein bisserl Spaß zusammen haben.«

»Auf keinen Fall. Ich möchte jetzt schlafen.«

»Ich auch. Nur net allein …« Er näherte sich ihrem Bett.

Lissy fühlte sich ihm ausgeliefert, deshalb sprang sie auf und wollte nach dem Morgenmantel greifen, der sonst immer über der Stuhllehne hing. Doch ihre Hand fasste ins Leere. Siedend heiß fiel ihr ein, dass sie den Mantel an diesem Morgen gewaschen hatte. Sie trug nur ein dünnes Nachthemd, das die begehrlichen Blicke des Jungbauern zu durchdringen schienen. Fröstelnd verschränkte sie die Hände vor der Brust. »Geh wieder in deine Kammer, Korbinian«, beschwor sie ihn.

»Zier dich doch net so. Ich weiß, dass du es auch willst.«

Lissy verzog das Gesicht. »Den Spruch höre ich besonders gern.«

»Sag mir, was du dir wünschst. Ich tue, was du willst.«

»Dann geh jetzt bitte.« Sie verbarg ihre Angst hinter einer abweisenden Miene. Sollte sie um Hilfe rufen? Nein, bloß nicht! Bei dem Gedanken, die anderen Knechte und Mägde würden Korbinian in ihrer Kammer finden, begannen ihre Wangen vor Scham zu glühen. Das wäre ihr nicht nur unangenehm, damit würde sie auch Gesprächsstoff für Wochen liefern. Nein, sie musste allein mit ihm fertigwerden …

Korbinian hatte sie erreicht und schaute aus brennenden Augen auf sie herab. »Du musst net länger die Spröde spielen. Du hast mich doch längst an der Angel …«

»Ich spiele net.«

»Doch. Ich weiß, dass du es auch willst. Ich habe gesehen, wie du mit den Hüften schwingst, wenn du glaubst, dass ich hinsehe.« Er rückte noch näher an sie heran. Sein heißer Atem streifte ihren Hals, und sie konnte den Alkohol darin riechen. Übelkeit stieg in ihr auf. Sie wollte zurückweichen, aber er packte sie und presste sich an sie, sodass sie seine Erregung spüren konnte.

»Bitte net …« Sie wollte ihn wegschieben, erreichte aber nur, dass sich seine Hände tiefer in ihre Taille bohrten. Grob drückte er seine Lippen auf ihren Mund und ließ keinen Zweifel daran, dass er diesmal gekommen war, um sich zu holen, was er begehrte.

Angst schoss wie geschmolzenes Eis durch ihre Adern, und ihr Herz pochte so heftig, dass sie glaubte, es müsse ihr aus der Brust springen. Korbinian war stark, viel stärker als sie. Aus seinen Armen gab es kein Entrinnen!

Zitternd tastete Lissy umher und bekam einen glatten, kühlen Gegenstand zu fassen. Den Fuß ihrer Nachttischlampe! Kurz entschlossen packte sie die Lampe, schwang sie hoch in die Luft und ließ sie im nächsten Moment auf den Kopf des Mannes niedersausen!

Klirrend zerbrach das Porzellan in tausend Scherben. Korbinians Griff lockerte sich. Ächzend sackte er auf den Boden und blieb benommen liegen.

Keuchend trat Lissy von ihm weg und atmete tief durch. Sie zitterte am ganzen Leib.

Korbinian brauchte nicht lange, um sich zu erholen. Wütend rappelte er sich vom Boden auf und funkelte sie an. Ein Blutfaden sickerte über seine Stirn. Er fasste sich an den Kopf und starrte bestürzt auf seine rot verfärbten Fingerkuppen.

»Das wirst du bereuen!«, donnerte er. »Du kannst mich net reizen und dann einen Rückzieher machen. So läuft das net. Warte nur, Lissy, in dieser Sache ist das letzte Wort noch net gesprochen!« Wutschnaubend stapfte er aus ihrer Kammer und schlug krachend die Tür hinter sich zu.

Seine Lust auf ein Schäferstündchen schien verraucht zu sein. Für diesmal jedenfalls.

Lissy zuckte zusammen.

Er würde es sicherlich wieder versuchen. Und es gab viele Gelegenheiten für ihn, sie allein anzutreffen. In ihrer Kammer, beim Melken im Stall oder wenn sie im Garten werkelte. Beim nächsten Mal würde sie ihm womöglich nicht mehr entkommen.

Sollte sie seinen Vater informieren und um seinen Schutz bitten? Immerhin arbeitete sie für ihn. Allerdings bezweifelte sie, dass der Bauer ihr glauben würde. Und selbst wenn. Was sollte er tun? Er würde seinen einzigen Sohn wohl kaum vom Hof jagen. Nein, ihr blieb nur, selbst zu gehen, wenn sie nicht wollte, dass Korbinian sein Ziel doch noch erreichte.

Aber wo sollte sie hin? Eine Familie, zu der sie gehen konnte, hatte sie nicht mehr. Unvermittelt fiel ihr Blick auf Lennarts Brief. Und plötzlich wusste sie, was sie tun würde …

*

Der bellende Husten des Babys hätte einen Stein erweichen können. Der kleine Körper wurde regelrecht durchgeschüttelt.

Der Bergdoktor strich dem Madel beruhigend über das Köpfchen, während er es gründlich untersuchte.

Vroni Sellmayer stand neben der Untersuchungsliege und schaute zu, wie er die Lunge ihrer Tochter abhörte. Ihr Sohn Tim war schon sechs und betrachtete derweil andächtig die Mineraliensammlung auf dem Fensterbrett.

»Steffis Lunge ist frei«, stellte Martin Burger fest, und seine freundlichen braunen Augen sahen die Mutter beruhigend an. »Sie hat einen fiebrigen Infekt, aber in ein paar Tagen wird es ihr besser gehen.«

»Sie weint so viel.« Die Schatten unter den Augen der Bäuerin verrieten zahlreiche durchwachte Nächte. »Ich weiß mir schon keinen Rat mehr. Manchmal hält ihr Husten minutenlang an. Dann wird ihr Köpfchen ganz rot, als würde sie net genug Luft bekommen.«

»Ich schreibe dir Tropfen und Fieberzäpfchen gegen den Infekt auf. Am besten holst du dir auch etwas zum Einreiben gegen den Husten aus der Apotheke, das wird ihr guttun.«

»Das mache ich. Vielen Dank, Herr Doktor.«

Martin Burger setzte sich an seinen Schreibtisch und stellte ein Rezept aus. »Steffis erster Impfzyklus wäre schon vor ein paar Tagen fällig gewesen. Aber wir verschieben ihn lieber um zwei Wochen, bis sie wieder gesund ist.«

»Das wird net nötig sein. Mein Mann und ich haben beschlossen, Steffi net impfen zu lassen.«

Martin Burger unterdrückte ein Seufzen. Er hatte diese Diskussion schon einmal mit der Bäuerin geführt, als ihr Sohn zur Welt gekommen war. Damals war er gescheitert, aber vielleicht konnte er Vroni diesmal davon überzeugen, wie wichtig das Impfen war. »Die Impfungen werden Steffi vor Krankheiten schützen, die net heilbar sind oder schlimme Komplikationen hervorrufen können. Kinderlähmung zum Beispiel. Oder Tetanus.«

»Kinderlähmung tritt heutzutage in Europa nimmer auf. Ebenso wie viele andere Krankheiten. Warum soll ich meine Tochter dem Risiko einer Impfung aussetzen?«

»Die Krankheiten können aus anderen Ländern eingeschleppt werden. Die Menschen reisen heutzutage viel, die Welt ist kleiner geworden. Das Impfen ist ein wichtiger Schutz.«

»Aber mir sind diese Impfungen net geheuer. Dabei werden die Krankheitserreger doch erst einmal in die Kinder eingespritzt. Das kann unmöglich gesund sein.«

»Moderne Impfstoffe haben kaum noch Nebenwirkungen.«

»Da habe ich aber etwas anderes gelesen. Es soll sogar schon Todesfälle nach solchen Impfungen gegeben haben.«

»Das kommt extrem selten vor, und es ist net erwiesen, dass ein Zusammenhang zu der Impfung bestand.«

Vroni hob ihr Baby auf die Arme. »Ich möchte trotzdem nichts riskieren. Tim entwickelt sich auch ohne die Impfungen prächtig.«

»Weil er bisher Glück hatte, net mit Erregern in Kontakt zu kommen. Auch für ihn wären Impfungen sinnvoll. Denk noch einmal darüber nach«, bat der Arzt. Er wusste aus Erfahrung, wie wichtig diese Maßnahme war. Sie konnte Leben retten.

Vroni versprach ihm, mit ihrem Mann darüber zu sprechen. Dann verabschiedete sie sich.

Als sie gegangen war, schaltete Martin Burger seinen Computer aus. Die kleine Steffi war seine letzte Patientin für diesen Vormittag gewesen.

Sein Arbeitstag hatte schon im Morgengrauen begonnen. Um halb fünf in der Früh hatte ihn ein Bauer alarmiert, weil sein Sohn hohes Fieber und rätselhaften Ausschlag hatte. Martin Burger hatte Masern diagnostiziert. Zurzeit ging die Erkrankung im Dorf herum. Der kleine Lukas würde sicherlich nicht der Letzte sein, der daran erkrankte.

Durch die Fenster schien warm die Sonne herein, als Martin Burger seinen Kittel auszog und ins Wohnhaus hinüberging. Seine Praxis lag im Anbau des Doktorhauses. Als er durch den Flur lief, hörte er bellenden Husten aus der Küche.

Sorgenvoll folgte er dem Geräusch.

Zenzi Bachhuber lehnte an der Anrichte und hustete sich fast die Seele aus dem Leib. Ihr Gesicht war hochrot, und ihre Augen tränten. Die Wirtschafterin sorgte seit nahezu vierzig Jahren für das Wohl seiner Familie. Sie war selten krank. Nun jedoch glühte ihr Gesicht, und ihre Augen schimmerten fiebrig.

»Dein Husten klingt net gut«, stellte er besorgt fest. »Du klingst, als hättest du die Nacht in einer verräucherten Bar durchgemacht.«

»Wenn ich nur so viel Glück hätte«, krächzte sie trocken. Sie wollte eine Pfanne aus dem Schrank holen, aber er hielt sie zurück.

»Du gehörst ins Bett, Zenzi.«

»Aber ich muss das Mittagessen für die Familie kochen.«

»Darum kümmere ich mich heute einmal. Geh in deine Kammer und leg dich hin. Ich komme gleich nach und bringe dir Medikamente und etwas zu trinken.«

Zenzi nickte. Dass sie keine weiteren Einwände erhob, war ein schlechtes Zeichen. Normalerweise konnte nichts sie davon abhalten, sich um die Familie zu kümmern. Für die drei Kinder des Bergdoktors war sie wie eine liebe Großmutter.

Kaum war sie gegangen, stürmten Filli und Tessa herein. Ihre Mutter folgte ihnen. Die Geschwister spähten hungrig umher und machten enttäuschte Gesichter, als sie die leeren Töpfe sahen.

»Kocht Zenzi heute net?«, fragte Tessa enttäuscht und zupfte an einem ihrer dunklen Zöpfe.

»Nein, ich habe Zenzi ins Bett geschickt, Spatzerl«, erklärte Martin Burger. »Sie ist erkältet.«

»Das habe ich gehört.« Seine Frau nickte. »Es wird das Beste sein, ich koche uns heute Mittag etwas.«

»Du, Mami?«, fragten Filli und Tessa wie aus einem Mund. Die Geschwister sahen sich bestürzt an.

»Können wir eine Pizza bestellen?«, fragte Filli treuherzig.

Seine Mutter schüttelte den Kopf. »Ich bin durchaus in der Lage, uns ein Mittagessen zu zaubern. Was meinst du, Martin?«

»Natürlich bist du das. Notfalls habe ich sicherlich noch irgendwo ein paar Magentropfen herumstehen ...« Er brach ab, als sie die Hände auf die Hüften stemmte und ihn anfunkelte.

Sabine war ebenfalls Ärztin und brachte viel Verständnis auf, wenn er am Wochenende oder nachts zu einem Notfall gerufen wurde. Oft vertrat sie ihn auch in der Praxis. Sie war ihm Kameradin, Geliebte und Ehefrau zugleich. Was machte es da schon, dass sie nicht einmal ein Ei kochen konnte, ohne die Küche in Brand zu setzen?

»Wir essen alles, was du uns vorsetzt«, begütigte er.

Ein verschmitztes Lächeln huschte über ihr Gesicht. »Wollt ihr eure Pizza mit Schinken und Ananas oder lieber mit Salami?«, fragte sie und griff zum Telefonhörer.

Die Kinder jubelten auf.

Während sie auf das Essen warteten, brachte Martin Burger Zenzi ihre Medikamente und ein Glas Kräutertee. Sie war so erschöpft, dass sie schon fast eingeschlafen war, als er ihre Kammer wieder verließ.

Der Pizzalieferant ließ auf sich warten.

Martin Burger beschloss, die Zeit zu nutzen und ein Stück mit Poldi spazieren zu gehen. Er pfiff nach dem Familiendackel.

Wie der Blitz kam Poldi auf seinen kurzen Beinchen angeschossen. Sein Körbchen war unter der Treppe, aber zur Essenzeit lag er meistens unter dem Küchentisch, wo er dann und wann einen leckeren Brocken aufschnappte.

Zusammen traten sie hinaus in den Sonnenschein.

Um die Mittagszeit war kaum jemand auf der Dorfstraße unterwegs. Lediglich ein Bauer kam ihm entgegen. Er führte zwei Welpen an der Leine, die Poldi neugierig beschnupperten.

»Hallo, Herr Doktor!«, rief er freundlich.

»Grüß dich, Lennart. Hast du dir zwei neue Mitbewohner angeschafft?« Doktor Burger betrachtete die beiden Golden Retriever. Die Welpen tapsten noch ein wenig unbeholfen umher und fiepten.

»Ja, mir hat ein Hund auf dem Hof gefehlt. Meinen Ajax musste ich leider einschläfern lassen. Mit seinen kranken Gelenken hatte er nur noch Schmerzen, das war bald nimmer zum Aushalten.« Ein Schatten huschte über das gebräunte Gesicht des Landwirts.

»Süß, die beiden.«

»Das finden die Madeln auch.« Lennart schmunzelte. »Ich hatte keine Ahnung, dass man mit kleinen Hunden so gut bei den Madeln ankommt. Wer weiß, vielleicht ist die Richtige sogar einmal dabei.« Sehnsucht schwang in seiner Stimme mit.

»Ganz bestimmt.« Martin Burger nickte ihm zu. Er wusste, dass Lennart bisher kein Glück mit den Frauen gehabt hatte. Es war ohnehin nicht leicht, auf dem Land ein Madel zum Heiraten zu finden. Als Bauer war man meist von früh bis spät auf den Beinen. Zeit zum Ausgehen blieb da kaum.

»Ich muss weiter«, entschuldigte sich Lennart. »Mein Besuch kommt mit dem Mittagsbus. Ich möchte sie abholen.«

»Natürlich. Bis bald einmal, Lennart!« Lächelnd ging der Bergdoktor weiter.

Poldi sauste ihm voraus, schnupperte hier an einem Baum und setzte da seine Markierung.

Plötzlich jedoch blieb er stehen und bellte aufgeregt.

»Was hast du denn?« Martin Burger sah alarmiert auf.

Vor der Kirche saß eine Frau zusammengesunken auf der Bank. Sie hatte ihre silberweißen Haare hochgesteckt und trug eine Strickjacke über ihrem dunklen Kleid.

War das nicht die Kerzel-Wally? Sie lebte allein mit ihren Ziegen und ein paar Hühnern auf einem kleinen Hof am Rand des Dorfes.

Als Poldi auf sie zulief, blickte sie auf. Ihre Augen waren rot verweint, und sie war auffallend blass.

»Alles in Ordnung?« Besorgt trat Martin Burger zu ihr.

»Nein, meine Ziegen sind verschwunden. Den ganzen Morgen habe ich sie gesucht, aber sie sind wie vom Erdboden verschluckt. Und jetzt kann ich nimmer weiter«, keuchte sie.

»Sind sie dir ausgerissen?«

»Ja, das Stalltor stand offen. Dabei war ich mir ganz sicher, es geschlossen zu haben.« Die Bäuerin schüttelte seufzend den Kopf. »So etwas passiert mir in letzter Zeit andauernd. Ich glaube, ich werde vergesslich, Herr Doktor.« Eine Träne rollte über ihre Wange.

»Ich bringe dich erst einmal nach Hause. Und danach suche ich deine Ziegen. Wir werden sie schon finden.« Aus seiner Mittagspause würde nun wohl nichts mehr werden, aber daran dachte Martin Burger jetzt nicht. Er hatte eine Ahnung, wohin die Ziegen gelaufen sein konnten. Am Waldrand gab es eine Bärlauchwiese. Womöglich taten sie sich daran gütlich?

»Vergelt's Ihnen Gott, Herr Doktor, dass Sie mir helfen.« Wally wischte sich hastig über die Augen. Leiser fuhr sie fort: »Ich weiß net, wie lange ich meinen Hof noch behalten kann. Allein schaffe ich es nimmer, ihn zu bewirtschaften. Aber wo soll ich denn sonst hin?«

*

Lissy konnte keinen Blick von der Umgebung lassen. Während der Bus die steile Serpentinenstraße hinauffuhr, schaute sie aus dem Fenster auf die blühenden Wiesen und Weiden, an denen sie vorüberkamen. Hier und da standen braun getupfte Kühe. Ein Traktor tuckerte über die Wiesen.

Kurz darauf ging es durch ein Waldstück. Und plötzlich lichteten sich die Bäume, und ein stilles Seitental tat sich vor ihnen auf. Lissy stockte der Atem. Die Landschaft war zauberhaft! Bauernhöfe lagen verstreut auf den grünen Hängen, die von hohen Bergen umgeben wurden.

»Nächste Haltestelle: Sankt Christoph«, sagte eine melodische Frauenstimme über den Lautsprecher.

Lissy angelte ihre Taschen aus dem Gepäckfach und stand auf. Ihr Herz klopfte plötzlich schneller. Gleich würde sie Lennart gegenüberstehen!

Durch die Fensterscheiben hielt sie nach ihm Ausschau. Er hatte versprochen, sie abzuholen. Und da stand er! Ein Bild von einem Mann: groß, muskulös und braun gebrannt. Er trug eine blaue Arbeitshose und ein kariertes Hemd, das an den Ärmeln aufgekrempelt war. Auf seine dunkelblonden Haare hatte er einen Hut gestülpt.

Lissy schnappte nach Luft.

Der Bus hielt an, und sie stieg mit weichen Knien aus.

»Lissy?« Lennart kam auf sie zu und musterte sie. Ein breites Grinsen erschien auf seinem Gesicht. »Mei, bist du ein hübscher Käfer!«

Unwillkürlich wich sie zurück. Er sah sie so abschätzend an, dass sie sich plötzlich nackt fühlte.

»Du musst Lennart sein«, sagte sie befangen.

Er nickte. »Und das hier sind Ben und Nelly.« Er deutete auf die beiden Welpen, die auf sie zustürmten und dabei so heftig mit den Schwänzen wedelten, dass sie beinahe umfielen.

»Och, seid ihr süß!« Lissy stellte ihre Taschen ab, kniete sich hin und kraulte die Welpen.

»Ja, die beiden sind die reinste Mädchenfalle«, versetzte Lennart aufgeräumt. »Das hätte ich viel früher wissen müssen.«

Befremdet sah sie zu ihm auf. Er war ganz anders, als sie ihn sich nach seinen Briefen vorgestellt hatte. Enttäuschung löste ihre freudige Erwartung ab. Er erschien ihr seltsam… derb. Lissy biss sich auf die Unterlippe.

Ich darf ihn net vorschnell verurteilen, ermahnte sie sich in Gedanken. Er ist bestimmt genauso aufgeregt wie ich. Da sagt man schon mal Dinge, die man net so meint.

Lennart warf einen Blick auf ihre Taschen und

stöhnte auf. »Ich hätte wohl doch mit dem Wagen kommen sollen. Du hast ja mehr Gepäck dabei als Hannibal bei der Überquerung der Alpen. Und er musste all seine Elefanten durchfüttern!«

»Ich bin noch nie mit leichtem Gepäck ausgekommen.« Sie lächelte entschuldigend.

»Na, das bekommen wir schon hin.« Lennart hob ihre Reisetasche auf und zuckte unwillkürlich zusammen. »Himmel, was ist denn da drin? Ziegelsteine?«

»Bücher.«

»Du nimmst Bücher mit auf Reisen?!«

»Du doch auch«, erinnerte sie ihn. »Du hast mir geschrieben, dass du Marcel Proust im Gepäck hattest, als du voriges Jahr eine Woche an der Ostsee warst.«

»Stimmt, du hast mich erwischt.« Er grinste. »Und was hast du da in der Umhängetasche? Noch mehr Bücher?«

Lissy schüttelte den Kopf. »Meine Schildkröte.«

»Ach herrje.« Er schüttelte den Kopf. »Na, dann komm. Wir sollten deine Sachen schleunigst auf den Hof schaffen, ehe die Leute noch denken, wir veranstalten hier einen Flohmarkt.«

Lissy hob ihre Tasche auf und lief neben ihm her über die Dorfstraße. Sie wollte etwas sagen, aber ihr fiel partout nichts ein. Zum Glück brach Lennart das unangenehme Schweigen.

»Wie lange möchtest du eigentlich hierbleiben, Lissy?«

»Das weiß ich noch net genau. Ein paar Tage, wenn es dir nichts ausmacht.«

»Natürlich net. Du kannst so lange bleiben, wie du magst. Platz haben wir genug, und uns fehlt schon lange eine Frau auf dem Hof. Das war einer der Gründe, weshalb ich das Inserat aufgegeben habe.«

»Also suchst du gar keine Frau, sondern eine Haushälterin«, neckte sie ihn.

Zu ihrer Bestürzung nickte er. »Ich hatte zuerst überlegt, nach einer Wirtschafterin zu inserieren. Mein Bruder hat mich schließlich überredet, lieber nach einer Ehefrau zu suchen.«

Lissy sah ihn ungläubig an. War das wirklich derselbe Mann, der ihr liebevolle Briefe voller Poesie geschrieben hatte? Der von einer Partnerin träumte, die sein ganzes Leben mit ihm teilte? Seine Worte klangen wie eine geschäftliche Erwägung, nicht wie die Suche nach der großen Liebe.

Ich war wohl ziemlich naiv, dachte sie. Natürlich ist er in Wirklichkeit anders als in seinen Briefen. Auf dem Papier hat schließlich nur ein Bruchteil seines Lebens Platz.

Trotzdem klemmte die Enttäuschung wie ein dicker Kloß in ihrer Kehle, und sie atmete auf, als sie seinen Hof erreichten.

Das Gehöft lag am Rand des Dorfes. Ein Stall und eine Scheune schlossen sich an das zweistöckige Bauernhaus an. Im Hof stand ein Ziehbrunnen. Es gab auch einen Garten, doch er schien verwildert zu sein. Zwischen den Kräutern, Tomaten und Rosen wucherte das Unkraut beinahe kniehoch.

»Es gibt halt immer etwas zu tun«, meinte Lennart und führte sie im Haus herum. Schließlich zeigte er ihr die Gästekammer im zweiten Stock, die für sie bestimmt war.

»Mein Bruder schläft gegenüber. Du wirst ihn aber kaum zu Gesicht bekommen. Thomas ist Lehrer. Wenn er net gerade in der Schule ist, vergräbt er sich hinter Aufsätzen und Klassenarbeiten. Er ist ein Arbeitstier.«

»Wo ist eure Bibliothek? Du hast mir so viel von euren Bücherschätzen geschrieben, dass ich sie gern sehen würde.«

»Die Bücher stehen unten in der Stube. Aber du wirst hoffentlich net nur lesen, während du hier bist. Ich möchte schließlich etwas von dir haben.« Er zwinkerte ihr zu. »Möchtest du gleich auspacken? Oder wollen wir uns erst einmal ein wenig beschnuppern?« Er machte einen Schritt auf sie zu.

Unwillkürlich wich sie zurück. »Ich würde mich gern erst einmal ein bisserl frisch machen. Nach der Fahrt fühle ich mich verschwitzt.«

»Wie du möchtest. Aber ich kann es kaum erwarten, dich näher kennenzulernen. So ein reizendes Madel hatte ich net erwartet. Ich dachte, nur Verlierer antworten auf Annoncen.«

Lissy krauste die Stirn. »Warum hast du ein Inserat aufgegeben, wenn du so denkst?«

»Ich war verzweifelt.« Er zuckte die Achseln. »Aber jetzt denke ich, es war ein Glücksfall. Schön, dass du hier bist. Warum hat dir dein Chef eigentlich Urlaub gegeben? Ich dachte, du kannst net vor Herbst herkommen.«

»Ich habe gekündigt.« Lissy senkte den Kopf.
»Mei, warum denn das?«
»Der Jungbauer ist zudringlich geworden.«
»Na und?« Verständnislos sah Lennart sie an. »Deswegen kündigt man doch net. Er hat es bestimmt net böse gemeint. Er ist eben auch nur ein Mann, der einem hübschen Madel net widerstehen konnte. Ich kann ihn sogar irgendwie verstehen ...«
Lissy konnte nicht antworten. Sie bezweifelte, dass ihre Stimme ihr gehorchen würde. Seine Bemerkung empörte sie so sehr, dass sie am ganzen Körper zitterte. Wie konnte er die Zudringlichkeiten eines anderen Mannes gutheißen? War das wirklich derselbe Mann, in dessen Briefe sie sich verliebt hatte?

*

Wie konnte ich nur so dumm sein?
Lissy haderte mit sich selbst, während sie duschte und ein frisches Kleid anzog. Sie hatte vorgehabt, im Hotel abzusteigen, solange sie in St. Christoph war. Doch Lennart hatte sie überredet, das Gästezimmer auf seinem Hof zu beziehen. Warum war sie nur darauf eingegangen? Es machte sie abhängig, bei ihm zu wohnen. Dabei kannte sie ihn doch überhaupt nicht!
Genau das war ihr Problem: Sie hatte geglaubt, ihn zu kennen. Seine Briefe hatten eine tiefe Zuneigung in ihr geweckt. Sie vertraute ihm. Doch nun wusste sie nicht mehr, ob sie das überhaupt durfte. Er erinnerte sie frappierend an Korbinian ...
Bestimmt wird es besser, wenn wir etwas Zeit

miteinander verbracht haben, hoffte sie und packte ihre Sachen in die Kommode neben dem Fenster.

Die Gästekammer hatte schräge Wände und zeigte nach Süden. Vom Fenster aus hatte man einen traumhaften Ausblick auf die imposante Bergwelt und den blauen Frühlingshimmel. Ein roter Milan zog über dem Tal seine Kreise.

Die Einrichtung bestand aus dunklen Holzmöbeln und einem flauschigen weißen Teppich, der den düsteren Eindruck milderte. Lissy hatte das Reiseterrarium ihrer Schildkröte neben dem Bett aufgestellt. Hector hatte alle viere von sich gestreckt und ließ sich seinen Panzer von der Wärmelampe bescheinen.

Als Lissy ausgepackt hatte, verließ sie ihr Zimmer und machte sich auf die Suche nach Lennart. Sie bog im Flur um die Ecke und prallte unvermittelt gegen einen Fremden.

Geistesgegenwärtig breitete er die Arme aus, um sie vor einem Sturz zu bewahren. »Hoppla«, sagte er sanft.

»Oh! Entschuldigen Sie bitte!« Erschrocken machte sich Lissy von ihm los. »Ich habe Sie net gesehen.«

»Ist schon gut«, wehrte er ab.

Ein wenig atemlos betrachtete sie ihr Gegenüber. Der Fremde war gut einen Kopf größer als sie selbst und ausgesprochen hager. Er hatte dunkle, ein wenig zerzauste Haare und eine runde Brille auf der Nase. Vermutlich war er etwas älter als sie selbst, sie schätzte ihn auf Mitte dreißig.

Lächelnd streckte Lissy ihm die Hand hin. »Sie müssen Thomas sein, Lennarts Bruder.«

»In der Tat.« Er nickte und schüttelte ihre Rechte.

»Ich bin Lissy. Freut mich, Sie kennenzulernen.«

»Lennart hat mir schon erzählt, dass du kommen würdest. Aber ich bin leider im Moment beschäftigt. Wir reden später, ja?« Ohne auf eine Erwiderung zu warten, verschwand er um die Ecke.

Verblüfft sah Lissy ihm nach. Er schien nicht viel Wert auf ihre Bekanntschaft zu legen. War es ihm womöglich gar nicht recht, dass sie hier war?

Nachdenklich stieg sie hinunter in die Küche.

Lennart saß am Esstisch und studierte gerade den Sportteil der Zeitung.

»Unfähige Stümper allesamt«, murmelte er aufgebracht.

»Wer denn?«, erkundigte sie sich und setzte sich zu ihm.

»Ach, diese Fußballer. Kriegen kein einziges Tor in den Kasten und beschweren sich am Ende über ihren Trainer. Dabei müssten sie sich selbst mehr anstrengen, um endlich in der Tabelle aufzusteigen.«

»Von Fußball verstehe ich leider nichts.«

»Ich kann dir einiges beibringen, wenn du möchtest.«

»Gern.« Lissy blieb vor dem Küchenregal stehen und bewunderte die stattliche Auswahl an Gewürzen. Rund fünfzig Streudosen standen auf dem Regal. »Ich wusste gar net, dass du kochen kannst.«

»Das kann ich auch net. Das getrocknete Grünzeug gehört meinem Bruder. Er kocht ziemlich gut. Neulich hat er Grillhähnchen mit Fenchelsalat gemacht. Ein Gedicht!«

»Sind das deine Arbeiten?« Lissy hatte eine Reihe Schnitzfiguren auf dem Küchenbord entdeckt. Es waren alles Tiere: Gämsen, Murmeltiere, Kaninchen und noch viele mehr. Sie waren so kunstvoll gearbeitet, dass sie lebendig wirkten. Wie hübsch!«

»Schnitzen ist ein netter Zeitvertreib. Ich habe es von meinem Vater gelernt. Und dieser wiederum von seinem Vater.«

»Es ist schön, dass du in Ehren hältst, was du von ihm gelernt hast.«

»Nun ja, wie gesagt, es ist ein Zeitvertreib. Aber den brauche ich nun nimmer.« Mit einer blitzschnellen Bewegung zog er sie auf seinen Schoß und drückte sie an sich. »Nun hab ich ja dich!« Er wollte ihr einen Kuss auf die roten Lippen drücken, aber sie wich blitzschnell aus und sprang auf.

»Das … geht mir ein bisserl zu schnell«, flüsterte sie.

Lennarts Blick verdunkelte sich. »Sag bloß, du bist ein Fräulein Rühr-mich-net-an? Du, das sag ich dir gleich, so was gibt es bei mir net. Wenn ich ein Madel gernhab, möchte ich ihr das auch zeigen!«

»Aber net gleich am ersten Abend.« Lissy konnte nicht verhindern, dass ihre Stimme kratzig und belegt klang. »Entschuldige, ich brauche ein bisserl frische Luft.«

Damit wandte sie sich um und eilte aus der Küche.

Als sie auf dem Hof stand, kühlte ihr eine frische Brise die erhitzten Wangen. Lissy atmete sie tief ein und rang mit den Zweifeln, die sie plötzlich überfielen. Was war nur los mit ihr? In den vergangenen Monaten hatte sie immer wieder davon geträumt, wie Lennart sie in die Arme nahm und zärtlich küsste. Sie hatte den Tag herbeigesehnt. Und nun, wo es so weit war, fühlte es sich schrecklich falsch an.

Habe ich womöglich zu viel erwartet?, grübelte sie. Die Wirklichkeit sieht eben doch anders aus als alle Träume …

Matt lehnte sie sich mit dem Rücken an den knorrigen Stamm eines Apfelbaums und schloss die Augen.

Da spürte sie auf einmal eine leichte Berührung an ihrer Wade. Sie öffnete die Augen und entdeckte eine dicke graue Katze, die sich zutraulich an ihr rieb.

»Na du? Suchst du Streicheleinheiten?« Lächelnd erfüllte Lissy ihr diesen Wunsch.

»Hier steckst du Ausreißerin also!« Die helle Frauenstimme kam von der anderen Seite des Gartenzauns. Als Lissy aufblickte, sah sie eine silberhaarige Frau mit freundlichen grauen Augen und roten Apfelwangen.

»Ich bin die Kerzel-Wally«, stellte sich die Fremde vor. »Und das kugelrunde Fellknäuel da ist Kleopatra.«

Lissy nickte und stellte sich mit leiser Stimme vor.

Wally sah sie besorgt an. »Was ist denn los? Du

siehst ja aus, als würdest du jeden Moment in Tränen ausbrechen.«

»Ach, ich ... ich war nur so dumm.«

»Das sind wir alle einmal. Vor allem, wenn wir jung und verliebt sind.« Ein verständnisvolles Lächeln wärmte das Gesicht der Nachbarin. »Möchtest du auf ein Stück Apfelstrudel zu mir herüberkommen? Er ist ganz frisch, und zu zweit schmeckt er gleich viel besser.«

»Gern, aber ich möchte net stören.«

»Das tust du net. Ich freue mich immer über Besuch.« Wally winkte sie zu sich und führte sie durch den Garten zu ihrem Haus. Auf der Veranda stand eine Sitzgruppe aus weiß lackiertem Holz. Auf die Bank drückte die Bäuerin Lissy jetzt nieder und wieselte dann ins Haus.

Als sie zurückkam, trug sie ein Tablett mit Apfelstrudel und zwei Gläsern Zitronenlimonade in der Hand. Sie stellte einen Teller mit Strudel vor Lissy hin und bediente sich dann selbst.

»Du wohnst also bei Lennart, nicht wahr?«

Lissy nickte. »Für ein paar Tage. Wir haben uns über eine Annonce kennengelernt. Seine Briefe waren immer so gefühlvoll geschrieben, dass ich mich in ihn verliebt habe.« Sie seufzte leise. »Das klingt vermutlich ziemlich naiv. Ich kannte ihn schließlich gar net richtig.«

»So etwas ist uns allen schon passiert.« Wally nickte bedächtig. »Ich weiß noch, wie ich für Xaver Maybach geschwärmt habe. Er war in der Schule drei Klassen über mir. Wir hatten noch kein Wort miteinander gewechselt, aber ich war mir sicher, dass wir füreinander bestimmt waren. Schließlich sind wir wirklich einmal zusammen ausgegangen.«

»Und? War er der Richtige?«

»O nein.« Wally schüttelte schmunzelnd den Kopf. »Der Abend war für uns beide ganz furchtbar. Wir hatten uns nichts zu sagen und langweilten uns unglaublich miteinander.«

»Oje«, entfuhr es Lissy.

»Was ich damit sagen will, ist, dass es leicht ist, jemanden aus der Ferne zu lieben. Die echten Probleme fangen an, wenn man sich so nah kommt, dass man die kleinen Eigenheiten und Fehler des anderen wahrnimmt. Dann erst entscheidet es sich, ob die Liebe hält.«

»Also ist das jetzt unsere Bewährungsprobe?«

»Wenn du es so ausdrücken willst, ja. Aber Lennart ist ein anständiger Bursche. Ein bisserl ehrgeizig vielleicht, aber er hatte es auch net leicht im Leben. Seine Eltern sind früh gestorben, und nun ist auch noch sein Bruder krank…«

»Thomas? Das wusste ich net. Was fehlt ihm denn?«

»Das weiß ich leider net, aber er war kürzlich einige Zeit im Krankenhaus. An manchen Tagen sieht er aus wie ein Geist, und er ist dünn geworden. Früher war er ein gestandenes Mannsbild. Mei, so lange ist das noch gar net her.«

Lissy dachte an seine knochige Gestalt und krauste die Stirn. Sie konnte ihn sich kaum als Herkules vorstellen.

Plötzlich keuchte Wally leise neben ihr. Sie griff

sich an die Brust und verzog das Gesicht, als hätte sie Schmerzen.

Erschrocken ließ Lissy ihre Kuchengabel fallen. »Ist alles in Ordnung?«

»Ich … weiß net …« Wally ächzte. Schweißperlen traten auf ihre Stirn. »Mir wird die Brust auf einmal so eng. Und schlecht ist mir …«

»Was kann ich tun? Haben Sie Medikamente im Haus?«

»Nein, net dafür. Ich weiß net … Oh, es tut so weh …« Unvermittelt sackte Wally zur Seite und mit einem leisen Wehlaut auf den Boden.

»Wally?« Erschrocken kniete sich Lissy neben sie und rüttelte sacht an ihrer Schulter. Doch die Bäuerin rührte sich nicht.

Sie hatte das Bewusstsein verloren!

*

An diesem Abend klang Zenzis Husten durch das ganze Haus. Ihre Wangen glühten vom Fieber. Sie hatte eine Lungenentzündung, deshalb hatte Martin Burger ihr ein Antibiotikum verordnet und schaute immer wieder nach ihr.

Als sie endlich eingeschlafen war, ging er hinunter in die Küche, um sich ein Glas Kräutertee aufzubrühen.

Er knipste das Licht an.

Rrrrumms!

Eine Schüssel mit Kartoffelsalat polterte zu Boden.

Sein Vater stand an der offenen Kühlschranktür und sah bestürzt auf. Er war ein rundlicher Mann in den Siebzigern mit dichten grauen Haaren und freundlichen braunen Augen.

»Mei, hast du mich erschreckt, Martin«, schnaufte er. Ächzend bückte er sich, hob die Schüssel auf und machte sich daran, die Bescherung aufzuwischen.

»Hast du etwa heimlich gegessen, Vaterl?«

»Was bleibt mir anderes übrig? Von Pizza wird man doch net satt. Außerdem mache ich mir aus diesem neumodischen Zeug nix«, winkte Pankraz Burger ab und nahm sich ein gegrilltes Hähnchenbein aus dem Kühlschrank. Kauend fragte er: »Willst du eins? Sie schmecken auch kalt sehr gut.«

»Warum eigentlich net.« Martin Burger wollte gerade zugreifen, als nebenan das Telefon schrillte.

Bedauernd ließ er seine Hand sinken. »Es soll wohl net sein«, murmelte er und eilte an den Apparat.

Eine junge Frau war am anderen Ende der Leitung und bat ihn zu einem Hausbesuch. Ihren aufgeregten Worten entnahm er, dass die Zeit diesmal knapp war. Sehr knapp sogar!

Er versprach, sofort zu kommen, und hängte ein.

Dann rief er in die Küche: »Ein Notfall! Ich muss noch einmal los. Wenn etwas ist, ich bin bei der Kerzel-Wally.«

Er wartete nicht auf eine Antwort, sondern griff nach seinem Arztkoffer, der stets neben der Haustür bereitstand. Mit langen Schritten verließ er das Haus, stieg in seinen Jeep und machte sich auf den Weg zu Wallys Hof.

Wenige Minuten später stoppte er vor dem

Bauernhaus. Hier wurde er bereits erwartet. Eine junge Frau mit rotblonden Locken öffnete ihm die Haustür. Ihre blauen Augen waren groß und dunkel vor Sorge.

»Doktor Burger? Ich bin Lissy. Ich habe Sie angerufen.«

»Wo ist Wally?«

»In der Stube. Ich habe sie auf die Couch gelegt. Die Treppe hinauf in ihre Kammer hätte sie net geschafft.«

Martin Burger strebte an der jungen Frau vorbei. Er kannte sich in Wallys Haus aus, denn er war schon einmal zu einem Hausbesuch hier gewesen.

Wally lag auf dem Sofa und presste eine Hand auf ihre linke Brustseite. Ihr Atem kam schwer und stoßweise. Als er nach ihrem Puls tastete, fühlte er, wie ihr Herz raste. Ihre Haut war mit kaltem Schweiß bedeckt.

Ein böser Verdacht beschlich ihn. Er beeilte sich damit, seine Untersuchung fortzusetzen.

Schließlich bestätigte sich seine Vermutung. Ein Myokardinfarkt!

Er sah die junge Frau an. »Ruf bitte einen Rettungswagen.«

»Schon geschehen«, erwiderte sie leise. »Mein Großvater hatte dieselben Symptome, bevor er …« Sie brach ab und schüttelte unmerklich den Kopf. »Ich habe gleich nach dem Rettungswagen telefoniert, nachdem ich Sie angerufen hatte.«

»Das ist gut«, erwiderte er, während er bereits einen intravenösen Zugang an Wallys Arm legte und ihr mehrere Medikamente injizierte. Darunter war auch ein Schmerzmittel und ein Blutdrucksenker. Schließlich verabreichte er ihr zwei Sprühstöße Nitroglyzerin.

Wenig später entspannte sich das verkrampfte Gesicht der Bäuerin. »Es ist ein Infarkt, oder?«, ächzte sie.

»Ja. Du musst auf dem schnellsten Weg ins Krankenhaus.«

Wally schnappte nach Luft. »Was ...«

»Sag jetzt nichts. Das strengt dich zu sehr an.«

»Aber ich ... muss ...« Sie sah Lissy bittend an. »Kümmere dich bitte um meinen Hof und meine Tiere, bis ich zurück bin.«

»Was? Aber ich kann net einfach hier einziehen und ...« Die junge Frau zögerte. Dann ging ein Ruck durch sie, und sie erwiderte warm: »Na gut. Ich versorge Ihre Tiere, Wally. Machen Sie sich keine Sorgen.«

Dankbar nickte die Bäuerin.

Martin Burger rechnete der jungen Frau ihr Versprechen hoch an. Wie es aussah, war sie nur zufällig zur Stelle gewesen, als Wally zusammengebrochen war. Trotzdem drückte sie sich nicht vor der Verantwortung, sondern half einer Frau, die sie kaum kannte.

In diesem Moment wurde vor dem Haus ein Martinshorn laut. Der Rettungswagen kam!

Lissy sah auf. So leise, dass nur Martin Burger es verstehen konnte, fragte sie: »Wird sie es schaffen, Herr Doktor?«

Er hätte ihr gern versichert, dass es Wally bald wieder gut gehen würde, doch das konnte er leider nicht. Zuerst mussten verschiedene Tests zeigen, wie weit ihr Herz durch den Infarkt geschädigt worden war. Und so entgegnete er: »Es ist noch zu früh, um das sicher sagen zu können.«

*

In den frühen Morgenstunden zog ein heftiges Unwetter über das Zillertal hinweg. Grelle Blitze zerrissen den Himmel, und die Erde erzitterte unter grollenden Donnerschlägen.

Bei diesem Lärm war es unmöglich, zu schlafen. Und so stand Lissy auf und brühte sich in der Küche eine Tasse Tee.

Wallys Katze lag zusammengerollt unter der Eckbank und schlief. Das Gewitter schien sie nicht weiter zu stören. Vermutlich hatte sie in ihrem langen Katzenleben schon viele Unwetter kommen und gehen gesehen.

Lissy fühlte sich noch ein wenig fremd auf dem Hof. Aber sie war fest entschlossen, ihr Bestes zu tun und das Anwesen zu versorgen, bis die Bäuerin es wieder selbst konnte.

Wenn es hell wird, miste ich den Stall aus und füttere die Tiere, überlegte sie und nippte an ihrem Becher. Später muss ich unbedingt einkaufen gehen. Außer Tee ist kaum etwas zu essen im Haus. Im Kühlschrank herrscht gähnende Leere …

In Gedanken machte sie eine Liste mit Erledigungen.

Sie wollte auch im Krankenhaus vorbeischauen. Wally war auf die Intensivstation des Schwazer Krankenhauses gebracht worden. Ob es ihr schon ein wenig besser ging? Oder war ihr Herz so stark durch den Infarkt geschädigt, dass sie operiert werden musste? Hoffentlich nicht!

Heftiges Klopfen riss Lissy jäh aus ihren Gedanken.

Sie zuckte so heftig zusammen, dass sie ihren Tee verschüttete. Hastig stellte sie den Becher auf den Tisch und ging, um zu öffnen. Draußen stand ein Besucher, mit dem sie jetzt am allerwenigsten gerechnet hatte.

»Lennart?« Überrascht sah sie ihn an.

Der Bauer nickte. Dabei tropfte Regenwasser von seiner Hutkrempe auf den Fußboden. Sein Janker war schwer von Feuchtigkeit, und seine Gummistiefel glänzten vor Nässe. »Ich habe Licht bei dir gesehen und wollte schauen, ob es dir gut geht. Das Unwetter ist ziemlich heftig.«

»Hier ist alles in Ordnung. Aber komm herein, du bist ja völlig durchnässt.« Sie trat einen Schritt zurück, um ihn einzulassen. Dann schloss sie die Haustür hinter ihm und führte ihn in die Küche. »Möchtest du auch eine Tasse Tee?«

»Gern. Ich sage auch net Nein, wenn er etwas stärker ist.«

»Stärker?«

»Du weißt schon. Mit Schuss.«

»Oh. Ich glaube net, dass Wally Alkohol im Haus hat.«

»Dann muss es eben so gehen.« Der Landwirt ließ sich auf der Eckbank nieder und streckte die Beine von sich. Dann sah er Lissy an. »Wir hatten gestern keinen sehr guten Start, fürchte ich. Es tut mir leid, dass du dich bei mir net wohlgefühlt hast.«

Lissy setzte Teewasser auf. Dann wandte sie sich zu ihm um. »Es ist vielleicht ganz gut, dass ich jetzt hier wohne. Auf diese Weise können wir uns näher kennenlernen, ohne gleich zusammen zu wohnen.«

»Ja, das kann schon sein. Mir behagt der Gedanke nur net, dass du jetzt hier die Magd spielst. Für nichts und wieder nichts. Ein Gehalt kann Wally dir nämlich net bezahlen.«

»Ich erwarte auch nichts. Ich habe ein bisserl was gespart und komme über die Runden.«

»Aber es ist schwere Arbeit, einen Hof zu versorgen, selbst wenn er so klein ist wie Wallys Hof.«

»Das macht mir nichts aus.«

»Aber mir. Ich habe dich hierhergeholt. Und nun sollst du hier wie ein Kuli schuften. So war das net geplant.« Lennart furchte die Stirn. »Ich habe Wally schon ein paar Mal zugeredet, den Hof zu verkaufen, aber sie hört leider net auf mich.«

»Der Hof ist ihr Zuhause. Ich finde es verständlich, dass sie hier net wegmöchte. Wo sollte sie hin?«

»Sie könnte zu ihrem Sohn ziehen.«

»In die Stadt? Ich kenne sie net sehr gut, aber ich glaube net, dass sie sich dort wohlfühlen würde. So, wie ich sie einschätze, braucht sie die Berge, um glücklich zu sein.«

»Und du? Kann ich dich irgendwie umstimmen, wieder zu mir zu ziehen?«

»Nein, es ist gut so, wie es nun ist.«

Der Teekessel stieß einen lauten Pfiff aus. Lissy goss das Wasser in einen Becher, gab einen Teebeutel dazu und stellte ihn vor ihrem Besucher hin.

Lennart griff nach ihrer Hand und zog sie auf seinen Schoß. »Ich will dich, Lissy. Du ahnst gar net, wie sehr.«

»Lass mir ein bisserl Zeit, Lennart.«

»Natürlich.« Er klang enttäuscht, ließ sie aber los. »Ich möchte nur, dass du eines weißt: Ich habe dich wirklich gern.«

Sie nickte unmerklich. Womöglich verbarg sich unter seiner rauen Oberfläche doch der warmherzige Mann, den sie aus seinen Zeilen kannte? »Ich dich auch«, gestand sie leise.

Daraufhin leuchtete seine Miene auf.

»Haben eigentlich viele Frauen auf deine Annonce geantwortet?«

»Ja, das kann man so sagen.«

»Schreibst du ihnen noch?«

»Nein. Du warst die Einzige, die mein Herz dazu gebracht hat, schneller zu schlagen. Viel schneller sogar.« Lennart zwinkerte ihr zu. »Kann ich dir hier irgendwie helfen? Viel Zeit kann ich net erübrigen, auf meinem Hof gibt es schon eine Menge zu tun, aber für dich versuche ich mich freizumachen.«

»Das ist lieb, aber ich komme schon zurecht.«

»Gut, dann gehe ich jetzt wieder. Meine Kühe werden sicher schon unruhig, es ist ihre Zeit fürs Melken.« Lennart leerte seinen Becher in einem Zug und brach dann wieder auf.

Als er gegangen war, wandte sich Lissy dem Geschirr zu. Sie stellte die Becher in die Spüle und wischte den Tisch ab. Und weil sie schon einmal dabei war, säuberte sie auch gleich noch die Anrichte. Sie war so versunken in ihr Tun, dass sie gehörig zusammenzuckte, als draußen etwas schepperte.

Fauchend sprang Kleopatra auf und sträubte das Fell.

»Du hast es auch gehört, oder?« Erschrocken legte Lissy ihren Lappen fort. »Was war denn das?«

Sie eilte aus dem Haus. Als sie über die Schwelle trat, blies ein kräftiger Sturm ihr entgegen und raubte ihr den Atem. Regen prasselte auf sie nieder, als sie sich beunruhigt umsah.

»O nein!«, entfuhr es ihr mit einem Mal.

Im Stalldach prangte ein beinahe mannsgroßes Loch! Mehrere Schindeln waren abgerissen und lagen zertrümmert auf dem Hof. Aufgeregtes Meckern klang aus dem Inneren. Hilflos eingesperrt, beschwerten sich die Ziegen über die Nässe, die zu ihnen in den warmen Stall drang.

»Das hat uns gerade noch gefehlt«, seufzte Lissy.

Über ihr ächzte der Apfelbaum unter der Last des Sturms. Doch sie beachtete es nicht weiter.

Ein böser Fehler.

Gerade als die junge Magd auf den Stall zustrebte, riss der Sturm einen Ast ab und schleuderte ihn auf den Hof. Aus dem Augenwinkel sah Lissy ihn auf sich zukommen, aber da war es schon zu spät, um noch auszuweichen.

Hart prallte das Holz gegen ihre Schläfe! Grelle Lichter flammten vor ihren Augen auf. Lissys Hand fuhr zu der Stelle. Der Schmerz war unbeschreiblich und schoss wie ein Blitz durch ihren gesamten Körper. Ihre Beine knickten unter ihr ein.

Aufstöhnend sank sie zu Boden und wusste nichts mehr …

*

Ihr Kopf fühlte sich an, als wäre er geborsten. Als jemand sacht an ihrer Schulter rüttelte, kam Lissy wieder zu sich und blinzelte matt in das dämmrige Morgenlicht.

»Bist du in Ordnung, Madel?« Ein besorgtes Männergesicht beugte sich über sie.

»Thomas?«, fragte sie verwirrt. Dabei klapperten ihre Zähne aufeinander. Ihr war schrecklich kalt. Ihre Kleidung klebte ihr klamm und nass am Körper, und sie zitterte. Das Schlimmste aber waren ihre Kopfschmerzen. Ihr war beinahe übel davon. Als sie sich nun aufrichtete, wurde ihr schwindlig.

»Langsam!«, mahnte Thomas. Er schlang einen Arm um ihre Schultern und stützte sie, als sie aufstand. »Geht es?«

Lissy nickte, als das Schwindelgefühl nachließ. Dankbar legte sie eine Hand auf seine Schulter, denn sie war sich nicht sicher, schon wieder allein stehen zu können.

Überrascht bemerkte sie, dass das Unwetter inzwischen nachgelassen hatte. Es regnete kaum noch, und auch der Donner klang nur noch gedämpft aus der Ferne heran. »Wie lange habe ich denn hier gelegen?«, murmelte sie.

»Das weiß ich leider net. Ich wollte gerade Semmeln kaufen gehen, als ich dich da liegen sah.« Thomas sah sie besorgt an. »Vielleicht sollten wir den Bergdoktor rufen.«

»Das wird net nötig sein. Ich fühle mich schon besser.«

»Aber du blutest. Hast du Verbandszeug im Haus?«

»Keine Ahnung. Ich wohne erst seit gestern Abend hier.«

»Dann sollten wir schleunigst nachsehen gehen.« Thomas stützte sie, als sie ins Haus gingen.

Im Badezimmer kramte er in einem Schränkchen und förderte Jod, Watte und ein Pflaster zutage. Sanft drückte er Lissy auf den Rand der Badewanne nieder und begann, ihre Wunde zu säubern.

Sie zuckte zusammen, als das Jod auf ihrer Haut brannte. Doch der Schmerz verflog rasch, und kurz darauf klebte ein Pflaster auf ihrer Schläfe. »Vielen Dank«, sagte sie leise.

»Kein Problem. Meinen Bruder habe ich früher auch immer verpflastert, wenn er sich die Knie aufgeschlagen hatte. Als älterer Bruder muss man immer mal als Krankenschwester einspringen.« Er zwinkerte ihr zu, und sein blasses, kantiges Gesicht wurde mit einem Mal weicher.

Unwillkürlich musste sie lächeln. »Weißt du, wo ich Wallys Ziegen unterbringen kann, bis das Stalldach repariert ist?«

»Wir lassen sie einfach auf der Weide. Sie haben schon viele Regentage im Freien verbracht. Das macht ihnen nix aus.«

»Einverstanden.« Lissy nickte und griff sich an die Schläfe, als ein heftiges Stechen durch ihren Kopf raste.

Thomas kramte erneut in dem Schränkchen und reichte ihr eine Tablette. »Hier, das hilft gegen das Kopfweh.«

»Hoffentlich«, seufzte sie und spülte die Tablette mit etwas Leitungswasser hinunter.

Als sie aufsah, begegnete ihr Blick dem von Thomas, und mit einem Mal stieg Wärme in ihrem Inneren auf.

Seine Lederjacke schien ihm viel zu groß zu sein. Doch seine gütigen braunen Augen verrieten, dass mehr in seiner knochigen Gestalt steckte, als man im ersten Moment vermuten konnte. Eiserne Entschlossenheit lag in seinem Blick. Lissy spürte, dass er es gewohnt war, zu kämpfen. Und er schien schon viel Leid erlebt zu haben …

Unvermittelt knurrte ihr Magen.

Thomas runzelte die Stirn. »Hast du noch net gefrühstückt?«

Lissy schüttelte den Kopf.

»Ich werde sehen, ob ich etwas zu essen finde. Aber erst einmal musst du aus deinen nassen Sachen heraus.«

Lissy nickte. Für einige Minuten hatte sie die Kälte vergessen, nun jedoch wurde ihr die klamme Kleidung wieder bewusst. Sie eilte hinauf in ihre Kammer und vertauschte ihre Bluse und die Hose mit einem kurzärmeligen Pullover und einer Jeans. Als sie wieder nach unten stieg, drang aus der Küche ein verlockend süßer Duft.

Thomas war gerade dabei, Pfannkuchen zu machen. Er hatte Teig angerührt und briet die runden Küchlein nun in einer Pfanne. Auf dem Tisch stand ein Tonkrug mit Marmelade.

»Du kennst dich hier gut aus«, stellte Lissy fest.

»Früher habe ich Wally oft besucht. Sie war fast so etwas wie eine Großmutter für mich. In letzter Zeit komme ich leider nimmer so oft dazu. Setz dich ruhig schon. Der erste Gang ist gleich fertig. Ich hoffe, du magst Pfannkuchen.«

»Sehr sogar.« Lissy nahm Platz und nickte dankbar, als er einen Teller mit Pfannkuchen vor sie hinstellte. »Ich bin es net gewohnt, dass man mir Frühstück macht.«

»Das hättest du bei uns auf dem Hof jeden Tag gehabt. Warum bist du eigentlich net geblieben?« Prüfend sah er sie an. »Warst du enttäuscht, weil der Hof so klein ist?«

»Wie kommst du denn darauf? Ich finde ihn sehr gemütlich. Daran lag es bestimmt net. Aber Wally braucht mich hier.«

»Ist das der einzige Grund für deinen Umzug?«

»Nein«, gab sie ehrlich zu. »Lennart ist ganz anders, als ich ihn mir nach seinen Briefen vorgestellt habe. Daran muss ich mich erst gewöhnen. Außerdem fürchte ich, dass ich ihm net geben kann, was er sich wünscht.«

»Er weiß doch gar net, was er sich wünscht. Bisher hatte er net viel Glück mit den Madeln.

Er sucht sich aber auch immer das falsche aus. Gib ihm eine Chance, Lissy. Er ist anständig, nur manchmal ein bisserl direkt in seiner Art.«

Lissy nickte. »Ja, das habe ich schon gemerkt.« Sie versenkte ihre Gabel in ihrem Frühstück. Die Pfannkuchen waren süß und luftig und schmeckten einfach köstlich.

Thomas gab einen weiteren Klecks Teig in die Pfanne. »Wie lange wirst du hierbleiben?«, erkundigte er sich.

»So lange, wie Wally mich braucht. Wenn sie aus dem Krankenhaus entlassen wird, kommt sie sicherlich erst einmal zur Kur. Also werde ich wohl eine ganze Weile hier sein. Ich habe ihr versprochen, mich um ihre Tiere zu kümmern.«

»Damit ist es aber net getan. Das Stalldach muss repariert werden. Weißt du was? Ich komme heute Nachmittag her und bringe das in Ordnung.«

»Das ist furchtbar lieb, aber ich kann dich leider net bezahlen …«

»Das musst du auch net«, wehrte er ab. »Ich tue es für Wally.«

Was für ein netter Mann, stellte sie versonnen fest. Ob er wohl ein Madel hat?

»Ja, mein Herz ist schon vergeben«, entgegnete er rau und machte ihr damit bewusst, dass sie ihre Gedanken laut ausgesprochen hatte.

Heiße Röte stieg in ihre Wangen. »Tut mir leid, ich … ich wollte net …«, stammelte sie.

Thomas schüttelte lächelnd den Kopf. »Ist schon gut.« Mit diesen Worten schaltete er den Herd aus und brachte ihr den restlichen Pfannkuchen. »Ich muss jetzt leider los. Der Unterricht beginnt in einer Stunde. Vorher wartet mein Bruder noch auf die Semmeln. Wir sehen uns dann heute Nachmittag.«

Damit verabschiedete er sich. Lissy ertappte sich bei dem Wunsch, ihn zurückzuhalten. Noch niemals zuvor hatte sie sich so geborgen bei einem Mann gefühlt wie bei ihm.

*

»Wo warst du so lange?« Missmutig blickte Lennart von der Morgenzeitung auf, als Thomas in die Küche kam.

»Auf Wallys Hof gab es einen kleinen Unfall.«

»Was für einen Unfall denn?«

»Der Sturm hat einen Ast abgerissen und Lissy verletzt.« Thomas machte eine begütigende Handbewegung, als sein Bruder aufspringen wollte. »Es geht ihr gut. Sie hat eine Wunde an der Schläfe, aber das ist net weiter schlimm.«

»Und was hattest du so lange bei ihr zu schaffen?«

»Ich habe ihr Frühstück gemacht.«

»So?« Eine steile Unmutsfalte erschien auf Lennarts Stirn.

Thomas wandte sich ab und schüttete die Semmeln, die er noch rasch im Laden der Jeggl-Alma gekauft hatte, in einen Brotkorb. Dann setzte er sich zu seinem Bruder an den bereits gedeckten Frühstückstisch. »Heute Nachmittag repariere ich Wallys Stalldach. Der Sturm hat es beschädigt.«

»Das kann ich machen.«

»Ist schon gut. Es macht mir nichts aus.«

»Aber mir!« Lennart funkelte ihn über seine Kaffeetasse hinweg an. »Lissy ist mein Madel. Ich möchte net, dass du um sie herumscharwenzelst.«

»Keine Sorge, ich komme dir net ins Gehege. Ich helfe ihr nur auf dem Hof.«

»Wer weiß, ob es dabei bleibt. Das gefällt mir net. Lass die Finger von Lissy. Du bringst ihr nur Kummer und Einsamkeit!«

Die Worte trafen Thomas wie Keulenschläge.

»Es ist nur ein Freundschaftsdienst«, erwiderte er rau.

»Dann ist es ja gut.« Mürrisch griff Lennart nach einem Hörnchen. »Du weißt ebenso gut wie ich, dass du Lissy nichts zu geben hast.«

Getroffen zuckte Thomas zusammen, doch er konnte das Argument nicht entkräften. Für ihn gab es keine Zukunft. Weder mit einem geliebten Madel noch allein. Er durfte nur noch von Liebe träumen, seit er seine Diagnose bekommen hatte ...

Eine Zeit lang aßen sie schweigend.

»Ich habe mir überlegt, einige Puten auf dem Hof anzuschaffen«, brach sein Bruder schließlich das Schweigen. »Wir müssen den Hof erweitern, um bestehen zu können.«

»Puten?« Thomas nickte bedächtig. »Wir könnten einen Stall auf die Wiese unten am Bach setzen. Sie liegt brach. Dort hätten die Tiere genügend Platz.«

»Genau das habe ich mir auch gedacht.« Lennarts Miene hellte sich auf. »Warum hängst du deinen Lehrerjob net endlich an den Nagel? Du musst dich schonen, und hier auf dem Hof könntest du jederzeit mit anpacken, wenn du dich langweilst.«

Thomas schüttelte den Kopf. Seine Arbeit war das Einzige, das ihn noch aufrechthielt. Sein Rettungsseil. Wenn er sie aufgab, stand nichts mehr zwischen ihm und der nackten Verzweiflung...

»Warum rackerst du dich immer noch mit den Unterrichtsvorbereitungen ab?«, hakte sein Bruder nach. »Du sitzt oft bis tief in die Nacht am Schreibtisch und korrigierst Klassenarbeiten. Dabei könntest du dein Leben genießen, solange es noch geht.«

Thomas schüttelte energisch den Kopf. »Ich liebe meine Arbeit. Außerdem brauchen mich meine Schüler.« Er stand auf und räumte sein Geschirr in die Spüle.

Während sich sein Bruder wieder der Morgenzeitung zuwandte, stieg er in den zweiten Stock hinauf und betrat seine Kammer.

Sie war gemütlich eingerichtet: mit einem Schreibtisch neben dem Bett, mehreren Grünpflanzen und zahlreichen Bücherregalen. Selbst über dem Bett war eines angebracht. Darauf stapelten sich zahlreiche medizinische Fachbücher.

Thomas trat an seinen Schreibtisch und schaltete seinen Computer ein.

Er rief sein E-Mail-Programm auf und überflog die neuen Nachrichten. Eine Menge Reklame war dabei. Außerdem die Lieferbestätigung seines

Buchversenders. Weiter nichts. Enttäuscht starrte er auf den Bildschirm.

Er hatte gehofft, Professor McKay aus Chicago hätte ihm inzwischen geantwortet. Der Professor galt als Kapazität auf dem Gebiet der Hirnchirurgie und entwickelte beständig neue Verfahren. Er war ein viel beschäftigter Arzt, und vermutlich war es vermessen gewesen, ihn um Hilfe zu bitten. Doch in seiner Situation griff Thomas nach jedem Strohhalm.

Mit einem Klick rief er die Fachseiten auf, die er auf seinem Computer abgespeichert hatte.

»Hirntumor«, stand in fetten Lettern auf der ersten Zeile. Der Lehrer biss die Zähne zusammen, um nicht aufzustöhnen.

Hinter seiner Stirn wucherte ein Tumor.

Bis vor wenigen Monaten hatte er keine Ahnung davon gehabt. Doch dann war ihm öfter schwindlig und übel geworden. Er hatte Dinge doppelt gesehen und andauernd Kopfschmerzen gehabt. Schließlich war er zu Doktor Burger gegangen, um sich untersuchen zu lassen.

Die Diagnose des Bergdoktors war niederschmetternd gewesen. Er hatte einen Tumor, unmittelbar in der Nähe des Schädelknochens und seiner Augen.

Tests hatten erwiesen, dass der Tumor gutartig war, doch das bedeutete keine Erleichterung. Der Schädelknochen begrenzte den Platz in seinem Kopf. Durch den Tumor stieg der Druck in seinem Gehirn stetig an. Das würde ihm früher oder später den Todesstoß versetzen. Die einzige gute

Nachricht war, dass der Tumor keine Metastasen gebildet hatte.

Da der Tumor bereits eine beachtliche Größe aufwies, würde er sich nur operativ entfernen lassen. Doch genau das kam nicht infrage, denn er wuchs an einer Stelle, an der zahlreiche Nerven und lebenswichtige Stränge verliefen. Hier zu schneiden kam einem Todesurteil gleich. Die Gefahr, dass Thomas bei dem Eingriff sterben oder für immer ein Pflegefall bleiben würde, war überdurchschnittlich hoch!

Der Bergdoktor suchte nach einer anderen Möglichkeit, ihn zu behandeln, doch bis jetzt vergeblich. Weder die Strahlentherapie noch Medikamente hatten das Wachstum des Tumors bis jetzt aufhalten können.

Nach seiner Diagnose hatte er sich selbst auf die Suche nach einer Heilmöglichkeit gemacht, Fachbücher gewälzt und im Internet nach Spezialisten gesucht, deren Forschungen möglicherweise fortgeschrittener waren als die europäischen.

Bis jetzt jedoch vergeblich.

Anfangs hatte er sich noch dagegen aufgelehnt. Er war doch erst fünfunddreißig. Das konnte, nein, das durfte noch nicht das Ende sein. Er hatte doch noch so viel vor! Er wünschte sich eine Familie und Kinder. Einen Buben, dem er das Angeln beibringen konnte und beim Erwachsenwerden helfen. Er liebte Kinder. Doch ein eigenes Kind würde wohl für immer ein Wunschtraum bleiben.

Mittlerweile hatte er akzeptiert, dass ihm noch höchstens ein Jahr zu leben blieb. Aber etwas blieb noch für ihn zu tun. Etwas, das er vorher unbedingt erledigen musste!

*

An diesem Nachmittag war es drückend heiß. Wie es schien, wollte der Mai nun nachholen, was er bisher versäumt hatte. Der Himmel leuchtete strahlend blau, und die Vögel gaben in den Gärten ein Ständchen.

Lissy führte ihre kleine Herde in den Schatten einiger Bäume und machte sich daran, sie zu melken. Doch das war leichter gedacht als getan! Sie musste erkennen, dass Ziegen wesentlich quirliger waren als Kühe.

Die schneeweiße Ziege hielt geduldig still, während sie gemolken wurde.

Ihre Stallgenossen waren jedoch nicht so folgsam, sondern drängten sich munter um die junge Magd.

»He, du wirfst mich ja um«, lachte Lissy, als eine besonders ungestüme Ziege ihr den Kopf auf die Schulter legte. »Morgen muss ich euch wohl zum Melken anbinden. Du bist gleich dran, Hanni. Sobald ich mit Nanni fertig bin.«

Die Ziege meckerte fröhlich.

Lissy wusste nicht, wie Wally ihre Geißen nannte und ob sie überhaupt Namen für sie hatte. Aus diesem Grund hatte sie sie kurzerhand selbst getauft. Eine große braune hieß zum Beispiel Dorli, ihr Junges Daisy.

Rasch und geschickt brachte Lissy ihre Arbeit zu Ende.

»Hallo, Lissy!« Hinter dem Gartenzaun tauchte eine große, hagere Gestalt auf.

»Thomas!« Sie richtete sich auf und winkte ihm. Dabei konnte sie nicht verhindern, dass ihr Herz plötzlich schneller klopfte. Wie es aussah, hatte Thomas sein Versprechen nicht vergessen, denn er trug einen Werkzeugkoffer in der einen Hand und eine Einkaufstüte in der anderen.

Rasch goss Lissy die Milch in einen großen Eimer und brachte ihn in die Scheune. Später würde sie die Milch erwärmen, Lab zufügen und beginnen, Käse herzustellen. Sie war schon gespannt auf das Ergebnis, aber bis sie den Käse probieren und zum Verkauf anbieten konnte, würde es noch eine Weile dauern.

Schließlich kehrte sie zu Thomas zurück.

»Möchtest du eine Tasse Tee vor der Arbeit?«, bot sie an.

»Lieber net. Ich möchte gleich anfangen, damit ich fertig bin, wenn es dunkel wird.«

»Natürlich. Vielen Dank, dass du mir hilfst. Hoffentlich gibt es net so bald wieder ein Unwetter wie letzte Nacht.«

»Nein, die Meteorologen sagen schönes Wetter für die nächste Zeit voraus. Es soll sogar noch wärmer werden. Knapp dreißig Grad. Und dazu bleibt es trocken.«

»Da bin ich froh. Noch so ein Unwetter wie letzte Nacht würde der Hof kaum überstehen.« Lissy blickte schaudernd zum Stalldach hinauf und betrachtete das klaffende Loch.

»Im ganzen Dorf sehen die Bäume aus wie

gerupfte Hühner. Viele Dächer haben Schindeln verloren, und einige Autos wurden von herabstürzenden Ästen beschädigt. Der Sturm hat überall Schäden verursacht.«

»Kann ich mir vorstellen.«

»Hier, die Sachen sind für dich. Ich dachte mir, du bist bestimmt noch net zum Einkaufen gekommen.« Thomas reichte ihr die Einkaufstüte.

Sie war so schwer, dass Lissy mit beiden Händen zupacken musste. Keuchend stellte sie sie auf dem Tisch ab.

»Das sind ein paar Lebensmittel«, erklärte er. »Was du sonst noch brauchst, kannst du bei Alma kaufen. Ihr Laden liegt ganz in der Nähe der Kirche. Dort bekommst du alles, was du täglich brauchst. Für ausgefallenere Sachen musst du aber nach Mayrhofen fahren. Der Bus fährt dreimal am Tag.«

»Das ist net gerade oft.«

»Stimmt. Wir leben hier ziemlich weltabgeschieden.«

»Ich finde es gerade deshalb wunderschön.«

»Also könntest du dir vorstellen, hier zu leben?«

»O ja! Heute Nacht habe ich sogar davon geträumt.« Sie lächelte versonnen. »Das Tal ist bezaubernd. Und die Menschen hier sind alle sehr nett und hilfsbereit.«

»Nun ja, wir Gebirgler haben auch unsere Ecken und Kanten. Wir können ziemlich grantig werden, wenn uns etwas net behagt.«

»Davon habe ich aber noch nichts bemerkt.«

»Bei einem netten Madel zeigen sich alle von

ihrer besten Seite.« Er zwinkerte ihr zu, wurde aber sofort wieder ernst. »Ich sollte mit der Arbeit beginnen.«

Lissy nickte. »Ich weiß gar net, wie ich dir das vergelten soll.«

»Das musst du net. Ich mache es gern. Stört es dich, wenn ich mir Wallys Leiter aus dem Schuppen borge?«

»Natürlich net.« Lissy sah ihm kurz nach.

Dann wandte sie sich wieder ihrer Arbeit zu. Während sie die Gardinen im Haus abnahm, hörte sie Thomas draußen hämmern und werkeln.

Unvermittelt musste sie lächeln. Zum ersten Mal seit langer Zeit fühlte sie sich nicht allein. Ihre wurde warm, weil er bei ihr war.

Beschwingt arbeitete sie weiter. Sie putzte die Fenster, bis sich die Sonne darin spiegelte. Dann ging sie in den Garten, um das Unkraut zwischen den Tomatenbeeten auszuzupfen.

Als sie beinahe fertig war, kam Thomas zu ihr.

»Alles wieder in Ordnung«, sagte er und wischte sich den Schweiß von der Stirn. »Das Dach müsste die nächsten Unwetter gut überstehen.«

Dankbar sah Lissy ihn an. »Ich weiß gar net, was ich ohne dich gemacht hätte. Mit der Arbeit auf dem Hof kenne ich mich aus, aber wie man ein Dach repariert, weiß ich leider net.«

»Mein Vater hat es mir beigebracht. Unser Hof hat auch schon etliche Jahrzehnte auf dem Buckel und braucht hin und wieder eine Reparatur.« Er lächelte sie offen an.

Unter seinem innigen Blick klopfte ihr Herz

plötzlich schneller, und ihre Kehle war wie ausgedörrt.

Sie wollte etwas sagen, aber ihr fiel partout nichts ein …

»Wie geht es Wally?«, erkundigte er sich da.

»Sie liegt in Schwaz im Krankenhaus. Genaueres weiß ich leider auch net.«

»Möchtest du sie besuchen? Ich könnte dich hinfahren.«

»Wirklich? Aber das kann ich unmöglich annehmen.«

»Warum denn net? Ich habe Zeit, und Wally freut sich bestimmt über Besuch.«

Lissy nickte zögernd. Sollte sie wirklich mit ihm fahren? Seine Nähe brachte sie aus der Fassung. Vielleicht war es besser, nicht zu viel Zeit mit ihm zu verbringen?

Warum eigentlich net?, überlegte sie dann. Wir könnten doch Freunde werden. Immerhin sind wir so etwas wie Nachbarn.

»Lissy?«, hakte er nach, als sie schwieg.

Rasch gab sie sich einen Ruck. »Wenn es dir nichts ausmacht, würde ich sehr gern mit dir in die Stadt fahren.«

»Es macht mir nichts aus. Im Gegenteil.«

»Ich muss mich nur kurz umziehen und mir die Hände waschen.«

»Kein Problem. Ich warte hier auf dich.«

Lissy beeilte sich damit, sich für die Fahrt fertig zu machen und zu ihm zurückzukehren.

Thomas führte sie zu seinem Auto. Es war ein blauer Kleinwagen, der aus etlichen Ersatzteilen zu bestehen schien. Der Motor hustete und stotterte, als sie losfuhren.

»Ist das ein Ford?«, fragte Lissy skeptisch.

»Hauptsächlich ja. Dazu ein wenig vom Opel und ein paar Teile vom Renault.«

»Ein Patchworkauto also«, folgerte sie.

Er lachte. »Ja, so könnte man es ausdrücken. Im Grunde wird der Wagen nur noch von Spucke und gutem Willen zusammengehalten, aber solange er fährt, möchte ich mir keinen neuen zulegen. Und jetzt sowieso nimmer.«

»Wieso denn net?«

»Ach, net so wichtig.« Er winkte ab, aber sie hatte bemerkt, dass sich seine Miene für einen Sekundenbruchteil verdüstert hatte. Seine Hände umklammerten das Lenkrad so fest, dass die Fingerknöchel weiß hervortraten.

»Alles in Ordnung?«

»Was?« Er zuckte zusammen. »Ach so, ja.«

Sein Blick war so düster, dass sie unwillkürlich nach einem aufmunternden Gesprächsthema suchte. »Was hast du für Hobbys? Außer an deinem Auto zu basteln, meine ich.«

»Ich gehe sehr gern klettern. In letzter Zeit komme ich nur leider nimmer oft dazu.«

»Man soll net alleine klettern gehen, habe ich einmal gelesen. Wen nimmst du mit in die Berge? Deinen Bruder?«

»Ja, wenn wir die Zeit dazu finden. Lennart ist ein ausgezeichneter Bergsteiger. Er hat schon mehr als einmal verirrte Wanderer gefunden. Wusstest du, dass er bei der Bergwacht ist?«

»Nein, davon hat er mir nichts geschrieben.«

»Er wollte bestimmt net angeben. Er ist ziemlich bescheiden und gutmütig, wenn man ihn näher kennt.«

Thomas schwärmt von ihm, als würde er mich gern mit ihm zusammenbringen, stellte Lissy fest. Ob er gemerkt hat, dass Lennart mir seltsam fremd erscheint?

Den Rest der Fahrt über unterhielten sie sich über das Zillertal. Thomas kannte viele Geschichten über das Leben der Gebirgler. Über seinen Erzählungen verflog die Zeit.

Im Nu erreichten sie das Städtische Krankenhaus.

Die Intensivstation befand sich im oberen Stockwerk. Sie fuhren mit dem Fahrstuhl hinauf und erkundigten sich bei einer Krankenschwester nach Wally Kerzel.

»Sie schläft gerade«, erwiderte die Pflegerin, deren Namensschild sie als »Schwester Nicole« auswies.

»Wie geht es ihr denn?«

»Gehören Sie zu ihrer Familie?«

»Nein, ich helfe nur auf ihrem Hof aus.«

»Wenn Sie net zur Familie gehören, darf ich Ihnen leider keine Auskunft geben.«

»Können wir Wally besuchen?«

»Tut mir leid. Sie ist noch auf der Intensivstation und darf keinen Besuch empfangen.«

Lissy und Thomas tauschten einen enttäuschten Blick.

»Wenn Sie wollen, richte ich ihr gern etwas aus,

sobald sie aufwacht«, fügte die Krankenschwester hinzu.

»Das wäre nett.« Lissy überlegte kurz. »Sagen Sie ihr bitte, dass auf ihrem Hof alles in Ordnung ist. Ihre Ziegen fressen sehr gut, und die Sturmschäden haben wir alle repariert.«

Die Krankenschwester versprach, es weiterzuleiten. Dann eilte sie davon.

Thomas sah Lissy mitfühlend an. »Tut mir leid, dass wir umsonst gekommen sind.«

»Mir net. So konnten wir Wally wenigstens etwas ausrichten lassen.«

»Das ist auch wieder wahr. Wir sollten jetzt zurückfahren. Heute Abend muss ich noch einen Satz Klassenarbeiten korrigieren.« Er sah sie versonnen an. »Möchtest du einmal zu uns zum Abendessen kommen? Am Wochenende vielleicht?«

Lissy nickte impulsiv. »Ja«, erwiderte sie leise, während Wärme in ihr aufstieg. »Ich komme sehr gern.«

*

Die Arbeit auf Wallys Hof füllte Lissys Tage aus. Sie kümmerte sich um die Tiere und den Hof und schloss Freundschaft mit den Nachbarn. Schon bald fühlte sie sich im Dorf wie zu Hause.

Sie mochte das Tal und seine Bewohner, und sie gestand sich ehrlich ein, dass sie sich noch nirgends so geborgen gefühlt hatte wie hier.

Doch das änderte sich an einem sonnigen Nachmittag wenige Tage nach ihrem Besuch im Krankenhaus.

Als Lissy vom Einkaufen zurückkam, traute sie ihren Augen nicht. Ihre Tasche entglitt ihren Fingern und zerplatzte auf dem Asphalt. Eine Packung Nudeln und einige Äpfel kullerten heraus. Doch die junge Magd achtete nicht darauf.

»O mein Gott!« Bestürzt fuhr ihre Hand an ihren Mund. »Was ist denn hier passiert?«

Der Zaun vor Wallys Haus war umgestürzt und der Garten völlig verwüstet! Die meisten Latten waren zerbrochen und ragten wie gebrochene Rippen aus der Erde. Die Beete im Garten waren nur noch eine schlammig grüne Masse. Reifenspuren zeichneten sich zwischen den Beeten ab.

Jemand schien den Zaun mit seinem Auto umgefahren zu haben und dann durch den Garten gerast zu sein. Nicht nur einmal, sondern mehrmals!

Das konnte nur Absicht gewesen sein!

Lissy sah sich suchend um, konnte aber niemanden in der Nähe erkennen. Wie konnte das passieren?, grübelte sie. Der Garten ist völlig ruiniert. Und der Unglücksfahrer scheint über alle Berge zu sein. Mei, der schöne Garten ist nimmer zu retten. Wenigstens waren die Ziegen hinten auf der Weide. Ihnen ist nichts passiert. Aber es wird Tage dauern, alles wieder in Ordnung zu bringen!

»Mei, hat hier etwa ein Orkan gewütet?« Lennarts gebräuntes Gesicht erschien hinter der Hecke. Betroffen sah er Lissy an. »Willst du den Garten umgestalten?«

»Nein, das hier war ich net.« Sie hob die Schultern und ließ sie wieder fallen. »Ich war nur kurz weg. Als ich zurückkam, sah es hier so aus. Ob hier ein Betrunkener gewütet hat?«

»Keine Ahnung, ich habe leider nichts davon gehört. Aber du solltest das dem Gendarmen melden, Lissy. Er muss sich auf die Suche nach dem Bazi machen, der hier alles zerstört hat.«

»Meinst du wirklich, er findet ihn?« Lissy bezweifelte das, rief den Ordnungshüter aber dennoch an.

Der Gendarm traf wenige Minuten nach ihrem Anruf ein. Er war ein untersetzter Mann mit dunklen Haaren und einem stechenden Blick, dem kein Detail zu entgehen schien. Er untersuchte sämtliche Spuren und entdeckte dabei einige blaue Lackkratzer auf den zerbrochenen Latten. Wie es aussah, hatte der Unglückswagen auch einige Schrammen abbekommen. Ludwig Sirch machte Fotos und fragte Lissy nach Anhaltspunkten. Zu ihrem Bedauern konnte sie ihm jedoch nicht weiterhelfen.

»Ich habe leider net gesehen, was passiert ist.«

»Kannst du dir vorstellen, wer das getan haben könnte?«

»Nein. Ich wohne erst seit Kurzem hier und kenne kaum jemanden im Dorf.«

»Weiß Wally, dass du hier wohnst?« Der Gendarm sah sie an und kniff misstrauisch die Lider zusammen.

Lissy erschrak. Glaubte er etwa, sie wäre hier eingebrochen und würde dem Hof absichtlich schaden? Damit lag er völlig falsch! Sie war nur hier, um zu helfen!

»Ja, natürlich weiß sie das. Wally hat mich selbst gebeten, für sie einzuspringen, solange sie im Krankenhaus ist«, erklärte sie atemlos.

»So, so.« Der Gendarm machte sich eine Notiz in seinem Block. Vermutlich würde er ihre Angaben genau überprüfen.

Lissy atmete beinahe auf, als er sich schließlich verabschiedete und ging.

»Wie es hier aussieht«, seufzte sie.

»Das ist halb so schlimm«, tröstete Lennart sie und legte ihr einen Arm um die Schultern. »Wir bekommen das wieder hin.«

»Aber der Zaun ist völlig demoliert. Und der Garten noch dazu. Wally darf das auf keinen Fall sehen.«

»Soll ich dir helfen? Ich bringe das im Nu wieder in Ordnung. Es kostet dich nur ein Lächeln und ein Busserl.«

»So viel? Das ist aber ganz schön teuer«, beschwerte sie sich mit gespielter Entrüstung.

»Dann begnüge ich mich eben mit dem Lächeln.« Er zwinkerte ihr zu.

Nun musste sie doch lächeln. Lennart war wirklich ein unverbesserlicher Schwerenöter!

Während sie ihre Einkäufe ins Haus trug und in den Schränken verstaute, holte Lennart sein Werkzeug und machte sich an die Arbeit. Er räumte die Latten fort, die nicht mehr zu retten waren, und nagelte die Latten wieder fest, die man noch verwenden konnte. Auf seinem Hof hatte er ein Holzlager, aus dem er einige Teile zusätzlich holte und so zusägte, dass sie an ihren Zaun passten.

Unterdessen kümmerte sich Lissy um ihre Ziegen. Sie molk sie und stellte erleichtert fest, dass den Tieren nichts passiert war. Auf ihrer Weide waren sie sicher gewesen.

Immer wieder schweifte ihr Blick hinüber zu dem Landwirt, der in der warmen Frühlingssonne schwitzte.

Er ist doch net so verkehrt, stellte sie bei sich fest. Ein bisserl derb in seiner Art, aber ein anständiger Mann. Vielleicht spiegeln seine Briefe doch sein Innerstes wider, auch wenn man es ihm auf den ersten Blick net ansieht.

Unvermutet stieg Wärme in ihr auf.

Nachdem die Ziegen versorgt waren, fütterte Lissy die Hühner und hängte die Wäsche auf die Leine. Sie hatte sämtliche Betten im Haus frisch bezogen und im Wäschekorb auch noch weitere Stücke zum Waschen gefunden.

Schließlich kam Lennart zu ihr.

»Für heute muss ich Schluss machen«, schnaufte er und wischte sich mit dem Handrücken über die verschwitzte Stirn. »Meine Kühe müssen gemolken werden. Aber morgen früh komme ich wieder und bringe den restlichen Zaun in Ordnung.«

»Du hast ja schon die Hälfte geschafft!« Dankbar sah sie ihn an. »Wie kann ich das wiedergutmachen?«

»Das musst du net. Ich habe es gern gemacht.«

Lissy stellte sich auf die Zehenspitzen und wollte ihm einen Kuss auf die Wange geben, doch er wandte blitzschnell den Kopf, sodass ihre Lippen seinen Mund trafen. Sein Kuss war stürmisch und feucht und schmeckte ein wenig nach wilden Brombeeren.

Ihre Wangen glühten, als sich ihre Lippen voneinander trennten.

»Dafür komme ich auch den Rest der Woche her und repariere dir etwas.« Lennart zwinkerte ihr zu. Dann nahm er sein Werkzeug auf und stapfte zurück zu seinem Hof.

Dankbar sah Lissy ihm nach. Dann machte sie sich daran, die restliche Wäsche aufzuhängen. Sie hatte gerade die letzte Bluse in der Hand, als sie etwas Dunkles im Gras liegen sah. Lennarts Hammer! Er musste ihn beim Einpacken übersehen haben.

Lissy hob ihn auf und ging hinüber zum Nachbarhof. Sie klingelte an der Haustür.

Eine Weile regte sich nichts, dann wurde die Tür geöffnet, und Thomas stand vor ihr. Seine dunklen Haare waren zerzaust, und er sah so blass aus, als hätte er schon nächtelang nicht mehr geschlafen.

Wallys Vermutung scheint zu stimmen, dachte Lissy bestürzt. Er scheint wirklich krank zu sein.

»Komm rein«, bat er heiser, ehe sie etwas sagen konnte.

Er führte sie in die Stube, wo eine zerknautschte Decke und mehrere Kissen auf dem Sofa lagen.

»O nein, habe ich dich etwa geweckt?«

»Nein, das war Lennart, als er eben heimgekommen ist, aber das ist net weiter schlimm.«

»Ich wollte ihm seinen Hammer zurückbringen. Er hat ihn drüben bei mir vergessen.«

»Du hast ihn gerade verpasst. Lennart hat nur kurz reingeschaut und ist dann gleich wieder los, um noch ein paar Besorgungen zu machen. Möchtest du hier auf ihn warten?«

»Nein, ich lasse den Hammer einfach hier. Gibst du ihm den bitte?«

»Natürlich, aber er wird sich ärgern, dass er dich verpasst hat.« Thomas nahm ihr den Hammer ab. Im nächsten Moment entglitt das Werkzeug seinen Fingern und rumpelte auf den Dielenboden. »Wie ungeschickt von mir.« Er bückte sich, hob den Hammer auf und ließ ihn erneut fallen.

Beunruhigt sah Lissy ihn an. »Geht es dir gut?«

»Aber ja. Ich bin nur ein wenig übermüdet. Heute Nacht habe ich net viel Schlaf gefunden. Die Arbeit, du kennst das ja.« Seufzend hob er das Werkzeug auf. Lissy bemerkte, dass er diesmal die andere Hand benutzte, und wunderte sich darüber.

»Bist du verletzt? Deine Hand scheint net ganz in Ordnung zu sein.«

»Alles okay«, wehrte er ab. »Tut mir leid, aber ich habe net viel Zeit zum Reden. Ich muss noch einen Stapel Klassenarbeiten korrigieren.«

»Natürlich. Wir sehen uns morgen Abend beim Essen.«

Thomas nickte, wich dabei aber ihrem Blick aus.

Was war nur mit ihm? Sie erkannte ihn kaum wieder.

Warum war er mit einem Mal so abweisend zu ihr? Sie hatte gehofft, sie könnten Freunde werden. Aber offenbar hatte sie sich getäuscht. Ihm lag gar nichts an ihrer Gesellschaft. Er wollte sie nur mit seinem Bruder verkuppeln!

*

Das Doktorhaus lag in tiefem Schlaf. Vom nahe gelegenen Kirchturm klang gerade der zwölfte Schlag der Turmuhr herüber. Silbriges Mondlicht fiel durch die offenen Fenster des Schlafzimmers herein. Die Gardinen blähten sich leicht im Wind.

Unvermittelt zerschnitt das Klingeln des Telefons die nächtliche Stille.

Zahlreiche Notfalleinsätze hatten Martin Burger darauf trainiert, aus dem Schlaf gerissen zu werden. Er war schlagartig wach und tastete nach dem Telefon. Noch ehe es zum dritten Mal klingeln konnte, hatte er den Hörer abgenommen und meldete sich. Neben ihm murmelte Sabine verschlafen etwas unter ihrer Decke.

»Burger hier«, sagte er mit gedämpfter Stimme.

»Hier ist Toni Sellmayer«, rief eine aufgeregte Stimme am anderen Ende der Leitung. »Mein Sohn hat hohes Fieber und einen rätselhaften Ausschlag. Er weint vor Schmerzen. Ich weiß net, was ich noch machen soll.«

»Wie hoch ist seine Temperatur?«

»Vierzig Komma eins.«

Mit einem Satz stand Martin Burger auf. »Ich komme sofort. Mach Tim Wadenwickel, bis ich da bin.«

»Ist gut. Bitte, beeilen Sie sich, Herr Doktor.«

Das musste der Bauer ihm nicht zweimal sagen. Martin Burger warf den Hörer zurück auf die Gabel und griff nach seiner Hose. Innerhalb weniger Minuten war er angezogen.

Er drückte seiner Frau einen Kuss auf die Wange und eilte dann aus dem Haus.

Wenig später saß er in seinem Jeep und fuhr so schnell es das Tempolimit zuließ zum Sellmayer-Hof. Sein freundliches Gesicht war angespannt vor Sorge. Derart hohes Fieber konnte einen Krampf auslösen. Außerdem beunruhigten ihn Tims Schmerzen. Das klang alles gar nicht gut. Er musste so schnell wie möglich nach dem Buben sehen!

Rasch brauste er durch das nächtlich stille Dorf. Die meisten Höfe lagen im Dunkel. Lediglich auf dem Lederhofer-Hof brannte noch Licht.

Ist das net die Kammer von Thomas?, überlegte der Bergdoktor. Ob es dem jungen Lehrer wieder schlechter geht?

Zeit zum Anhalten hatte er jedoch nicht, denn er wurde bereits auf dem Sellmayer-Hof erwartet. Der Bauer stand am Tor, als sein Jeep in die Hofeinfahrt einbog und anhielt. Martin Burger sprang heraus.

»Hier entlang.« Der Bauer führte ihn ins Kinderzimmer.

Vroni Sellmayer saß am Bett ihres Sohnes und hielt seine Hand. Der Sechsjährige schniefte leise, und auf seinem Gesicht zeichneten sich rote Flecken ab.

»Heute ist an Schlafen wohl net zu denken, was, Tim?« Martin Burger lächelte seinem kleinen Patienten zu, ehe er sich an Vroni wandte. »Wie lange fiebert er schon?«

»Seit gestern Abend. Da habe ich seinen Ausschlag auch das erste Mal entdeckt. Wir haben ihm Paracetamol gegeben, aber das wirkt net lange. Er hat furchtbare Kopfschmerzen.«

Martin Burger nickte. Dann untersuchte er den Buben.

Apathisch ließ Tim die Untersuchung über sich ergehen. Er schien keine Kraft mehr zu haben. Seine Körpertemperatur war alarmierend hoch. Noch mehr Sorgen machte dem Arzt allerdings die Steifheit seines Nackens. Sie deutete auf eine beginnende Hirnhautentzündung hin.

Schließlich richtete er sich wieder auf.

»Tim hat die Masern und vermutlich auch eine Hirnhautentzündung. Er muss ins Krankenhaus.«

»Bitte net.« Die Bäuerin zuckte zusammen. »Ich möchte mich selbst um meinen Bub kümmern.«

»Die Gefahr, dass ihr euch alle bei ihm ansteckt, ist zu groß. Ich möchte Tim gern unter ärztlicher Beobachtung halten, bis sein Fieber unter Kontrolle ist. Er braucht ein hoch dosiertes Antibiotikum.«

»Kann ich ihn wirklich net selbst pflegen?«

»Besser net, Vroni. Es tut mir leid.«

Toni Sellmayer Mann räusperte sich. »Wenn Doktor Burger es für das Beste hält, sollten wir Tim ins Krankenhaus bringen.«

Seine Frau nickte, doch es war ihr anzusehen, dass ihr diese Entscheidung nicht leichtfiel.

»Ich möchte net fort, Mami.« Tim klammerte sich an seine Mutter. Seine Augen waren groß und weit vor Angst.

»Mei...« Tränen funkelten in den Augen der Mutter, aber sie blinzelte sie rasch zurück. »Es ist das Beste so, mein Liebling. Wir kommen dich jeden Tag besuchen. Die Ärzte werden dich wieder gesund machen.«

»Aber ich kenne sie gar net.« Dicke Tränen kullerten über die rot gefleckten Wangen des Buben.

Da setzte sich der Bergdoktor an sein Bett und strich ihm sanft über den Kopf. »In der Klinik sind viele andere Kinder, denen es ähnlich geht wie dir. Mit einigen wirst du dich bestimmt anfreunden. Du wirst sehen, im Nu bist du gesund und wieder daheim.«

Tim schniefte leise. »Tut mir dann mein Kopf nimmer weh?«

»Nein. Dann geht es dir wieder gut.«

»Kann ich meinen Teddy mitnehmen?« Tim presste sein Kuscheltier fest ans Herz.

»Aber sicher. Er kommt ganz oben in deinen Koffer.« Martin Burger nickte seinem kleinen Patienten aufmunternd zu. Er ließ sich seine Sorge nicht anmerken. Wenn sein Verdacht zutraf und Tim unter Meningitis litt, war keine Zeit zu verlieren!

*

Als Lissy am nächsten Morgen aufwachte, ahnte sie nichts Böses. Sie wusch sich, zog sich eine frische Bluse zu ihren Jeans an und ging hinunter, um die Hühner zu füttern.

Als sie das Haus verließ und in den Hof trat, bemerkte sie aus dem Augenwinkel etwas Rotes. Verwundert wandte sie sich um und erstarrte plötzlich.

»Was … was ist denn das?!«, keuchte sie.

Rote Flecken prangten an den Außenwänden des Bauernhauses! Sie waren über und über damit bedeckt. Es sah aus wie nach einem Massaker!

Übelkeit wallte in ihr auf, und sie schlug die Hand vor den Mund. Erst auf den zweiten Blick erkannte sie, dass es kein Blut war, sondern getrocknete Farbe. Doch das machte es nicht viel besser. Jemand hatte Wallys Haus mit Graffiti besprüht. Die leeren Sprühdosen lagen noch im Garten verstreut.

Sprachlos vor Bestürzung umrundete Lissy das Haus. Dann hatte sie Gewissheit. Alle vier Wände waren über und über mit Sprühfarbe besudelt. Jemand musste die Nacht dafür genutzt und das Haus verschandelt haben, während sie geschlafen hatte.

War das ein Kinderstreich?, grübelte sie. Nein, das kann ich mir net vorstellen. Womöglich steckt derselbe dahinter, der den Zaun umgefahren hat. Das war kein Unfall, sondern Absicht. Aber warum? Hat Wally einen Feind hier im Tal?

Die Flecken schienen wahllos aufgebracht worden zu sein. Sie ergaben weder Worte noch Muster, sondern lediglich ein grausiges rotes Durcheinander.

So kann ich das unmöglich lassen, dachte Lissy. Wally würde sich zu Tode erschrecken, wenn sie heimkommt und ihr Haus so sieht.

Ihr würde nichts anders übrig bleiben, als erneut den Gendarmen zu rufen. Wenn sie Pech hatte, würde er sie verdächtigen, etwas mit dem verschandelten Hof zu tun zu haben. Es war ohnedies fraglich, dass er denjenigen aufspüren konnte, der das getan hatte. Mitten in der Nacht hatte bestimmt niemand beobachtet, wer hier mit Farbe gewütet hatte…

Moment mal!

Auf einmal kam ihr ein erschreckender Gedanke.

Wenn der Anschlag nun gar nicht Wally gegolten hatte, sondern ihr? Wollte sie jemand nicht hierhaben? Eine Freundin von Lennart vielleicht? Oder jemand, der sie von Wallys Hof vertreiben wollte?

Sie überlegte hin und her, kam aber zu keinem Schluss.

Mitten in ihre Gedanken hinein klingelte ihr Mobiltelefon. Lissy holte es aus ihrer Hosentasche und meldete sich. Ihre beste Freundin Nina meldete sich.

»Wie geht es dir, du untreue Tomate?«, rief Nina munter. »Seit Tagen hüllst du dich in Schweigen. Dabei platze ich fast vor Neugier. Bist du deinem Traumprinzen schon begegnet?«

»Lennart? Ja, ich habe ihn schon getroffen.«

»Das klingt aber net gerade begeistert. Was ist denn los? Hat er in seinen Briefen etwa übertrieben? Er sieht doch net etwas aus wie Frankensteins Monster?«

»Nein, er ist ziemlich attraktiv. Muskulös und braun gebrannt. Er würde dir gefallen.« Lissy ließ sich auf die Bank vor dem Haus sinken, streckte die Beine aus und seufzte leise. »Es läuft hier nur net so, wie ich es mir erträumt habe.«

»Was ist denn los?« Mit einem Mal klang Nina besorgt. Sie hatte vor zwei Jahren einen jungen Bauern geheiratet und Zwillinge mit ihm bekommen. Seitdem sprühte sie nur so vor Glück und versuchte alles, um ihre Freundin zu verkuppeln.

»Lennart ist net ganz so, wie ich dachte«, gestand Lissy. »Ich habe mir ein Traumbild von ihm geschaffen, dem er net entspricht, und nun muss ich mich mit der Wirklichkeit auseinandersetzen. Außerdem musste seine Nachbarin ins Krankenhaus und hat mich gebeten, auf ihren Hof aufzupassen. Aber hier geht es net mit rechten Dingen zu …«

»Wie bitte?« Nina schnappte nach Luft. »Das ist ja unglaublich! Erzähl mir alles. Und lass ja nichts aus!«

Lissy wechselte das Telefon von einer Hand in die andere und holte tief Luft. Dann begann sie zu berichten, was sich seit ihrer Ankunft in St. Christoph ereignet hatte.

»Nun muss ich das Haus neu anstreichen«, schloss sie. »Sobald ich die Schwierigkeiten an einer Stelle in den Griff bekomme, scheinen sie einfach an einer anderen Stelle wieder aufzubrechen.«

»Das klingt wirklich abenteuerlich«, stellte ihre Freundin fest. »Hast du eine Ahnung, wer hinter alldem stecken könnte?«

»Leider nein. Ich kenne hier noch kaum jemanden. Und Wally scheint eine nette ältere Dame zu sein. Ich kann mir net vorstellen, dass sie Feinde hat.«

»Was ist mit ihrer Familie?«

»Ihr Sohn lebt weit weg und kümmert sich so gut wie gar net um sie. Ich glaube net, dass er etwas mit den Schwierigkeiten zu tun hat.«

»Dieses Rätsel werden wir wohl so schnell net lösen können. Erzähl mir mehr von Lennart.«

»Was möchtest du denn wissen?«

»Du warst so verliebt, als du hier losgefahren bist. Was empfindest du jetzt, wo du ihn getroffen hast?«

»Wenn ich das wüsste. In meinem Inneren herrscht zurzeit ein buntes Durcheinander an Gefühlen. Ich habe Lennart gern, aber ich wünschte, er hätte ein wenig mehr von seinem Bruder …«

Nina seufzte. »Möglicherweise bist du noch gar net bereit für eine feste Beziehung.«

»Doch, das bin ich. Ich wünsche mir eine Familie. Mehr als alles andere auf der Welt.«

»Wünschen und Bekommen sind zwei völlig verschiedene Dinge. Könnte es net sein, dass es gar net an Lennart liegt, sondern an dir? Vielleicht bist du noch net so weit, deine Träume wahr werden zu lassen. Ich glaube, du hast es noch net verwunden, dass Daniel dich damals betrogen hat.«

Lissy zuckte zusammen. Seitdem ihr früherer Freund sie hintergangen hatte, war sie vorsichtig geworden. Das stimmte. Aber deshalb würde sie doch niemals ihr zukünftiges Glück sabotieren.

Oder etwa doch? »Das ist schon vier Jahre her«, wandte sie leise ein. »Ich sollte längst darüber hinweg sein.«

»Ein Herz vergisst net so leicht. Weder Gutes noch Böses.«

»Was soll ich denn jetzt tun?«

»Lerne deinen Lennart erst einmal besser kennen. Alles andere findet sich dann schon.«

»Meinst du wirklich?«

»Ja. Lennart ist kein anderer Mensch geworden, seit du ihn getroffen hast. Du lernst nur andere Seiten von ihm kennen.«

Lissy nickte versonnen. »Ja, das kann sein.«

»Geh zu diesem Abendessen und sei allem gegenüber offen. Besonders Lennart. Gib ihm eine Chance. Danach weißt du mehr.«

»Ja, das werde ich tun.« Lissys Herz klopfte ihr bis zum Hals, als sie an den Abend mit den Brüdern dachte. Langweilig würde er ganz sicher nicht werden!

*

»Das darf doch net wahr sein!« Bestürzt stand Lissy im Garten und hielt ihr gutes Kleid hoch. Ein grauweißer Fleck prangte auf dem roten Stoff.

Sie hatte das Kleid an diesem Morgen gewaschen, damit es abends sauber war, wenn sie Lennart besuchte. Doch nun hatte offensichtlich ein Vogel seine Spuren darauf hinterlassen. Der helle Klecks war unübersehbar – und er wurde sogar noch breiter, als sie mit einem Taschentuch darauf herumrubbelte.

Es würde ihr nichts anderes übrig bleiben, als die Hinterlassenschaft ihres gefiederten Besuchers auszuwaschen. Hoffentlich wurde es bis zum Abend überhaupt noch trocken!

»Haltet ihn auf!«, rief plötzlich eine Frau in der Ferne.

Alarmiert blickte Lissy auf. Wer sollte aufgehalten werden? Ein Handtaschenräuber? Was war geschehen?

»Mein Baby!«, rief die Frau, und ihre Stimme überschlug sich beinahe. »Jemand muss mein Baby aufhalten!«

Ein Baby? Lissy rannte an den Gartenzaun und spähte auf die Straße. Was sie da sah, ließ ihr einen eisigen Schauder über den Rücken rieseln. Ein Kinderwagen rollte die abschüssige Straße herunter und hielt genau auf die Kirchhofmauer zu! Durch das Gefälle gewann das Gefährt immer mehr an Geschwindigkeit. In wenigen Sekunden würde es gegen die Mauer prallen!

Lissy wollte sich lieber nicht ausmalen, was dann mit dem Baby in dem Wagen geschehen würde.

»Hilfe! Bitte, hört mich denn niemand?« Eine Frau rannte hinter dem Wagen her. Ihre Augen waren weit aufgerissen, und sie lief mit langen Schritten, aber der Kinderwagen hatte bereits so viel Schwung, dass sie ihn nicht mehr einholen konnte.

Da rannte Lissy zum Gartentor und hinaus auf die Straße. Mit weit ausgebreiteten Armen lief sie dem Kinderwagen entgegen, wartete und packte im rechten Augenblick zu.

Ein heftiger Ruck ging durch ihren Körper, als der Wagen weiterdrängte und an ihr zerrte. Dann stand das Gefährt. In seinem Inneren weinte ein Baby.

»Sch, ist ja gut, Spatzerl.« Lissy hob das Baby auf ihren Arm und wiegte es sacht hin und her. Es trug einen rosafarbenen Strampelanzug und duftete so warm und weich, wie nur ein frisch gebadetes Baby duften konnte.

»O mein Gott, du hast meine Tochter gerettet.« Schluchzend blieb die junge Frau vor ihr stehen. »Ich weiß gar net, wie ich dir danken soll.«

»Deiner Kleinen ist nichts geschehen, das ist mein schönster Dank.« Lissy lächelte die Fremde an. »Der Wagen hat sich wohl selbstständig gemacht?«

»Ja, ich habe mich nur kurz nach dem Haustürschlüssel gebückt. Als ich wieder aufgesehen habe, war der Wagen schon losgerollt. Wir wohnen da oben.« Die Fremde deutete die Straße hinauf zu einem Gehöft. »Ich bin Vroni Sellmayer.«

»Und ich heiße Lissy Hitzberger.« Liebevoll wiegte Lissy das Baby, bis es zu weinen aufhörte und aus großen Augen zu ihr aufblickte. Lediglich eine einzige Träne kullerte noch über seine runde Wange. Sie wischte sie sanft fort.

Dankbar sah die Bäuerin sie an. »Danke schön, Lissy. Wenn ich dir das einmal vergelten kann, sag es mir.«

»Ist schon gut. Ich bin froh, dass ich zur rechten Zeit zur Stelle war.«

»Ich auch.« Vroni schwankte mit einem Mal. Die

Angst schien ihr mehr zugesetzt zu haben, als sie sich anmerken lassen wollte.

»Du solltest dich ausruhen«, schlug Lissy vor. »Du bist ja blass wie eine Wand.«

»Die vergangene Woche war net gerade leicht. Mein Sohn musste mit hohem Fieber ins Krankenhaus. Es geht ihm schon etwas besser, aber ich mache mir trotzdem schreckliche Sorgen um ihn. Doktor Burger sagt, dass er noch eine ganze Weile im Krankenhaus bleiben muss.«

Lissy legte ihr eine Hand auf den Arm. »Möchtest du mit zu mir kommen? Ich habe frischen Mohnkuchen. Dazu koche ich uns einen starken Kaffee. Danach wirst du dich besser fühlen.«

»Mache ich dir auch keine Umstände?«

»Im Gegenteil.« Lissy drückte das Baby ans Herz. Es griff mit seiner kleinen Faust nach einer ihrer Locken und zupfte daran. Dabei strahlte es über das ganze Gesicht.

Lächelnd ließ sie es gewähren. Eine sanfte Wärme stieg in ihr auf. Sie wünschte sich eigene Kinder. Am liebsten gleich mehrere. Aber würde sich dieser Traum jemals erfüllen?

Als sie aufsah, sah sie plötzlich Thomas. Der junge Lehrer stand auf seinem Hof und schaute mit brennenden Augen zu ihr herüber.

Sie winkte und rief ihm einen Gruß zu.

Daraufhin wandte er sich schweigend um und verschwand im Haus.

»Nanu«, sagte Vroni verwundert, »was ist ihm denn über die Leber gelaufen?«

Ratlos zuckte Lissy mit den Schultern. Sie wusste

es nicht, aber mit einem Mal schienen sich dicke Wolken vor den strahlend schönen Frühlingstag zu schieben …

*

Noch niemals zuvor hatte er sich etwas so sehr gewünscht und gleichzeitig gewusst, dass es unerreichbar für ihn war.

Schwer atmend kehrte Thomas ins Haus zurück. Als die Haustür hinter ihm zufiel, lehnte er sich mit dem Rücken dagegen und schloss aufstöhnend die Augen.

Doch das Bild von Lissy mit dem Baby auf dem Arm stand so leuchtend klar vor seinem inneren Auge, als wäre es mit einer glühenden Zange eingebrannt worden. Sie hatte so lieb und reizend ausgesehen, dass er sie am liebsten an sich gezogen und niemals wieder fortgelassen hätte. Er hatte sich vorgestellt, wie sie sein Baby auf dem Arm hielt und ihn liebevoll anlächelte …

Daran darf ich net einmal denken, ermahnte er sich selbst. Sie gehört meinem Bruder. Und selbst wenn net … Was könnte ich ihr schon bieten? Nichts. Vor allem keine Zukunft.

Er bedauerte, ihren Gruß nicht erwidert zu haben. Doch er wollte sie auf keinen Fall spüren lassen, wie gern er sie hatte. Der Himmel allein wusste, wie viel er für sie empfand. Aber das durfte nicht sein.

Er würde ihr nur Kummer bringen, deshalb musste er sich fern von ihr halten. So fern wie nur möglich!

Einmal mehr hatte ihm das Schicksal vor Augen geführt, was er niemals haben konnte.

Er hatte geglaubt, sich damit abgefunden zu haben, dass seine Zeit begrenzt war. Sein Plan war es gewesen, so lange zu arbeiten, wie es ihm möglich war, und dann ans Meer zu fahren. Wenn er schon sterben musste, dann mit der endlosen Weite des Ozeans vor Augen. Sie gab ihm das Gefühl, Teil von etwas Größerem zu sein. Wenn sein Schicksal von Geburt an festgelegt war, musste er seinen Weg nur zu Ende gehen.

Ja, er hatte gedacht, bereit zu sein.

Wie sehr er sich doch getäuscht hatte! Er musste einsehen, dass er weit davon entfernt war, sich mit seinem Schicksal abzufinden. In seinem Inneren brodelte verzweifeltes Aufbegehren. Er wünschte sich eine Familie. So sehr, dass es beinahe wehtat. War das wirklich schon zu viel verlangt?

Thomas presste die Fäuste gegen seine Schläfe, hinter der das Verhängnis wuchs. Jeden Tag ein Stückchen mehr.

An diesem Morgen war er bei Doktor Burger gewesen. Seine Nachrichten waren niederschmetternd gewesen. Die neuesten Testergebnisse lagen vor und verrieten, dass der Tumor schneller gewachsen war, als zu erwarten gewesen war.

Der Bergdoktor hatte ihn zu einer Operation gedrängt. Einen anderen Behandlungsweg sah er nicht mehr. Doch dazu konnte Thomas sich noch nicht durchringen.

Vom Kirchturm drangen sechs Glockenschläge heran und erinnerten ihn daran, dass es Zeit für die Vorbereitungen zum Abendessen wurde. Thomas rang seine Erregung nieder und ging in die Küche. Er wollte kochen und seinen Bruder dann unter einem Vorwand mit Lissy allein lassen. Dann konnte Lennart ihr endlich beweisen, dass sie zusammengehörten.

Wenigstens das wollte er für seinen Bruder tun: ihn mit einem lieben Madel zusammenbringen, damit er nicht länger allein war.

Und so gab sich der junge Lehrer die allergrößte Mühe mit dem Essen. Er klopfte die Schnitzel so lange, bis sie so zart und dünn waren, dass man sie mühelos unter einer Tür hätte durchschieben können. Dann wälzte er sie in Mehl, Eiern und Paniermehl, ehe er Fett heiß machte und sie brutzelnd darin briet. Während sich ein köstlicher Duft im Haus verbreitete, kochte er Kartoffeln und schnitt Möhren und Salat klein.

Er deckte den groben Holztisch vor dem Haus. Mit einer karierten Tischdecke, Steingutgeschirr und mehreren Teelichtern wirkte der Tisch sehr romantisch. Zum Schluss stellte er noch eine Vase mit Veilchenblüten dazu.

Fertig!

Ein Blick auf seine Uhr bestätigte ihm, dass Lissy jeden Moment eintreffen würde.

Da klingelte das Telefon.

O nein! Wollte Lissy das Abendessen etwa absagen?

Mit widerstreitenden Gefühlen eilte er an den Apparat und meldete sich. »Lederhofer hier.«

»Thomas, ich bins«, rief sein Bruder. »Tut mir

leid, aber ich werde es heute net nach Hause schaffen.«

»Was sagst du da?«

»Ich war bei einem Geschäftstermin in Schwaz.«

»Ich weiß, solltest du net längst auf dem Rückweg sein?«

»Das hatte ich auch vor, aber mein Auto hat unterwegs das große Stottern bekommen und ist plötzlich liegen geblieben. Es hat mich allein eine Stunde gekostet, einen Abschleppwagen aufzutreiben.« Lennart schnaubte. »Ich bin jetzt in der Werkstatt. Der Mechaniker sagt, er kann mein Auto bis morgen reparieren.«

»Soll ich dich abholen?«

»Nein, das dauert zu lange. Außerdem müsstest du mich dann morgen wieder herbringen. Ich nehme mir lieber ein Hotelzimmer hier und komme morgen wieder heim.«

»Aber Lissy kommt gleich zum Abendessen.«

»Ich weiß. Das Essen müssen wir leider nachholen. Sag ihr, dass es mir leidtut und dass ich an sie denke.«

»Ich werde es ihr ausrichten, aber sie wird bestimmt enttäuscht sein. Schließlich ist sie deinetwegen hier.«

»Ich kann nichts dafür, wenn der verflixte Wagen streikt«, brummte sein Bruder gereizt.

Es klickte, dann hatte Lennart aufgelegt.

Im selben Augenblick klingelte es an der Haustür.

Thomas zuckte zusammen. So viel zu seinem genialen Plan, sich von Lissy fernzuhalten. Was sollte er denn jetzt machen? Das Beste würde es sein, das Essen zu verschieben und sie nach Hause zu schicken.

Er atmete tief durch und ging öffnen.

»Hallo.« Lissy stand draußen und lächelte ihn an.

Sie trug ein rotes Frühlingskleid, das schmal auf ihre Taille zulief und in einen fließenden Rock überging. Um den Hals trug sie ein Lederband mit einer silbernen Rose als Anhänger. Ihre rotblonden Locken rahmten weich und seidig ihr Gesicht ein, und ihre veilchenblauen Augen leuchteten warm. Wie ein junger Frühlingsmorgen sah sie aus!

Wie bezaubernd sie ist, schoss es ihm durch den Kopf. Sie hat sich viel Mühe mit ihrem Äußeren gegeben. Offenbar hat sie sich auf den Abend gefreut. Ich kann sie jetzt net so enttäuschen und wieder nach Hause schicken …

»Ich habe Käse mitgebracht«, sagte sie und fügte mit einem Hauch Stolz hinzu: »Er ist selbst gemacht.«

»Vielen Dank, Lissy. Aber Lennart kann heute Abend leider net mit dir essen. Sein Wagen ist liegen geblieben. Er kommt erst morgen wieder heim.«

»Wie schade. Darf ich trotzdem hereinkommen?«

Er wollte ablehnen. Doch zu seiner eigenen Überraschung hörte er sich plötzlich sagen: »Natürlich.«

Lissy trat ein und schnupperte. »Das Essen duftet einfach umwerfend. Du hast dir bestimmt viel Arbeit gemacht.«

Ihr Lächeln machte es ihm unmöglich, sie fortzuschicken.

Thomas räusperte sich. »Ich habe für uns auf der Terrasse gedeckt.« Er führte sie hin.

»Wie hübsch«, sagte sie leise und betrachtete den liebevoll gedeckten Tisch. Mittlerweile war es beinahe dunkel geworden, sodass die Teelichter sanft glühten.

»Möchtest du ein Glas Wein, Lissy?«

»Gern. Kann ich dir noch etwas in der Küche helfen?«

»Danke, aber es ist alles fertig. Wir können gleich essen.« Er drehte sich um und ging zurück ins Haus. Dabei hoffte er inständig, dass sein Rückzug nicht wie eine Flucht aussah. Lissys Nähe brachte sein Herz aus dem Takt. Wie sollte er das nur einen ganzen Abend lang vor ihr verbergen?

Er brachte den Wein nach draußen und beeilte sich dann, die Schnitzel mit den Kartoffeln und dem Gemüse auf den Tellern zu verteilen. Er fügte Salat hinzu, trug die beiden Teller nach draußen und setzte sich zu Lissy.

»Worauf wollen wir trinken?«, fragte sie und hob ihr Glas.

»Auf unsere Träume«, entgegnete er rau.

Daraufhin lächelte sie ihn an. »Ja, darauf trinke ich gern.« Sie stieß mit ihm an und nippte an ihrem Glas.

Dann widmeten sie sich ihrem Essen.

Eine Zeit lang sagte keiner von ihnen ein Wort. Doch ihr Schweigen war nicht unangenehm. Thomas genoss es einfach nur, Lissy bei sich zu haben. Und ihr schien es ebenso zu gehen, denn sie lächelte ihn an und sprach ihrem Essen zu.

»Wirklich lecker«, sagte sie. »Wo hast du so gut kochen gelernt?«

»Ich habe in Wien studiert. Als Student kann man es sich net leisten, jeden Tag essen zu gehen. Man hat nur die Wahl, kochen zu lernen oder zu verhungern.«

»Oder man sucht sich eine Freundin, die kochen kann«, ergänzte Lissy und zwinkerte ihm zu.

Er lachte und fragte sich plötzlich, weshalb er diesem Abend mit gemischten Gefühlen entgegengesehen hatte. Es fühlte sich unendlich richtig an, mit Lissy zusammen zu sein.

»Als Dessert gibt es Schokoladen-Soufflé.«

Sie verdrehte die Augen. »Mein Lieblingsnachtisch. Er geht vom Löffel direkt auf die Hüften, aber das ist es wert.«

»Du kannst es vertragen.«

»Ich trainiere es mir einfach morgen wieder ab. Dann fange ich an, die Außenwände neu zu weißeln. Die rote Farbe schlägt mir aufs Gemüt. Außerdem kommen andauernd Leute vorbei und fragen, ob das Blut ist und bei mir jemand ermordet wurde. Das ist gruselig.«

»Gibt es schon einen Hinweis, wer es war?«

»Leider net. Der Gendarm tappt nach wie vor im Dunkeln.«

»Du brauchst jemanden, der auf dich aufpasst.«

»Ich komme schon zurecht.«

»Die Sache gefällt mir net. Wenn der nächste

Anschlag nun dir gilt? Vielleicht solltest du dir einen Hund zulegen.«

»Das geht net. Der Hof gehört net mir, sondern Wally.«

»Wie wäre es dann mit ein paar Gänsen? Sie sind beinahe ebenso gute Wächter wie Hunde. Bei Fremden schlagen sie schnatternd Alarm und hacken nach ihm. Wenn Wally sie später net behalten möchte, würde mein Bruder sie bestimmt aufnehmen.«

»Im Ernst?« Lissy schien zu überlegen.

»Mir wäre wohler, wenn du net allein auf dem Hof wärst.«

»Du bist lieb. Ich werde es mir überlegen.« Ihr Lächeln wurde noch eine Spur verträumter. Sie streckte die Hand aus und drückte seine Hand. Ungeahnte Wärme stieg in ihm auf, und die Welt rings um sie herum war vergessen.

Die Betriebsamkeit des Tages war längst verstummt. Grillen zirpten im Gras, und der Wind fuhr sacht durch die Bäume. Thomas erwiderte den Druck von Lissys Hand, und ihre Blicke fanden sich und tauchten tief ineinander ein. Es war, als würden sich nicht nur ihre Hände, sondern auch ihre Seelen berühren.

Er vergaß zu atmen. »Lissy«, raunte er.

»Thomas, ich…« Sie brach ab und sah ihn liebevoll an.

Wie von selbst näherten sich ihre Gesichter einander an. Lissy wich nicht zurück. Im Gegenteil! Ganz leicht öffneten sich ihre Lippen, bereit, eins mit ihm zu werden.

Plötzlich durchfuhr es ihn siedend heiß.

Sie steuerten geradewegs auf einen Kuss zu!

Das kann ich Lennart net antun, dachte er, fuhr zurück und verbiss einen Fluch.

Lissy zuckte zusammen, als wäre sie aus einem Traum erwacht. Ihre Augen wurden weit, und er erkannte, dass er sie gerade verletzt hatte. Der Zauber dieses Abends brach.

»Es tut mir leid«, raunte er heiser. Sein Atem kam schwer und stoßweise. »Aber das … das kann ich net tun.«

»Mei …« Mit einem Satz sprang Lissy auf. Sie murmelte etwas, das wie eine Entschuldigung klang. Dann wandte sie sich um und eilte um das Haus herum. Kurz darauf hatte die Dunkelheit sie verschluckt.

Mit brennenden Augen starrte er ihr nach.

Er hatte Lissy verletzt. Ausgerechnet Lissy, an der ihm mehr lag als an irgendjemandem sonst.

Es ist besser so, versuchte er sich einzureden. Ich darf sie net für mich beanspruchen. Doch das half nicht gegen das überwältigende Gefühl von Verlust in seinem Inneren.

Allmählich dämmerte die Erkenntnis in ihm herauf: Er hatte sein Herz rettungslos an Lissy verloren.

*

Am nächsten Morgen stand Lissy später auf als sonst. Sie hatte kaum geschlafen und die halbe Nacht gegrübelt. Erst im Morgengrauen war sie in einen unruhigen Schlummer gefallen. Immer wieder hatte sie über den vergangenen Abend nachgedacht. Um ein Haar hätte sie Thomas geküsst! Das musste doch etwas zu bedeuten haben!

Bestimmt nichts Gutes, dachte sie seufzend.

Ihr Herz war schwer wie Blei, als sie in den Garten trat und die Wäsche von der Leine nahm. Ordentlich faltete sie die Stücke zusammen und legte sie in den Korb. In der Nähe zwitscherte ein Fink ein munteres Morgenlied. Doch nicht einmal das konnte Lissy aufmuntern.

Das Abendessen mit Thomas war ein Desaster gewesen! Zunächst hatten sie sich ausgezeichnet verstanden. Lissy hatte gehofft, er hätte doch etwas für sie übrig. Aber dann waren sie sich nähergekommen, er hatte sie unvermittelt weggestoßen.

Wie konnte ich nur glauben, er hätte mich gern?, haderte sie mit sich selbst. Ich war drauf und dran, ihn zu küssen. Und er hat es zugelassen. Nein, er ist mir sogar entgegengekommen. Warum hat er es so weit kommen lassen?

Unvermittelt stieg ein beißender Geruch in ihre Nase.

Lissy stutzte. Es roch scharf nach Lösungsmitteln. Verwundert sah sie sich um und vergaß plötzlich ihre Wäsche.

Die Fassade von Wallys Haus leuchtete wieder strahlend weiß! Keine Spur gab es mehr von dem dunklen Rot, mit dem jemand die Wände beschmiert hatte. Alles war in Ordnung. Offenbar hatte hier jemand heimlich in der Nacht gemalert.

Aber wer?

Ungläubig ging Lissy um das Haus herum. Sie

konnte nicht fassen, dass sie nichts davon bemerkt hatte. Aber es stimmte. Die Fassade war wieder völlig hergestellt und die rote Farbe verschwunden. Wally würde nichts mehr davon sehen, wenn sie aus dem Krankenhaus kam.

»Guten Morgen, Lissy!« Der Postbote blieb vor dem Gartentor stehen, lehnte sein Fahrrad an den Zaun und holte einen Stapel Briefe aus seiner schwarzen Posttasche.

»Grüß dich, Germo.« Sie lächelte ihn an. »Hast du heute etwas für mich?«

»Freilich.« Germo Niederstetter reichte ihr den Poststapel über den Zaun. »Hier bitte. Mei, Wallys Haus strahlt ja wieder. Es war wirklich höchste Zeit, dass sich Thomas darum kümmert. Das Rot sah zum Fürchten aus.«

»Thomas hat die Fassade geweißelt?«, hakte Lissy nach.

»Natürlich. Als ich vorhin losgefahren bin, um die Post zu holen, habe ich ihn gesehen. Die Sonne ging gerade auf, als er hier gearbeitet hat. Hast du ihn denn net beauftragt?«

Lissy schüttelte den Kopf. Das alles ergab keinen Sinn. Weshalb sollte Thomas ihr helfen? Er mochte sie doch nicht einmal! Eigentlich gab es nur eine einzige Erklärung für seine Hilfe: Er hatte es für Wally getan, nicht für sie.

Leise bedankte sie sich für die Post und stöberte den Stapel durch, während Germo weiterradelte.

Die meisten Briefe waren für Wally. Sie legte sie zu den anderen in den Korb, in dem sie Wallys Post sammelte. Ein Brief jedoch war mit zahlreichen bunten Marken beklebt und kam aus Tansania. Er war von ihrem Bruder Michael.

Erfreut riss sie ihn auf und vertiefte sich in das Schreiben.

Meine liebe Lissy, las sie. *Wie gefällt es Dir im Zillertal? Ich hoffe, Du wurdest nicht enttäuscht. Wie ist Dein Lennart denn so? Vermutlich bist Du erst einmal erschrocken, als ihn das erste Mal getroffen hast, weil er anders ist, als Du ihn Dir vorgestellt hast. Sei net traurig, wenn er Deinen Träumen net genau entspricht. Niemand kann das. Vermutlich ist er trotzdem ein anständiger Bursche. Gib ihm eine Chance, Lissy.*

Hier bei mir geht alles seinen gewohnten Gang. Heute Morgen hatte ich einen faszinierenden Fall. Im Knie eines dreizehnjährigen Jungen hatte ein Parasit seine Eier abgelegt, und die Larven waren geschlüpft.

Lissy krauste die Nase und las rasch weiter. Der Rest des Briefes beschrieb kleine Begebenheiten aus dem Alltag ihres Bruders und endete damit, dass er sie in Gedanken umarmte und sie zu sich einlud.

Als sie zu Ende gelesen hatte, vermisste sie ihn so heftig, dass sie nicht ruhig bleiben konnte. Vielleicht würde ihr ein Spaziergang helfen, ruhiger zu werden?

Lissy trug den Wäschekorb ins Haus, holte ihre Strickjacke und machte sich auf den Weg. Sie spazierte die gewundene Dorfstraße entlang, bis sie den Waldrand erreichte. Hier war die Luft kühler, weil die Sonne noch nicht hoch genug stand, um durch das dichte Blätterdach hindurchzuscheinen. Munteres Vogelzwitschern füllte die Luft, und es roch nach Moos und Fichtenharz.

Ihr Herz wurde weit, als sie höher hinaufkam und sich die Bäume ein wenig lichteten. Hier oben war der Blick frei, über das weite grüne Tal zu schweifen.

Plötzlich mischte sich Musik in das Morgenlied der Vögel. Jemand spielte ganz in der Nähe auf einer Gitarre!

Lissy wurde von der Musik angezogen wie Eisen von einem Magneten. Sie folgte ihr, ohne darüber nachzudenken.

Wenig später gelangte sie zu einem Felsen, der einen wundervollen Ausblick auf die Berge bot. Hier saß Thomas und spielte ein melodisches Lied auf seiner Gitarre. Er hatte die Augen geschlossen und war so versunken in sein Tun, dass er sie noch nicht einmal bemerkt hatte.

Wie gebannt blieb Lissy stehen und schaute ihm zu.

Ihre Gefühle fuhren Achterbahn. Sie freute sich unbändig, ihn zu sehen. War es nicht Schicksal, das sie einander immer wieder trafen?

Thomas schien zu spüren, dass er nicht länger allein war, denn er öffnete die Augen und entdeckte sie. Im selben Augenblick brach sein Spiel ab.

»Ich wollte dich net stören«, entschuldigte sie sich leise.

»Du störst mich net«, erwiderte er und deutete auf den Felsen neben sich. »Möchtest du dich zu mir setzen?«

Lissy nickte und nahm Platz. »Du spielst sehr gut. Ich wünsche mir auch oft, ich könnte ein Instrument spielen.«

»Warum lernst du es net? Es ist nie zu spät, sich seine Träume zu erfüllen.«

»Das ist wohl wahr. Wer weiß, vielleicht versuche ich es eines Tages.« Sie sah zu ihm auf. »Danke, dass du Wallys Haus frisch angestrichen hast. Damit hast du mir sehr geholfen.«

»Das war keine große Sache.«

»Doch, das war es.« Lissy lehnte sich zurück und blickte auf das Tal hinab. »Wie hübsch es hier ist. Im Winter muss es atemberaubend schön sein.«

»Schön und gefährlich«, erwiderte er. »Im vergangenen Winter mussten wir eine Gruppe Skifahrer mit Spürhunden suchen und ausgraben. Sie waren von einer Lawine verschüttet worden.«

»Das klingt gefährlich. Wenn nun eine weitere Lawine abgegangen wäre, als ihr unterwegs wart?«

»Dann hätte man uns wohl auch noch suchen müssen.«

Lissy schauderte. »Du hättest dabei sterben können.«

Sein Blick verdunkelte sich. »Das wäre dann nur ein wenig eher gewesen.«

»Wie meinst du das?« Mit einem Mal erinnerte sie sich an kleine Andeutungen und Hinweise, und eine dumpfe Ahnung befiel sie. »Was hat das zu bedeuten, Thomas?«

»Dass ich sterben werde, Lissy. Bald schon.«

»Aber wie … Warum?« Sie schüttelt den Kopf,

wollte es einfach nicht wahrhaben. Das konnte nicht sein. Nicht Thomas!

»Ich habe einen Hirntumor. Er ist gutartig, aber man kann ihn net operieren, ohne das umliegende Gewebe zu beschädigen. Und das wäre mein Ende.«

»Was sagst du da?«, hauchte sie. Vor Entsetzen bekam sie kaum noch Luft. Thomas würde sterben? Bald schon?

»Es tut mir leid, ich hätte es dir schon eher sagen müssen.« Er griff nach ihrer Hand.

»Aber es muss doch einen Weg geben …« Ihre Stimme brach, als er den Kopf schüttelte. Ihre Augen füllten sich mit Tränen.

»Net weinen, Lissy«, sagte er sanft. »Der Tod gehört zum Leben dazu. Das habe ich akzeptiert.«

»Kann man denn wirklich nichts mehr machen? Die Medizin ist heutzutage doch so weit fortgeschritten.«

»Nein, das Risiko wäre zu hoch.«

»Gibt es net wenigstens eine kleine Chance, dass die Operation gelingt? Warum versuchst du es net wenigstens?«

»Weil es Schlimmeres als den Tod gibt.« Ernst sah er sie an. »Ein Leben als Pflegefall. Wenn mein Gehirn bei dem Eingriff beschädigt wird, würde ich nichts mehr von dem bemerken, was um mich herum vorgeht. Ich wäre ein lebender Toter.« Er erschauerte. »Das will ich net. Auf keinen Fall.«

»Also gibst du lieber auf?«

»Ich nehme mein Schicksal an. Das ist etwas anderes.«

»Thomas …« Sie schluckte, hob die Hand und streichelte liebevoll sein Wange.

»Tu das net, Lissy«, wehrte er heiser ab. »Wenn du mich so anschaust und berührst, möchte ich dich nur noch in die Arme nehmen und niemals wieder loslassen. Aber das darf net sein. Wir beide haben keine Zukunft.«

Plötzlich verstand sie. Er empfand dasselbe für sie wie sie für ihn. Er wollte es nur nicht zulassen, weil er wusste, dass ihre Zeit miteinander begrenzt sein würde.

»Dann müssen die paar Monate, die wir zusammen haben, eben ein ganzes Leben aufwiegen«, sagte sie leise.

»Nein!« Bestürzt sah er sie an. »Das kann ich net von dir verlangen.«

»Das musst du auch net. Ich möchte es doch auch …«

»Du weißt net, was das bedeuten würde.« Heftig schüttelte er den Kopf. »Schon bald wird sich mein Zustand verschlechtern. Du müsstest zusehen, wie ich abbaue, und am Ende … Nein, Lissy. Ich habe nur noch einen Wunsch.«

»Welchen?«

»Dass mein Bruder net allein bleibt, wenn ich einmal nimmer bin. Es wäre mir eine große Beruhigung, wenn ich wüsste, dass du bei ihm bist.«

Lissy schluchzte. Verlangte er das wirklich von ihr? Ihn zu vergessen und mit seinem Bruder zu leben? Wie sollte sie das schaffen, wenn sie ihn mit jeder Minute, die sie mit ihm verbrachte, mehr liebte?

»Ich muss mit dir reden!« Schnaufend ließ sich Lennart neben Lissy auf die Bank sinken.

Die Sonne stand tief im Westen und tauchte die Berge in rotgoldenes Licht. Die Gipfel schienen zu glühen. Und die Luft war mild und duftete nach wilden Kräutern und Frühling.

Doch Lissy zog fröstelnd die Schultern hoch. Seit Thomas ihr von seiner Diagnose erzählt hatte, war ihr immer kalt. Still saß sie vor Wallys Haus und schaute zu, wie sich Lennarts Welpen in der Sonne balgten.

»Kannst du mir einen Gefallen tun?«, bat Lennart.

»Worum geht es denn?«

»Ich möchte Wallys Hof kaufen.«

»Was?« Sie hatte erwartet, er würde von seinem Bruder sprechen. Dass er nun von Wallys Hof anfing, verwirrte sie.

»Ihr Grundstück grenzt genau an meines«, fuhr er fort. »Wenn wir die beiden Höfe zusammenlegen, ergibt das ein schönes großes Anwesen.«

»Aber Wally hängt an ihrem Zuhause. Ich glaube net, dass sie sich davon trennen möchte.«

»Genau hier kommst du ins Spiel. Du musst ihr klarmachen, dass der Verkauf das Beste für sie ist. Ich werde auch net kleinlich sein. Sie wird eine schöne Summe für ihr Land bekommen. Damit kann sie sich eine Wohnung kaufen, vielleicht in der Nähe ihres Sohnes. Sie hätte ein Auskommen.«

»Hast du ihr das schon einmal angeboten?«

»Ja, damals wollte sie nichts davon hören. Aber

nach ihrem Herzinfarkt denkt sie vielleicht anders.«

»Das glaube ich net. Ein Zuhause gibt es nur einmal auf der Welt. Wally gehört hierher.«

»Frag sie trotzdem für mich. Wirst du das tun?«

Lissy nickte. »Ja, aber viele Hoffnungen solltest du dir net machen.«

»Es wäre aber das Beste für sie. Das musst du ihr klarmachen.« Er furchte die Stirn. »Wie geht es ihr eigentlich?«

»Besser. Sie wurde gestern von der Intensivstation in ein normales Zimmer verlegt. Wenn alles gut geht, darf sie in einer Woche die Klinik verlassen. Dann kommt sie zur Kur.«

»Bedeutet das, du bleibst noch eine Weile hier?« Die Miene des Landwirts hellte sich auf. »Mei, das freut mich.«

»Erwarte net zu viel«, bat sie ihn leise. »Aus uns beiden kann nichts werden. Ich hab einen anderen Mann im Herzen.«

Schockiert sah er sie an. »Das glaube ich dir net. Du bist hierhergekommen, um mich zu sehen. Dein Herz war frei und …« Plötzlich glitt sein Blick hinüber zu seinem Hof. »Sag bloß, du hast dich in meinen Bruder verliebt?!«

Lissy senkte den Kopf und schwieg.

»Vergiss ihn, Lissy«, beschwor er sie. »Aus euch beiden kann nichts werden.«

»Ich hab ihn lieb. Es ist einfach passiert.«

»Ausgerechnet Thomas! Weißt du denn net …«

»Doch, er hat mir von seiner Krankheit erzählt.«

»Es hat keine Zukunft.« Lennart presste die Lippen zusammen. »Das musst du doch einsehen.«

»Ich weiß, aber ich kann nichts dagegen tun.« Eine Träne lief über ihre Wange.

»Ich werde net zulassen, dass du dein Leben für ihn wegwirfst«, rief er und packte ihren Arm. »Vergiss ihn, hörst du? Das ist besser für dich.«

Lissy wand sich in seinem Griff. »Lass mich los.«

»Net, ehe du eingesehen hast, dass wir zwei zusammengehören.«

»Du tust mir weh, Lennart …«

»Lass sie los!«, mischte sich da eine Stimme ein. Thomas kam mit langen Schritten durch das Gartentor und sah seinen Bruder an. »Was glaubst du eigentlich, was du da tust?«

»Ich bringe Lissy zur Vernunft.« Widerstrebend ließ Lennart sie los und funkelte seinen Bruder an. »Du hast ihr den Kopf verdreht. Dazu hattest du kein Recht. Sie ist mein Madel.«

»Und das bleibt sie auch. Ich mache sie dir net streitig.«

»Ach nein? Und weshalb hat sie mir dann gerade einen Korb gegeben?«

»Vielleicht hast du ihr net gezeigt, wie wichtig sie dir ist.«

»Nein, wohl net. Du hast dagegen net gezögert, sie für dich zu gewinnen.« Lennart schnaubte aufgebracht. »Halte dich raus, Thomas. Du hast kein Recht, mir etwas vorzuschreiben! Du am allerwenigsten! Lissy scheint dich für einen Heiligen zu halten. Aber das bist du net! Soll ich ihr die Wahrheit über dich erzählen?«

»Tu das net«, warnte Thomas. »Sonst machst du alles kaputt. Net für mich, sondern für dich.«

Verwirrt blickte Lissy zwischen den Brüdern hin und her. Was hatte das alles zu bedeuten?

Lennart war nicht mehr zu bremsen. »Net ich habe dir all die Briefe und Geschichten geschrieben«, platzte er heraus. »Sondern Thomas! Er wollte mir helfen, eine Frau zu finden. Das hat er jedenfalls behauptet. Aber offenbar hat er uns beide getäuscht. Er wollte dich für sich gewinnen.«

»Was sagst du da?«, fragte sie fassungslos und sah Thomas an. »Ist das wahr? Du hast die Briefe geschrieben?«

Er antwortete nicht gleich. Sein Blick verdunkelte sich, als er schließlich nickte. »Ja, das stimmt.«

»Warum hast du mir nie ein Wort davon gesagt?«

»Weil ich keinen Keil zwischen Lennart und dich treiben wollte. Er ist net sehr gut darin, mit Worten umzugehen, deshalb haben wir beschlossen, dass ich dir für ihn schreibe.«

»Dann war das alles gar net echt?« Lissy schlug eine Hand vor ihren Mund, als ihr aufging, dass der Gedankenaustausch ebenso wie die liebevollen Worte nicht von dem Mann gekommen waren, an den sie geglaubt hatte. Thomas hatte sie seinem Bruder in den Mund gelegt. Sie waren nicht aus Lennarts Herz gekommen, sondern aus purer Berechnung geschrieben worden, um sie für den Landwirt zu begeistern!

Mit einem Mal hatte sie das Gefühl, der Boden würde unter ihr schwanken. All ihre Träume waren eine Illusion gewesen. Nichts davon war echt.

»Du warst net die Einzige, der Thomas geschrieben hat«, hieb Lennart in die Kerbe. »Mehrere Frauen haben auf die Annonce geantwortet. Und er hat ihnen allen geschrieben. Für ihn warst du nur eine unter vielen. Für mich aber net. Ich hoffe, nun erkennst du, wem du wirklich etwas bedeutest.«

Lissy konnte nicht antworten, denn ihre Kehle war wie zugeschnürt. Sie sprang auf und rannte so schnell sie konnte ins Haus. Die Brüder sollten ihre Verzweiflung nicht sehen.

»Lissy, warte!«, rief Thomas hinter ihr her.

Doch da fiel bereits die Haustür hinter ihr zu, und Lissy brach in Tränen aus.

*

»Mei, das sieht böse aus.« Sorgfältig untersuchte Martin Burger den zentimeterlangen Riss an der Hand seiner Patientin. »Wie ist denn das passiert?«

»Beim Geschirrspülen ist mir ein Glas zersprungen.« Alma Jeggl war ungewöhnlich blass und vermied es, ihre blutende Wunde zu betrachten. »Ehe ich es mich versah, hatte ich auch schon in die Scherben gegriffen.«

»Du hast Glück, dass keine Sehne verletzt wurde. Es ist nur eine Fleischwunde, die ich dir klammern kann. Wie lange liegt deine letzte Tetanusimpfung zurück?«

»Das weiß ich nimmer. Ein paar Jahre bestimmt.«

»Ich schaue besser einmal nach.« Er tippte ihren Namen in seinen Computer ein und überflog ihre Krankenakte. »Ah, da steht es ja. Mei, die Impfung liegt vierundzwanzig Jahre zurück. Dann frischen wir sie am besten gleich mit auf.«

»Wie Sie meinen, Herr Doktor.« Geduldig ließ die Ladenbesitzerin ihre Hand verbinden und sich die Spritze geben. Schließlich atmete sie auf. »Vielen Dank, Herr Doktor, dass Sie mich noch drangenommen haben. Ich weiß, Sie haben eigentlich schon Feierabend.«

»Wenn ich gebraucht werde, mache ich auch gern länger. Wie fühlst du dich? Bist du wacklig auf den Beinen?«

»Nein, jetzt geht es wieder. Vorhin war mir von dem vielen Blut ein bisserl flau, aber nun ist ja alles versorgt.« Alma stand von der Untersuchungsliege auf und sah ihn dankbar an. »Kommen Sie morgen einmal bei mir vorbei, Herr Doktor. Dann bekommen Sie ein extragroßes Stück Schokoladenkuchen von mir. Zum Dank.«

»Das ist wirklich net nötig.«

»Ich weiß, aber ich möchte es gern.« Sie hob ihre Handtasche auf. »Für Ihre Familie backe ich gleich welchen mit.« Damit verabschiedete sie sich und verließ die Praxis.

Martin Burger säuberte noch den Untersuchungstisch und hängte dann seinen Kittel neben die Tür.

Für diesen Tag war er mit der Arbeit fertig. Es war wieder spät geworden. Vor dem Fenster wurde es schon dunkel. Von irgendwoher klang klagendes Miauen und Zischen herein. Offenbar balgten sich einige Kater um die Gunst einer Katze. Es war eben Frühling…

Er ging von seiner Praxis hinüber ins Wohnhaus. Als er in die Küche treten wollte, kam ihm Poldi entgegen. Der kleine Dackel trug eine Leine in der Schnauze und sah schwanzwedelnd zu ihm auf.

»Na, du hast wohl Lust auf einen Spaziergang, was?« Schmunzelnd beugte sich der Arzt hinunter und nahm die Leine. »Warum eigentlich net. Ein bisserl frische Luft wird uns bestimmt beiden guttun. Komm, Poldi!«

Er stieß die Haustür auf und wartete, bis der Dackel hinausgestürmt war, ehe er ihm folgte. Poldi lief vorneweg, schnupperte hier und da und setzte seine Markierung an einem Baumstamm. Martin Burger folgte ihm gemächlich über die stille Dorfstraße.

Er wollte gerade an der Kirche in eine Seitengasse abbiegen, als er eine zierliche junge Frau auf den Kirchenstufen sitzen sah. Sie hatte die Hände vor das Gesicht geschlagen und weinte bitterlich.

Mei, ist das net die Hitzberger-Lissy?, dachte er bestürzt.

Zielstrebig lenkte er seine Schritte zu ihr hin. Als er vor ihr stand, legte er ihr eine Hand auf die Schulter und sprach sie an.

»Lissy? Was ist passiert? Ist dir schlecht?«

Aus rot verweinten Augen sah sie zu ihm auf und schüttelte den Kopf. »Ich weiß net, was ich machen soll, Herr Doktor«, brach es verzweifelt aus ihr heraus. »Ich wollte zum Pfarrer, aber er ist net da. Es ... es ist alles aus und vorbei.«

»Was ist denn geschehen?« Er setzte sich neben sie und sah sie aufmerksam an.

»Er hat nur mit mir gespielt«, schluchzte sie. »Keins seiner Worte war ernst gemeint.«

»Wer hat nur mit dir gespielt? Lennart?«

»Nein – Thomas. Dabei hab ich ihn gern. So sehr ...« Verzweifelt schluchzte sie auf.

»Mei, ich weiß net, was zwischen euch vorgefallen ist, aber der Thomas hat es net leicht.«

»Ich weiß, aber deswegen darf er mir noch lange nichts vorspielen. Er hat mir in Lennarts Namen geschrieben und es mir verschwiegen. Ich dachte wirklich, ihm liegt ihm etwas an mir, dabei wollte er mich nur mit seinem Bruder verkuppeln.«

»Moment mal. Thomas hat dir geschrieben? Ich dachte, Lennart wäre dein Brieffreund.«

Lissy nickte. Ihre Nase war gerötet und ihre Augen geschwollen von den Tränen. »Das dachte ich auch, aber nun weiß ich, dass Thomas mir in seinem Namen geschrieben hat, um uns zusammenzubringen. Alles, was er mir geschrieben hat, war nur ein Mittel zum Zweck. Ich dachte, wir wären so etwas wie Seelenverwandte, dabei waren seine Briefe gar net echt.«

»Bist du dir sicher?«, forschte Martin Burger. »Vielleicht hat Thomas dich lieb gewonnen. Ich glaube net, dass er sich verstellt hat.«

»Doch, das hat er. Sonst hätte er es mir net so lange verheimlicht.«

»Ich verstehe, dass du enttäuscht und verletzt

bist. Aber du solltest ihm die Chance geben, dir alles zu erklären.«

Abwehrend schüttelte Lissy den Kopf. »Dann wickelt er mich nur wieder mit schönen Worten ein. Nein, ich möchte ihn nie wiedersehen. Er hat mich die ganze Zeit belogen.«

»Sicher net aus schlechten Absichten heraus. Ich habe gesehen, wie er dich anschaut. Er hat dich gern, Lissy, da bin ich mir sicher.«

»Dann hat er eine merkwürdige Art, das zu zeigen. Nein, Herr Doktor, ich kann ihm nimmer vertrauen.«

Martin Burger überlegte eine Weile. Er wusste nicht, was Thomas zu seinem Handeln bewogen hatte, aber er konnte es sich denken. »Vielleicht möchte er net, dass du seinetwegen leidest. Darum hat er dir net gesagt, was er für dich empfindet.«

Lissy schüttelte skeptisch den Kopf. »Das glaube ich net. Er will mich mit seinem Bruder verkuppeln. Das ist alles. Er empfindet bestimmt nichts für mich.«

»Und wenn doch?«

»Was soll ich denn tun?«

»Du könntest ihm helfen. Thomas braucht einen Grund, zu leben. Nur dann wird er um sein Leben kämpfen. Er hat sich bereits aufgegeben, Lissy.«

»Wie meinen Sie das? Man kann nichts mehr für ihn tun, das hat er mir selbst gesagt.«

»Ganz so ist es net. Eine Operation ist riskant. Sehr riskant sogar, das gebe ich zu. Aber unmöglich ist sie net.«

»Was?« Lissy sah ihn aus großen Augen an. Ihre Tränen versiegten. »Heißt das, er könnte geheilt werden?«

»Der Eingriff ist gefährlich, aber ich kenne einen Chirurgen, der ihn wagen würde. Einen Spezialisten aus Wien.«

»Weiß Thomas das?«

»Ja, aber er hat es abgelehnt, sich operieren zu lassen. Ihm graut davor, was passiert, wenn es schiefgeht.«

»Aber es ist eine Chance«, wisperte sie.

»Nur, wenn er sie auch wahrnimmt.« Martin Burger sah sie an. »Und das schafft er net allein.«

Da ging ein Ruck durch die junge Magd, und in ihren Augen blitzte Kampfgeist auf. »Das muss er auch net!«

*

Lissy bemerkte schon von Weitem, dass etwas nicht stimmte.

Lennart lag im Gras, die Augen geschlossen und bleich wie ein Laken.

Blut quoll aus einer Platzwunde an seiner Stirn. Er rührte sich nicht.

»Lennart? Was hast du denn?« Sie beschleunigte ihre Schritte, bis sie ihn erreicht hatte.

Der Bauer lag auf der Wiese vor ihrem Haus. Neben ihm lag eine umgestürzte Leiter. Die Dachrinne des Bauernhauses baumelte über ihm, halb aus ihrer Halterung gerissen.

»Lennart!« Lissy kniete sich neben ihn und tastete nach seiner Hand. Sie war kühl und feucht.

Er stöhnte leise, als sie ihn berührte, kam jedoch nicht zu sich.

Bestürzt erwog sie, was sie tun sollte. Dann rannte sie ins Haus und rief im Haus des Bergdoktors an. Seine Frau war am Apparat und versprach, ihn sofort zu ihr zu schicken.

Dankbar hängte Lissy ein, nahm ein Handtuch vom Haken und rannte wieder hinaus zu dem Verletzten.

»Mei, was machst du nur für Sachen?«, flüsterte sie und presste ihm das Handtuch auf die Wunde, um die Blutung zu stillen. Erleichtert bemerkte sie, dass er gleichmäßig atmete. Aber wenn sie die Blutung nicht zum Stillstand brachte, würde er schon bald große Schwierigkeiten bekommen …

»Lissy?« Hinter dem Zaun tauchte Thomas auf. »Können wir reden? Ich muss dir unbedingt etwas sagen …« Er brach bestürzt ab, als er seinen Bruder bemerkte. »Was ist passiert?«

»Ich weiß es net. Als ich gerade heimkam, habe ich ihn hier gefunden. Sieht so aus, als hätte er versucht, die Dachrinne zu reinigen, und wäre dabei abgestürzt. Der Bergdoktor ist schon auf dem Weg.«

»Gut.« Thomas kam zu ihr und kniete sich neben sie. »Lennart kann froh sein, dass er dich hat.«

»Lennart hat mich aber net. Und nichts, was du sagst, könnte daran etwas ändern. Ich liebe ihn nun mal net.«

»Du änderst deine Meinung, wenn ihr euch näher kennt …«

»Würde dir das denn gar nichts ausmachen?«, fragte sie ungläubig.

Er wich ihrem Blick aus. »Nein. Ich habe kein Recht …«

»Du hast jedes Recht«, unterbrach sie ihn. »Du musst endlich anfangen zu kämpfen, damit wir beide eine Chance haben.«

»Das ist unmöglich, und das weißt du auch.«

»Nein. Ich habe mit Doktor Burger gesprochen. Er sagt, es gibt eine Chance für dich, wenn du dich operieren lässt.«

»Hat er dir auch gesagt, dass ich als sabbernder Pflegefall enden könnte?«, entgegnete Thomas heftig. »Zeitlebens ans Bett gefesselt? Vielleicht die nächsten zwanzig, dreißig Jahre? Wenn ein Schnitt nur eine Winzigkeit danebengeht, verliere ich mehr als nur mein Leben. Dann verliere ich meine Würde.«

»Wenn das wirklich passiert, dann bin ich für dich da. Ich werde dich net verlassen, Thomas. Niemals.«

Er schüttelte bitter den Kopf. »Das könnte ich nie von dir verlangen. Und das will ich auch net.«

»Also willst du es net einmal versuchen?« Verletzt sah sie ihn an. »Bedeute ich dir wirklich nichts?«

»Wie kannst du das sagen? Weißt du net, dass ich …« Er brach ab und presste beide Hände an die Schläfen. »Ich darf dich net an mich fesseln. Dieses … Ding in meinem Kopf wird mich früher oder später besiegen.«

»Nur, wenn du aufgibst.« Beschwörend sah sie ihn an. »Gibt es wirklich nichts in deinem Leben, wofür es sich lohnt, das Risiko auf dich zu nehmen?«

Schweigend sah er sie an. Sein Blick war so voller Verzweiflung, dass ihr die Tränen in die Augen stiegen. Er wagte nicht an eine Zukunft mit ihr zu glauben. Doch welche Zukunft gab es für sie ohne ihn? Ehrlich gestand sie sich ein, dass sie ihn liebte. Von ganzem Herzen. Ohne ihn würde ihr Leben niemals wieder so sein wie vorher …

Schließlich ließ er hörbar die Luft aus seinen Lungen entweichen. »Ich liebe dich, Lissy«, gestand er. »Ich glaube, ich habe dich schon nach deinem ersten Brief geliebt. Du warst so offen und lebenslustig. Und voller Wärme. Ich habe jedem Schreiben von dir entgegengefiebert.«

»Aber du hast dich für deinen Bruder ausgegeben.«

»Ja, weil ich diese Annonce nur für ihn in die Zeitung gesetzt habe. Ich wollte, dass er eine Frau hat, die ihn liebt, wenn ich einmal nimmer bin. Er hat sonst niemanden auf der Welt. Keine Familie und auch kaum Freunde. Aber es ist mir von Mal zu Mal schwerer gefallen, in seinem Namen zu schreiben.«

»Warum hast du mir net die Wahrheit gesagt, als ich hergekommen bin?«

»Was hätte das geändert? Für mich warst du verloren. Ich wollte, dass Lennart und du euch findet.« Thomas blickte auf seinen Bruder hinab, der leise stöhnte. »Es stimmt, dass ich die Briefe in seinem Namen geschrieben habe. Aber sie waren net gestellt, Lissy, sondern sie kamen aus meinem Herzen. Jedes einzelne Wort.«

»Mei, Thomas …« Tränen erstickten ihre Stimme.

In diesem Augenblick tauchte ein hochgewachsener Mann hinter dem Gartentor auf. Es war Doktor Burger, der nun heraneilte, seine Arzttasche neben dem Verletzten abstellte und ihn vorsichtig untersuchte.

Lissy und Thomas tauschten einen besorgten Blick.

Sie berichtete, wie sie Lennart gefunden hatte.

»Er muss von der Leiter gefallen sein und…« Sie unterbrach sich, als sich der Verletzte plötzlich regte.

»Diese verflixte Dachrinne.« Stöhnend schlug Lennart die Augen auf und sah verwirrt von einem zum anderen. »Was ist denn passiert?«

»Bleib liegen«, mahnte Doktor Burger, als er sich aufrichten wollte. »Du hast dir den Kopf angeschlagen. Wir müssen herausfinden, wie schlimm es ist.«

»Mei, das ist meine Strafe«, murmelte er.

»Wie meinst du das?«

»Ach nix.« Lennart winkte ab.

Der Bergdoktor untersuchte ihn sorgfältig. Schließlich versorgte er die Wunde mit einem provisorischen Verband und nickte erleichtert. »Du scheinst dir nur eine Gehirnerschütterung zugezogen zu haben. Um sicherzugehen, werde ich dich ins Krankenhaus überweisen, damit dein Kopf geröntgt wird und wir einen Schädelbruch ausschließen. Bleib ruhig liegen. Ich rufe einen Rettungswagen, der dich ins Krankenhaus bringt.«

»Mei, das hat mir noch gefehlt…«

Lissy lächelte ihm zu. »Du kommst schon wieder

auf die Beine. Ich helfe auf deinem Hof mit, bis du wieder gesund bist.«

»Das musst du net tun«, brummte er.

»Doch, immerhin hast du dich verletzt, als du mir helfen wolltest. Außerdem sind wir Freunde, oder?«

Er murmelte etwas und blickte betreten zu ihr auf. »Ich bin net dein Freund, Lissy, sondern ein verflixter Schuft. Es tut mir leid. Wirklich.«

»Was denn?« Befremdet sah sie ihn an.

»Ich wollte die Dachrinne net reinigen, sondern abreißen.«

»Das verstehe ich net. Warum denn das?«

Er schnaufte. »Weil ich Wallys Haus kaufen will. Ich dachte, wenn ich dem Verfall ihres Hofes ein bisserl nachhelfe, willigt sie eher in den Verkauf ein.«

»Du warst das?« Ungläubig sah Lissy ihn an. »Heißt das, du hast den Zaun umgefahren und das Haus mit roter Farbe besprüht?«

Er nickte.

»Aber das ergibt keinen Sinn. Du hast mir schließlich geholfen, den Zaun zu reparieren.«

»Warum auch net? Ich wollte Wally und dir net schaden, sondern nur demonstrieren, dass der Hof zu viel Arbeit für euch ist.« Lennarts Wangen färbten sich tiefrot vor Verlegenheit. »Ich wollte meinen Hof vergrößern, und dabei habe ich den Hals net voll genug gekriegt. Es tut mir leid, Lissy. Wirklich.«

Bestürzt schaute sie ihn an. »Du warst das also?«, flüsterte sie. »Mei, ich hab mich hier nimmer sicher gefühlt. Wenn ich gewusst hätte, dass du hinter alldem steckst …«

Er senkte den Blick. »Wirst du mich jetzt anzeigen?«

»Ich …« Ratlos blickte Lissy auf und begegnete dem Blick des Bergdoktors. Hilfe suchend sah sie ihn an. Er schwieg kurz und schien zu überlegen.

Schließlich antwortete er ernst: »Mit einer Anzeige ist niemandem gedient. Lennart sollte den Hof in Ordnung bringen und alle Räume renovieren lassen, wenn er wieder gesund ist. Und zwar auf seine Kosten. Wärst du dazu bereit?«

Der Bauer nickte. »Natürlich.«

»Dann ist das abgemacht.«

Dankbar sah Lissy den Arzt an.

Thomas hatte bis jetzt geschwiegen. Nun jedoch griff er nach ihrer Hand, holte tief Luft und fragte: »Können Sie mir auch ein Bett im Krankenhaus besorgen, Herr Doktor?«

Fragend sah Martin Burger ihn an. »Bist du sicher?«

»Ja. Ich möchte mich operieren lassen.« Liebevoll lächelte Thomas sie an. »Lissy hat mir klargemacht, dass manche Dinge es wert sind, dafür zu kämpfen. Und ich denke, die Zeit dafür ist gekommen …«

*

Zwei Wochen später war es so weit.

Der Tag der Operation war gekommen. Viel zu schnell, wie Lissy fand. Die vergangenen Tage waren im Flug vergangen. Thomas hatte jeden Tag

Termine im Krankenhaus gehabt. Er war gründlich untersucht und auf den Eingriff vorbereitet worden. Und so hatten sie kaum Zeit für sich gehabt.

Dabei hätte sie ihm gern so vieles gesagt.

Ihre Tage waren über der Arbeit und ihrer Sorge um den geliebten Mann verstrichen. Nachts jedoch hatte sie schlaflos wach gelegen und wurde von Zweifeln geplagt. Hatte sie wirklich das Richtige getan? Was sollte werden, wenn die Operation misslang? Wenn Thomas sein Leben dabei verlor oder wenn er danach nicht mehr derselbe war?

Wie konnte ich mich nur anmaßen, ihm zu der Operation zu raten?, haderte sie mit sich. Wenn es schiefgeht, werde ich mir das niemals verzeihen. Mei, seine Chancen sind verschwindend gering…

Angespannt lief sie im weißen Klinikflur auf und ab.

Ein Team aus vier Ärzten, einem Anästhesisten, mehreren Assistenten und Operationsschwestern tat alles, um Thomas zu helfen. Die Operation war erst seit zwanzig Minuten im Gang, und schon jetzt war Lissy ein Wrack. Ihre Hände zitterten, und ihr war furchtbar übel. Tränen brannten in ihren Augen, als sie an die Worte dachte, die Thomas ihr zum Abschied gesagt hatte: »Wenn es schiefgeht, weine einen Tag um mich, und dann leb dein Leben weiter, Lissy.«

Wie sollte sie das anstellen? All ihre Gedanken und ihre Liebe galten ihm. Ohne ihn war ihre Zukunft leer und ohne Wärme.

Es wird gut gehen, dachte sie und schaute aus

dem Fenster hinaus in den Klinikpark. Es muss einfach gut gehen …

»Lissy.« Unbemerkt war Lennart zu ihr getreten und sah sie mitfühlend an. Die Wunde auf seiner Stirn war verschorft, dafür hatte er Schwielen an den Händen, denn seit drei Tagen schnitt er Holz zu, um Wallys Fußböden zu erneuern. Er war fest entschlossen, ihr Haus rundherum instand zu setzen und die Schwierigkeiten wiedergutzumachen, die er ihr bereitet hatte.

Das rechnete Lissy ihm hoch an. Sie hatte ihm die Angst längst verziehen, die er ihr mit seinen heimlichen Aktivitäten eingejagt hatte. Und auch Wally grollte ihm nicht. In vier Wochen würde sie von ihrer Kur nach Hause kommen, dann wollte sie mit ihm über einen Pachtvertrag sprechen. Sie hatte vor, ihm einen Teil ihres Landes zum Beackern zu überlassen.

»Hast du schon etwas Neues von da drinnen gehört?« Lennart deutete auf die Tür, hinter der der Operationssaal lag.

Lissy schüttelte den Kopf. »Die Operation wird noch mehrere Stunden dauern.«

»Das Warten macht einen fertig.«

»Ich wollte Thomas einen Brief schreiben, aber ich konnte es net. Mein Kopf war plötzlich wie leer gefegt, und ich konnte nur noch daran denken, wie sehr er mir fehlen wird, wenn er …« Sie brach ab und schluchzte leise.

»Daran darfst du net denken.« Ungewohnt sanft nahm Lennart ihre Hand und drückte sie. »Mein Bruder ist ein Kämpfer. Das war er schon immer.

Er wird uns noch alle überleben, du wirst es sehen.«

Dankbar lächelte Lissy zu ihm auf.

»Außerdem ist der Bergdoktor mit im Operationssaal. Er passt schon auf, dass Thomas nichts zustößt«, fuhr der Bauer leise fort, als wollte er sich selbst davon überzeugen.

»Ich habe solche Angst«, wisperte sie.

»Ich weiß. Das geht mir net anders. Was hältst du davon, wenn wir zusammen für ihn beten?«

»Ja, das ist eine gute Idee.« Still faltete Lissy die Hände und blickte zu dem Marterl auf, das am anderen Ende des Flurs hing. Ein heißes Stoßgebet stieg aus ihrem Herzen zum Himmel hinauf. Sie flehte um das Leben des geliebten Mannes. Neben ihr tat Lennart es ihr gleich und murmelte etwas, das sie nicht verstand.

»Es tut mir leid«, sagte er schließlich. »Ich wollte dir wirklich net solchen Kummer machen.«

»Ich habe es schon vergessen.«

»Du bist ein liebes Madel. Ich möchte, dass du weißt, dass ich immer für dich da sein werde. Egal, was passiert.«

»Danke, das ist lieb von dir.«

»Vielleicht sollten wir einmal zusammen essen gehen. Irgendwann …«

»Ich kann jetzt net an die Zukunft denken«, wehrte sie leise ab. »Nur an Thomas.«

»Natürlich, aber wenn du dich einmal einsam fühlst …«

»Lennart, das ist keine so gute Idee. Du solltest lieber mit einem Madel ausgehen, das zu dir passt.«

»Erst mal eines finden.« Die Miene des Landwirts verdüsterte sich. »Bei dem Tempo, das ich vorlege, bin ich mit achtzig noch Junggeselle.«

»Vielleicht kann ich dir helfen, ein Madel zu finden.«

»Das hat Thomas schon versucht, und du siehst ja, was daraus geworden ist. Ich denke, ich sollte mich langsam selbst auf die Suche machen, anstatt es anderen zu überlassen.« Lennart wandte sich ab und starrte stumm aus dem Fenster.

Lissy sah sich um. »Möchtest du einen Kaffee? Um die Ecke steht ein Automat.«

»Vielleicht später.«

»Wie du möchtest.« Sie ging, um sich einen Becher Kaffee zu holen. Das Getränk schmeckte besser, als sie erwartet hatte, und es wärmte sie von innen.

Trotzdem schleppten sich die Stunden zäh dahin. Lissys Sorgen wuchsen mit jeder Minute. Obwohl sie versuchte, optimistisch zu bleiben, bebte sie innerlich vor Angst um den geliebten Mann. Wie mochte es Thomas gehen? Schnitt der Chirurg womöglich gerade jetzt den gefährlichen Tumor heraus?

Als sich Schritte auf dem Flur näherten und Doktor Burger um die Ecke bog, war sich Lissy sicher, dass er ihr gleich mitteilen würde, dass Thomas es nicht geschafft hatte. Er trug noch einen grünen Kittel und einen Mundschutz.

Sie schluchzte trocken auf.

Da zog der Arzt seinen Mundschutz herunter und lächelte sie warm an.

»Der Eingriff ist sehr gut verlaufen«, erklärte er. »Besser, als wir zu hoffen gewagt hatten. Die Chirurgen konnten den Tumor vollständig entfernen. Zwischendurch ist der Kreislauf einmal abgestürzt, aber er konnte stabilisiert werden.«

»Und was ...« Lissy musste sich räuspern, weil ihr die Stimme versagte. »Was bedeutet das?«

»Thomas wird wieder gesund werden. Er braucht noch viel Zeit und Ruhe, aber wenn sich keine Komplikationen einstellen, wird er wieder völlig genesen.«

»Er hat es also überstanden? Wirklich überstanden?« Lissy brauchte einige Sekunden, um die Nachricht zu verarbeiten. Dann jedoch fiel sie dem Bergdoktor lachend und weinend zugleich um den Hals. »Danke schön«, flüsterte sie. »Ohne Sie hätte ich ihn wohl niemals ermutigt, es zu wagen.«

»Das habt ihr zwei ganz allein geschafft.«

»Wann darf ich zu ihm?«

»In ein paar Stunden kommt er aus dem Aufwachraum. Dann kannst du zu ihm gehen. Sein Zimmer ist im ersten Stock. Ich zeige es dir. Vielleicht möchtest du dort auf ihn warten?«

Ob Lissy das wollte? Keine Macht auf Erden hätte sie davon abhalten können! Lennart musste nach Hause fahren und seine Kühe versorgen, doch er versprach, so bald wie möglich wiederzukommen.

Lissy folgte dem Bergdoktor in ein helles Zimmer im ersten Stock. Es bot Platz für zwei Betten. Eines davon fehlte. Das andere stand leer, doch sie wollte es nicht für sich in Beschlag nehmen. Vielleicht wurde es schon bald gebraucht.

Sie ließ sich im Sessel am Fenster nieder. Doktor Burger brachte ihr eine Decke und verabschiedete sich.

Als sie allein war, schaute sie still aus dem Fenster hinaus in den grünen Park. Ihr Herz klopfte heftig und voller Vorfreude in ihrer Brust. Thomas würde wieder gesund werden! Sie hatten eine Zukunft. Vielleicht …

Über diesen Erwägungen schlief sie ein. Die Aufregungen und die schlaflosen Nächte der vergangenen Wochen forderten ihren Tribut.

Als die Tür klappte, schreckte Lissy hoch. Wie lange hatte sie geschlafen? Erschrocken bemerkte sie, dass vor dem Fenster bereits die Sonne aufging. Hatte sie wirklich die ganze Nacht hier auf dem Stuhl geschlafen? Ihr Nacken schmerzte, als sie ihren Kopf drehte, wie um ihren Verdacht zu bestätigen.

Doch dann entdeckte sie Thomas, der gerade von zwei Pflegern in einem Rollbett hereingebracht wurde, und vergaß alles rings um sich herum.

Die beiden Pfleger schlossen ihn an einen Monitor an und rollten auch ein Infusionsgestell herein. Der Kopf des jungen Lehrers war dick verbunden und seine Augen geschwollen. Doch der Blick, mit dem er Lissy nun bedachte, war voller Liebe.

»Lassen wir das junge Glück allein«, neckte einer der Pfleger und zwinkerte seinem Kollegen zu.

Kurz darauf fiel die Tür hinter ihnen zu.

»Du hast es geschafft.« Lissys Augen schwammen in Tränen, als sie an das Bett des geliebten Mannes eilte und vorsichtig seine Hand nahm. »Wie fühlst du dich?«

»Ganz gut. Ich musste die ganze Zeit an dich denken.«

»Mei, Thomas ...«

»Nur wegen dir habe ich den Mut für die Operation gefunden«, flüsterte er. »Ich verdanke dir mein Leben, Lissy. Ohne dich gäbe es keine Zukunft für mich.« Innig sah er sie an. »Weißt du eigentlich, wie lieb ich dich habe, mein Herzensmadel?«

»Woher denn? Du wolltest mich schließlich immer mit Lennart verkuppeln«, neckte sie ihn.

»Nur weil ich glaubte, dir nichts bieten zu können. Lissy, ich möchte niemals wieder ohne dich sein.«

»Und ich net ohne dich. Ich hab dich so lieb ...« Weiter kam sie nicht, denn Thomas zog sie zärtlich zu sich herab und gab ihr einen liebevollen Kuss, der keinen Zweifel mehr an seinen Gefühlen für sie ließ.

Lissys Lippen wurden weich und nachgiebig. Wortlos erzählten sie sich, wie sehr sie einander liebten und brauchten.

Als sie sich nach einer kleinen Ewigkeit voneinander lösten, fragte Lissy bang: »Schadet es dir auch net, wenn wir das tun?«

»Im Gegenteil. Deine Küsse sind meine beste Medizin.« Sanft streichelte Thomas ihre Wange. »Dich, meine geliebte Lissy, gebe ich niemals wieder her.« Mit diesen Worten zog er sie erneut an sich und küsste sie mit all seiner Liebe.

Sie hatten einander in einem Tal voller Tränen gefunden. Die Zukunft war ihnen neu geschenkt worden. Nun lag sie voller Liebe und Wärme vor ihnen. Und sie würden ihr Glück hüten und bewahren für alle Zeit …

ENDE

Ein Edelweiß für die Liebe

»Zweimal Schweinsbraten, einmal Tiroler Knödel mit extra viel Kraut, einmal Bauernleber mit Speck, zweimal Schnitzel mit Kartoffeln!«

Joschi Althöfer legte den Zettel mit der Bestellung auf den Küchentisch und wischte sich den Schweiß von der Stirn. In seinem Gasthof »Zum Ochsen« hatte sich seit zwei Wochen ein Straßenbautrupp einquartiert. Die Arbeiter waren den ganzen Tag auf der Baustelle und hatten am Abend dementsprechend Hunger.

»Will heut niemand eine Suppe?«, fragte Anna etwas abwesend und prüfte, ob die Kartoffeln schon weich genug waren.

»Jessas, ja, dreimal Frittaten und dreimal Nudel«, ergänzte Joschi und eilte wieder zurück zur Schank, um das bestellte Bier abzuzapfen.

Anna Althöfer richtete die Suppen her. Ganz bei der Sache war sie nicht, denn sie dachte an ihren Bruder, der vor drei Monaten ganz plötzlich an Herzversagen gestorben war. Wie hatte das denn so schnell passieren können!

Sie stellte die Suppenteller auf ein großes Tablett und drückte auf die Klingel. Das war das Zeichen für ihren Mann, dass er servieren konnte.

Währens Joschi das Tablett ins Gastzimmer trug, klingelte das Telefon. Anna hob ab und seufzte, als sie die Stimme ihrer Schwägerin hörte.

»Hella, jetzt ists ganz schlecht, ich muss erst die

Bauarbeiter abfüttern. Ja, ich meld mich, aber sei net bös, wenns ein bisserl dauert!«

Anna wartete keine Antwort ab und legte auf. Hella Lärchner kam mit dem Tod ihres Mannes nicht zurecht und rief nun dauernd bei Anna an. Aber die Wirtin hatte nicht immer genügend Zeit, ihre Schwägerin zu trösten. Es fiel ihr auch nicht leicht, denn auch sie war durch den Tod ihres Bruders immer noch etwas verstört.

Joschi kam in die Küche. »Eine Brettljause für den Sternthaler«, bestellte er. »Weiß schon, der mag aber keinen Käse.«

Anna nickte und hob den großen Topf mit den fertig gekochten Kartoffeln vom Herd. Sie balancierte ihn auf den Rand der Spüle, hielt den Deckel mit einer Hand fest und kippte den Topf, um das Wasser abzugießen.

Ihre Gedanken waren wieder bei Hella, und sie passte einen Moment lang nicht auf. Der Deckel rutschte ab, und als sie ihn auffangen wollte, ergoss sich das siedend heiße Wasser über ihren Unterarm und die Hand.

»Kruzitürken noch einmal!«, rief sie erbittert und ließ den Topf in die Spüle gleiten.

Joschi, der schon wieder auf dem Weg in die Gaststube war, kam noch einmal zurück.

»Anna! Ist was passiert?«

»Weiß net«, knirschte die mit zusammengebissenen Zähnen und ließ kaltes Wasser über Arm und Hand laufen.

Joschi kam näher. »Jessas, das schaut aber net gut aus«, murmelte er entsetzt. »Da hilft das kalte

Wasser auch nimmer. Du musst sofort zum Doktor!«

»Und wer richtet das Essen her?«, fuhr Anna auf. Die arg verbrühte Haut brannte wie Feuer. »Geh, gib mir das Öl, das hilft sicher.«

»Gar nix geb ich dir«, weigerte sich der Wirt energisch. »Du gehst sofort zum Doktor!«

»Aber das Essen für die Leut! Die Gaststube ist voll, und alle wollen was!«

»Was ist denn hier los?«

Joschi wandte sich um und sah den Lindinger-Max in der Küchentür stehen.

»Die Anna hat sich mit dem Kartoffelwasser verbrüht«, erklärte Joschi. »Sag, kannst du sie gleich zum Doktor bringen?«

Max Lindinger, ein Stammgast beim Ochsenwirt und freiwilliger Helfer bei der Bergrettung, sah sich Annas Verbrühung genauer an. Die Haut war krebsrot angelaufen, und es zeigte sich bereits die erste Schwellung.

»Komm, Anna. Da müssen wir wirklich den Bergdoktor ranlassen, sonst wird das nix mehr.« Er schnappte sich ein Küchentuch, holte Eiswürfel aus dem Gefrierschrank und wickelte sie in das Tuch, das er Anna dann um Arm und Hand schlang.

»Joschi, die Heide kann hier übernehmen! Sag ihr halt, was ansteht. So, Anna, du kommst jetzt mit mir, keine Widerrede.«

Die Eiswürfel kühlten zwar, aber die Haut brannte immer noch sehr. Anna Althöfer ließ sich widerspruchslos von Max zum Auto bringen.

Joschi sah ihnen besorgt nach, doch dann besann er sich. Der Betrieb musste weitergehen, auch wenn er selbst jetzt gern bei der Anna gewesen wäre.

Heidi Lindinger sah ihn erstaunt an, als er an ihren Tisch trat und kurz erklärte, was passiert war.

»Ja, natürlich helf ich aus«, erklärte sie sich sofort bereit und folgte dem Wirt in die Küche. »Na ja, irgendwie hab ich mir meinen zweiten Hochzeitstag zwar anders vorgestellt, aber Notfall ist eben Notfall!«

Joschi zuckte bedauernd mit den Schultern und sah dabei drein wie ein schuldbewusster Dackel.

Heidi musste lachen. »Geh, vergiss es! Also, was muss ich herrichten? Wart mal, die Kartoffeln müssen da raus, sonst werden sie kalt.«

Sie hob den Topf an, goss das restliche Wasser ab und stellte ihn auf den Herdrand.

»Da ist der Zettel mit den Bestellungen.« Joschi legte ihn neben die Spüle, und Heide nickte. Sie hatte schon ein paarmal hier ausgeholfen und kannte sich in der Küche aus.

»Joschi, lass die Nase net hängen und schau, dass du in die Gaststube kommst. Die Gäst haben Durst, und ich mach das hier schon. Also?«

Der Wirt nickte ergeben. Heidi hatte ja recht, es nützte gar nichts, wenn er jetzt herumstand und sich Sorgen um die Anna machte.

»Die Brettljause für den Sternthaler hab ich net aufgeschrieben. Die mach bitte ohne Käse, den mag der Stern…«

»...thaler net«, fiel ihm Heidi nachsichtig ins Wort. »Sag den Bauarbeitern, dass sie ein kleines bisserl warten müssen sie kriegen ihr Essen aber bald, ja?«

Der Wirt nickte und trollte sich in die Gaststube. Hoffentlich war die Verbrühung net so schwer, wie es ausgesehen hatte. Wenn die Anna in der Küche ausfiel, dann war das eine Katastrophe!

»Wird schon net so arg sein«, murmelte er und ging zum Tisch der Bauarbeiter.

*

Im Doktorhaus am Ende der Kirchgasse saß man beim Nachtmahl, als die Türklingel anschlug. Poldi, der Rauhaardackel der Burgers, flitzte unter dem Tisch hervor und bellte lautstark.

»Sei doch still«, schnauzte ihn die Zenzi verärgert an. Der Hund hatte beim Essen nichts unter dem Tisch verloren, doch irgendwie schaffte er es immer wieder, sich einzuschleichen.

»Wer kann denn das jetzt noch sein?«, seufzte Sabine Burger enttäuscht auf. Sie hatte sich so sehr auf einen ruhigen Abend mit ihrem Mann gefreut.

»Ein Notfall«, stellte die achtjährige Tessa trocken fest und erhob sich.

»Du bleibst da«, befahl die Zenzi streng. »Und du auch!«, hielt sie Dr. Martin Burger zurück, der bereits auf dem Weg zur Tür war. »Ich schau zuerst mal nach, obs wirklich so dringend ist!«

Martin lächelte nachsichtig. Zenzi Bachhuber führte seit über vierzig Jahren diesen Haushalt. Sie war als junges Madel zu den Burgers gekommen, als Martins Mutter so plötzlich gestorben war. Trotz ihrer Jugend hatte sie versucht, dem damals Elfjährigen die Mutter wenigstens ein bisserl zu ersetzen.

Zenzi kam schnell zurück. »Du, Doktor, die Althöfer-Anna ist da. Mir scheint, sie hat sich die Hand arg verbrüht.«

Martin schob Zenzi zur Seite und ging mit langsamen Schritten in die Diele.

»Anna! Was ist passiert?«

»Das Kartoffelwasser«, presste die Wirtin mit zusammengebissenen Zähnen hervor. »Herr Doktor, es brennt höllisch!«

Martin zögerte keine Sekunde. »Komm mit«, forderte er sie auf und wandte sich nach dem Lindinger-Max um. »Kannst du bleiben und die Anna wieder zurückbringen?«

»Ja freilich«, erwiderte der junge Mann und folgte den beiden durch den Verbindungsgang, der das Wohnhaus mit dem Praxisanbau verband.

Diesen Anbau hatte Martin Burger errichten lassen, als die Familie immer größer wurde und für die Praxis im Haus kein Platz mehr war.

Aber nicht nur die Praxis des Landarztes war hier untergebracht. Es gab auch ein Labor, einen Röntgenraum, einen kleinen, aber gut ausgerüsteten OP und zwei hübsche, freundliche Krankenzimmer für Notfälle.

»Hier lang«, dirigierte Martin die sehr blasse Anna in den OP und half ihr auf eine Liege. Behutsam löste er das immer noch kühlende Tuch von Arm und Hand und erschrak.

»Du, da hats dich aber ordentlich erwischt. Wart mal, ich geb dir was gegen die Schmerzen.«

Anna sah den Doktor dankbar an. Ihre Hand und der Unterarm fühlten sich an, als würden sie langsam, aber stetig von einem inneren Feuer zerfressen.

Martin Burger holte ein Spray aus dem Wandschrank und besprühte vorsichtig die verbrühten Hautstellen. Kälte breitete sich auf den Verletzungen aus, und Anna atmete erleichtert auf.

»Dank schön«, flüsterte sie und entspannte sich ein wenig. »Da kann ich mit einem Gummihandschuh ja gleich wieder arbeiten.«

»Langsam, Anna«, lachte Martin Burger trocken auf. »Das ist nur eine oberflächliche Betäubung, die Haut wirft bereits Wasserblasen. So schnell wird das nix mit der Arbeit.«

Anna sah ihn verstört an, doch Martin lächelte ihr beruhigend zu. Wieder einmal stellte sie fest, wie sehr dieser Mann auf Patienten wirkte. Sein markantes, immer gebräuntes Gesicht strahlte Ruhe aus, und in den braunen Augen lag eine verständnisvolle Wärme, die aus dem Herzen kam.

Wider Willen lächelte Anna. Sie wusste, dass Dr. Martin Burger der heimliche Schwarm von vielen Frauen war. Kein Wunder, er war groß, schlank, sportlich und sehr attraktiv. Aber das allein war es nicht. Seine menschliche Wärme, das Verständnis für seine Patienten und sein unermüdlicher Einsatz machten ihn so beliebt.

Wenn es galt, ein Menschenleben zu retten, war ihm kein Berg zu hoch, keine Wand zu steil und keine Strapaze zu groß. Man nannte ihn völlig zu Recht den »Bergdoktor«, und er machte diesem Namen alle Ehre.

»Max, kannst du mir helfen?«, riss Dr. Burgers Stimme die Wirtin aus ihren Gedanken. »Heb bitte Annas Arm ein bisserl an, dass ich leichter an die Blasen komme.«

Dann begann er, mit einem kleinen, sterilen Skalpell die Blasen aufzuschneiden.

»Tupfen«, wies er Max an, als das austretende Wasser die verbrühte Haut netzte.

Max Lindinger ging so behutsam vor, wie er nur konnte, aber Anna spürte nun doch wieder das Brennen.

»Anna, es geht net anders, aber ich bin gleich fertig«, sprach Dr. Burger beruhigend auf sie ein. Er arbeitete rasch, konzentriert und äußerst behutsam. »Eine zusätzliche Entzündung wirds net geben, wenn du eine Weile Ruhe gibst.«

Anna seufzte. »Und wie soll das gehen? Ich bin allein in der Küche.«

»Die Heidi könnt sich Urlaub nehmen und aushelfen«, schlug Max vor.

»Aber geh«, wehrte Anna ungeduldig ab. »Die Heidi will ihren Urlaub sicher lieber mit dir verbringen.«

»Die Anna hat recht«, bestätigte Martin Burger ruhig. »So lange kann sich die Heidi sicher net Urlaub nehmen, bis die Anna wieder richtig arbeiten kann.«

»Was heißt das?«, fragte die Wirtin misstrauisch.

Martin strich eine heilende Brandsalbe über

die verletzte Haut. »Sechs Wochen Ruhestellung, keine Berührung mit Wasser, mehrere Behandlungen. Anna, die Verbrennung ist net nur oberflächlich. Es hat auch das Gewebe erwischt. Außerdem ist eine große Hautfläche davon betroffen, und der muss man Zeit zum Regenerieren geben. Oder willst du den Rest deines Lebens mit wulstigen Brandnarben rumlaufen?«

Martin kannte die Wirtin und übertrieb absichtlich. »Weißt du denn niemanden, der für dich einspringen kann?«

Anna schüttelte verzweifelt den Kopf. »Nein, ich wüsst net, wer! Mein Gott, und um die Hella sollt ich mich auch kümmern! Die ruft ja fast jeden Tag an, seit der Manfred so plötzlich verstorben ist.«

Martin Burger horchte auf. »Deine Schwägerin?«

Anna nickte. Sie war den Tränen nahe. Dass ihr der blöde Deckel auch gerade jetzt aus der Hand rutschen musste!

»Sag, kann deine Schwägerin kochen?«, fragte Dr. Burger sanft und legte den Verband an.

»Ja, sehr gut sogar«, murmelte Anna abwesend. Hand und Arm schmerzten. Aber es war kein Vergleich mehr zu vorher.

»Dann ruf sie an und sag ihr, dass sie dir aushelfen soll«, schlug Martin Burger vor.

»Die Hella?«

»Die Hella«, bestätigte er und lächelte. »Weißt du, sie hätte dann wieder eine Aufgabe und kommt vielleicht besser über den Tod ihres Mannes hinweg.«

Anna sah ihn betroffen an. »Da ist was dran«, murmelte sie. »Ja, so könnt das vielleicht gehen.«

»Es geht sicher«, betonte Martin und half ihr von der Liege.

»Bis die Hella da ist, hilft dir die Heidi aus«, bestimmte nun Max forsch. »Anna, eine bessere Lösung gibts net!«

»Ihr kennt die Hella net«, brummte Anna, doch dann nickte sie ergeben. »In Gottes Namen, ich ruf sie heut noch an.«

»Sehr gut«, nickte Martin Burger zufrieden. »Und dich sehe ich morgen wieder hier, ja?«

»Ja«, versprach die Wirtin ungewohnt fügsam. »Es bleibt mir ja gar nix anderes übrig.«

*

Dr. Martin Burger machte sich noch ein paar Notizen über Annas Behandlung. Es würde Zeit brauchen, bis die Verbrennungen völlig ausgeheilt waren. Ob Anna die Geduld aufbringen würde?

Er lächelte, als er die Praxis verließ und zurück ins Wohnhaus ging. Die treue Zenzi hatte ihm sein Essen warm gehalten, und Sabine, die bereits mit den Kindern gegessen hatte, leistete ihm Gesellschaft.

»Ist es schlimm?«, fragte sie teilnehmend, und in ihren braunen Augen, die in so reizendem Gegensatz zu ihrem hellen, blonden Haar standen, lag Mitgefühl.

»Es wird eine Weile dauern, bis die Anna wieder einsatzfähig ist«, erwiderte Martin. »Aber ich hab ihr geraten, ihre Schwägerin als Vertretung anzufordern.«

Sabine lachte erheitert auf. »Ob das gut geht?«

»Schatz, Hellas Arbeitsplatz ist in der Küche«, erwiderte Martin ruhig. »Außerdem hat sie grad erst vor drei Monaten ihren Mann verloren.«

»Ein Grund mehr, um dauernd zu jammern«, stellte Sabine unbarmherzig fest.

Martin sagte nichts dazu, er ließ sich das Essen schmecken. Doch seinem Sohn, dem fünfjährigen Filli dauerte das zu lange.

»Du, Papa«, meinte er ungeduldig und zupfte Martin am Ellbogen. »Die Ilse hat jetzt zwei Katzerln.«

»Filli, lass den Papa in Ruhe essen«, rügte Sabine und zog den Buben an sich. »Wenn du Hunger hast, magst du es auch net, wenn man dich stört.«

»Du redest ja auch mit dem Papa«, maulte der Bub, und Sabine erhob sich seufzend.

»Ich hab dem Papa nur Gesellschaft geleistet, aber du hast recht, wir lassen ihn alle in Ruhe.«

Philipp, der von allen nur »Filli«, genannt wurde, war zwar nicht ganz zufrieden, aber er fügte sich.

»Warum darf die Ilse zwei Katzerln haben und ich keines?«, fragte er seine Mutter.

Tessa, die mit der gerade anderthalbjährigen Laura auf dem Teppich saß und mit Plüschtieren spielte, verzog den Mund. Ilse war ihre beste Freundin, und Filli durfte öfter zu ihr mitkommen, weil Ilse einen Bruder in Fillis Alter hatte.

»Ilse hat keinen Hund«, erklärte sie überlegen und rettete ihre dunklen dichten Locken vor

Lauras Zugriff. Die Locken der großen Schwester waren für die Kleine sehr viel interessanter als all die Plüschtiere.

»Poldi mag keine Katzen, er würde sie nur verjagen oder gar beißen«, ergänzte Sabine. »Das willst du doch net, oder?«

Filli sah seine Mutter an. »Warum mag der Poldi keine Katzen?«

»Viele Hunde mögen keine Katzen, und viele Katzen mögen keine Hunde«, erwiderte Sabine nachsichtig.

»Und warum?«, wollte Filli wissen.

»Mei, das ist halt so!«, rief Tessa ungeduldig. »Du nervst mit deiner blöden Fragerei.«

Die kleine Laura quengelte, weil sich Tessa nicht mehr mit ihr beschäftigte, Filli maulte, weil sich seine große Schwester wieder mal aufspielte, und Sabine sprach ein Machtwort.

»Filli, lass den Poldi noch mal raus in den Garten, aber bleib net zu lang. Tessa, Papa ist mit dem Essen fertig. Trag das Geschirr in die Küche und hilf der Zenzi ein bisserl, ja?«

»Immer ich«, maulte das Madel, aber tat dann doch, was ihr aufgetragen wurde.

»Komm her, Mauserl, du bist ganz einfach müd!« Sabine hob Laura hoch und ging mit ihr zu Martin, der sich eben erhob, um zu ihr zu kommen. »Gib deinem Papa ein Busserl, und dann gehts ab ins Bett.«

»Babba«, brabbelte die Kleine sichtlich müde, und Martin gab ihr ein sanftes Busserl auf die Wange.

»Und ich?« Sabine lächelte zu ihm auf.

»Du gehst doch noch net ins Bett, oder?«

»Nein, ich komm wieder, wenn unser Mauserl versorgt ist«, versprach sie und verließ das Wohnzimmer.

Martin setzte sich auf die Couch und lehnte sich entspannt zurück. Es war ein arbeitsreicher, anstrengender Tag gewesen, aber er war glücklich.

Ja, er war glücklich, endlich eine Familie zu haben. Dabei hatte es zuerst gar nicht so ausgesehen, als ob ihm dieses Glück wirklich beschieden sein würde.

Seine erste Ehe endete tragisch. Christl, seine Jugendliebe, war bei der Geburt ihres ersten Kindes gestorben. Auch das Baby hatte nicht überlebt, und der junge Arzt Martin war, erfüllt von ohnmächtiger Wut und Trauer, nach München geflüchtet.

Dort hatte er in einem großen Krankenhaus nur für seine Arbeit gelebt, hatte sich zum Chirurgen ausbilden lassen und völlig vergessen, dass es auch noch etwas anderes als Arbeit gab.

Irgendwann war die Wut auf das Schicksal verraucht, die verzweifelte Trauer war in eine sanfte Wehmut übergegangen.

Zu dieser Zeit hatte ihn ein Brief der treuen Zenzi erreicht. Sein Vater, Dr. Pankraz Burger, wollte die Landarztpraxis in St. Christoph verkaufen. Er war alt geworden, konnte den Anforderungen, die an einen Arzt in den Bergen gestellt wurden, nicht mehr gerecht werden.

Martin hatte nicht lange überlegt und war nach St. Christoph zurückgekehrt. Älter, ruhiger und duldsamer geworden, hatte er die Praxis seines Vaters übernommen.

Und dann hatte er Sabine kennengelernt. Sie war gebürtige Wienerin, hatte gerade ihren Facharzt für Anästhesie gemacht, und es war für beide Liebe auf den ersten Blick gewesen.

Sabine hatte für den um sechzehn Jahre älteren Martin auf eine eigene Karriere als Fachärztin verzichtet. Sie hatte ihre Aufgabe und die große Liebe im Doktorhaus in St. Christoph am Ende der Kirchgasse gefunden.

Dr. Sabine Burger arbeitete mit ihrem Mann zusammen, war eine liebevolle Mutter und eine wunderbare Ehefrau.

Martin lächelte, als sie jetzt zurück ins Wohnzimmer kam und sich zu ihm setzte. Er legte den Arm um sie und drückte sie an sich.

»Sag mal, wann hab ich dir das letzte Mal gesagt, dass ich dich liebe?«

Sie sah ihn an, und in ihren Augen tanzten goldene Pünktchen. »Soweit ich mich erinnere, war das – vorgestern.«

»Dann muss ich einen Tag nachholen«, stellte er zärtlich fest und küsste sie auf die Schläfe.

»Das meine ich auch«, erwiderte sie schelmisch. »Aber vorher möchte ich noch ein Glas Wein mit dir trinken und sicher sein, dass unser Nachwuchs nicht mehr stört.«

Martin lachte leise auf. »Du bist wunderbar, mein Schatz.«

»Du auch, ich liebe dich«, erwiderte Sabine und ließ es zu, dass er sie zärtlich küsste.

*

Anna Althöfer rief ihre Schwägerin erst am nächsten Tag an. Dank der Medikamente hatte sie schlafen können, aber sie machte sich Sorgen.

Hella Lärchner war sofort bereit, einzuspringen. Sie war froh, das Haus, das so viele Erinnerungen an glückliche Stunden mit Manfred barg, eine Weile verlassen zu können.

Sie kam bereits zwei Tage später, und Anna seufzte erleichtert auf.

»Ja, sag mal, was machst denn du für Sachen!«, rief Hella mitfühlend, als sie den dicken Verband, der jeden Tag erneuert wurde, sah.

Anna beschrieb ihr mit kurzen Worten den Hergang des Unglücks. »Und das muss ausgerechnet jetzt passieren, wo wir das Haus mit den Bauarbeitern voll haben.«

»Sorg dich net, jetzt bin ja ich da«, meinte Hella gutmütig. »Zeit hab ich auch genug, es wartet ja daheim niemand mehr auf mich.«

Das hatte leidend geklungen, und Anna nickte. Hella würde wohl noch eine Weile brauchen, um über den Tod ihres Mannes hinwegzukommen.

»Komm mit, ich hab dich bei uns im Gästezimmer einquartiert. Die Fremdenzimmer sind alle belegt.«

Hella nickte. Es war ihr sowieso lieber, in der Wohnung der Schwägerin zu leben als in einem Fremdenzimmer.

Hella Lärchner war eine mittelgroße, schlanke Frau. Ihr blondes Haar trug sie im Nacken kurz geschnitten, und es bauschte sich in lockeren Wellen über den Hinterkopf. Ein paar Locken fielen in die Stirn, was Hella ein flottes Aussehen verlieh.

»Ich sag dir, ohne Manfred ist das Leben gar nimmer schön«, klagte sie, als Anna sie in das Gästezimmer führte. »Er fehlt mir sehr! Vielleicht wär das anders, wenn wir Kinder hätten!«

»Ich weiß es net«, erwiderte Anna und setzte sich auf das Bett. Die Verbrennungen schmerzten, aber sie wollte nicht schon wieder ein Medikament nehmen.

»Anna, du legst dich jetzt ein bisserl hin«, befahl Hella resolut. »Keine Angst, ich komm schon zurecht.«

Seufzend ließ die Wirtin ihre Schwägerin allein und ging hinüber ins Wohnzimmer. Es war ein seltsames Gefühl, sich während des Tages in diesem Raum aufzuhalten. Ihr Reich war die Küche des Gasthauses, und irgendwie kam sie sich verbannt vor.

Aber die Ruhe tat ihr gut, und sie befolgte Hellas Anweisung und machte es sich auf der Couch bequem.

Hella aber ging in die Küche und bereitete das Nachtmahl vor. Sie war mit Manfred oft hier gewesen und hatte auch schon ausgeholfen, wenn Not am Mann war. Deshalb kannte sie sich in der Küche aus und musste nicht lange fragen.

»Bin ich froh, dass du so schnell gekommen bist«, meinte Joschi erleichtert. »Ich hoff, die Anna sitzt jetzt net den ganzen Tag in der Küche rum, wie sie es bei der Heidi getan hat.«

»Ich glaub, sie hat sich hingelegt«, erwiderte Hella. »Sag mal, gibts heut nix anderes als Bratwürste mit Kartoffelschmarrn und Leberkäs mit Spiegelei?«

»Die Heidi hat am Vormittag noch einen Rostbraten gemacht, den musst du bloß aufwärmen.«

Hella sah ihren Schwager ungnädig an. »Na gut, aber ab morgen ändert sich die Speisekarte ein bisserl. Immerhin essen die Bauarbeiter jeden Abend hier, da muss Abwechslung rein.«

Joschi schickte ein heimliches Stoßgebet zum Himmel, doch er beherrschte sich. Er war Hella wirklich dankbar, dass sie so schnell gekommen war, und er würde schon darauf achten, dass sie nicht allzu viele Neuerungen einführte.

»Sag mal, in der Gaststube sitzen ja lauter Burschen rum«, stellte sie später fest. »Wo haben denn die ihre Madeln?«

»Du, das ist eine Kartenrunde, von der später dann alle ein deftiges Gulasch mit Knödel haben wollen. Darauf kannst du dich schon mal einstellen.«

»Mir scheint, man sollt auch eine Madelrunde einführen, damit die Burschen net bloß ans Kartenspielen und trinken denken«, überlegte Hella ernsthaft.

»Untersteh dich«, fuhr Joschi auf. »Hella, verdirb mir net das Geschäft! Beim Kartenspielen wird viel getrunken.«

»Eben«, erwiderte Hella ungerührt.

Joschi nahm seine Schwägerin am Arm und

schob sie in die Küche. »Hella, das hier ist ein Gasthaus, von dem die Anna und ich bis jetzt ganz gut gelebt haben. Dazu muss man aber auch Umsatz machen, verstehst du, was ich mein?«

»Freilich versteh ich!« Hella war ein bisserl beleidigt. »Ich richt jetzt der Anna was zu essen, später komm ich ja nicht mehr dazu. Mein Gott, hoffentlich hat sie net zu arge Schmerzen!«

Joschi verließ ohne Kommentar die Küche. Obwohl er Hella sehr dankbar war, dass sie so selbstverständlich für die Anna einsprang, sah er doch etwas schwierige Zeiten auf sich zukommen.

»Joschi, noch eine Runde Bier!«, verlangte die Kartenrunde, und der Wirt war wieder versöhnt. So schlimm würde es wohl nicht werden, und im Notfall konnte er Hella immer noch bremsen.

»Kommt gleich!«, rief er zurück und zapfte das Bier ab.

*

Es war ein strahlend schöner Sonntag im Frühsommer, als Doris Hattinger nach St. Christoph fuhr. Sie war in Jenbach daheim, studierte Pharmazie und sollte nun in St. Christoph in der »Roswitha«-Apotheke ihr Ferialpraktikum absolvieren.

Doris freute sich auf die Arbeit in der Apotheke, und der räumliche Abstand zu Jenbach kam ihr sehr gelegen. Drei Jahre lang waren sie und der fesche Studienkollege Alfons Theuss ein Paar gewesen. Doch vor zwei Monaten hatte Alfons plötzlich Schluss gemacht.

Ein Schatten fiel über das Gesicht der jungen

Frau. Alfons hatte gesagt, sie klammere sich zu sehr an ihn. Hatte sie das wirklich getan? War es nicht ganz natürlich, dass sie ihre karge Freizeit ausschließlich mit ihm verbringen wollte?

»Klammeräffchen«, hatte Alfons sie etwas spöttisch genannt, und diese Bezeichnung verfolgte Doris nun geradezu. Sie war sehr darauf bedacht, niemandem lästigzufallen und war nun lieber für sich allein.

Ulrich Steghofer, der Inhaber der Apotheke, die nach seiner Frau Roswitha benannt war, hatte ihr ein Zimmer im Apothekerhaus angeboten. Doris hatte das sofort angenommen, sie hatte nicht vor, ständig zwischen St. Christoph und Jenbach zu pendeln.

Vielleicht würde sie manchmal zum Wochenende nach Hause fahren, so weit war es ja nicht. Aber auch das überlegte sie noch. Immerhin gab es in der Apotheke auch Notdienst, und Doris hatte vor, das Ehepaar Steghofer in dieser Richtung zu entlasten, wann immer es möglich war.

»Da gehts rauf«, murmelte Doris, als sie die Tafel mit der Abzweigung nach St. Christoph sah. »Lieber Gott, ist das steil!«

Ja, diese enge, serpentinenreiche Straße, die nach St. Christoph führte, verlangte jedem Autofahrer sein ganzes Können ab. Aber es war auch herrlich, langsam da hinaufzufahren und, wenn es eine kurze, gerade Strecke zuließ, das gewaltige Panorama der Berge ringsum zu bestaunen.

Doris atmete tief durch. Hier oben würde sie frei sein! Frei von den bedrückenden Gedanken, bei Alfons versagt zu haben. Frei von der hintergründigen Angst, sich zu sehr an einen Mann zu klammern. Hier oben konnte sie ihre Gedanken und ihre Gefühle neu ordnen.

Sie fuhr in ein Waldstück, und die durchbrechenden Sonnenstrahlen zeichneten helle Kringel auf den dunklen Asphalt. Es waren lustige, tanzende Muster, die Doris fröhlich stimmten. Es war gut, dieses Praktikum in St. Christoph angenommen zu haben!

Langsam fuhr sie aus dem Waldstück hinaus und sah vor sich das Dorf in einer sanften Mulde liegen. Die Sonne ließ den vergoldeten Wetterhahn auf der Kirchturmspitze blinken, die Wiesen waren sattgrün und blumenübersät, das Getreide stand noch niedrig und hob sich mit seiner graugrünen Farbe von den Wiesen ab, und ringsum schimmerten die Berggipfel silbrig über den Wipfeln der weitläufigen Wälder.

Doris hielt an und sah sich um. Die Häuser des Dorfes wirkten freundlich mit ihren blumenüberladenen, holzgeschnitzten Balkons. Auf dem sanft zur Waldgrenze hin ansteigenden Gelände lagen verstreut die Bauernhöfe. Größere, kleinere, mal zwei oder drei dichter zusammen, andere entlegener.

Es war ein Bild des Friedens, das sich dem Auge bot, und Doris lächelte. Das war es, was sie jetzt brauchte. Hier würde sie zu sich selber finden, ihre Unsicherheit ablegen und obendrein auch noch die Praxis in einer Apotheke lernen.

Der Gedanke an die Apotheke schreckte sie auf. Mein Gott, sie musste weiter, sie wurde erwartet!

Doris fuhr nun zügiger. Die Straße senkte sich in weitaus weniger engen Kurven, und bald hatte sie das Dorf erreicht. Sie fuhr zum Dorfplatz, und dort bog sie in die Kirchgasse ein.

Die Apotheke lag fast am Ende dieser Gasse, gegenüber vom Doktorhaus. Doris parkte ihren Wagen direkt vor der Apotheke und stieg aus.

Im Garten gegenüber schoss ein niedlicher Rauhaardackel zum Zaun und bellte gebieterisch.

»He, Kleiner, ich will ja gar net zu dir«, lachte Doris erheitert auf und las automatisch das Messingschild, das am Zaun neben der Gartentür in der Sonne glänzte:

Dr. Martin Burger, praktischer Arzt

Wirklich praktisch, dachte sie, als sie zur Tür des Apothekerhauses ging. Der Arzt gleich gegenüber!

»Doris Hattinger?«, hörte sie eine helle Frauenstimme und hob den Kopf. Aus einem der Fenster im ersten Stock beugte sich eine hübsche, braunhaarige Frau und winkte.

»Ja!«, rief Doris zurück.

»Ich komme gleich!«

Doris musste nicht lange warten, bis die Haustür aufgeschlossen wurde.

»Willkommen!« Roswitha Steghofer streckte Doris beide Hände entgegen.

Doris fühlte sich sofort wohl. Sie spürte die Herzlichkeit dieser Frau und erwiderte sie.

»Doris, ich sag gleich mal Du«, empfing Roswitha die Praktikantin. »Komm rein, ich freu mich, dass du da bist.«

»Ich freu mich auch«, erwiderte Doris. »Ich kanns gar net erwarten, mal richtig zu arbeiten.«

Roswitha lachte und führte Doris hinauf in die Wohnung. »Das ist doch net dein erstes Praktikum, oder?«

»Nein, ich hab schon zweimal in den Ferien gearbeitet. Aber da bin ich immer irgendwo hinten im Lager gewesen. Medikamente sortieren, Bestand aufnehmen, aufschreiben, was fehlt. Auf die Kunden hat man mich noch nie losgelassen.«

»Na, das wird sich ändern«, versprach Roswitha freundlich. »Bei uns lernst du die Praxis. Mit der Theorie hast du deinen Kopf schon lange genug vollgestopft.«

Doris musste lachen. Die frische, natürliche Art der Apothekerin gefiel ihr auf Anhieb.

»Ich zeig dir erst mal dein Zimmer, und dann hast du Zeit, dich ein bisserl frisch zu machen. Mein Mann kommt erst zum Nachtmahl heim. Ich war ja dagegen, dass er grad heut seine Schwester besucht, aber Männer haben da einen eigenen Kopf.«

»Ich möcht auf gar keinen Fall Umstände machen«, beeilte sich Doris zu versichern. »Ich komm ganz gut alleine zurecht.«

Roswitha sah das Madel kritisch an. So viel Bescheidenheit hatte sie von einer künftigen Apothekerin nicht erwartet. Oder war es Unsicherheit?

»Von wegen alleine«, meinte sie und lächelte. »Du bist hier net allein, Doris. Wir arbeiten zusammen, wir essen zusammen… Jessas, schau net gleich so erschrocken drein! In deiner Freizeit kannst du tun und lassen, was du willst.«

Doris schluckte. »Ja, so hab ich mir das auch vorgestellt. Ich bin gern für mich allein, das ist überhaupt kein Problem. Ich glaub, ich hol jetzt mein Gepäck herauf und richt mich erst mal ein.«

Roswitha Steghofer vermied es, Doris zu helfen. Sie wurde das Gefühl nicht los, dass dieses Madel irgendetwas verunsicherte.

»Na, da komm ich schon noch dahinter«, murmelte sie energisch und ließ Doris allein.

*

Es war nicht leicht, sich gegen die Steghofers abzukapseln. Das stellte Doris sehr schnell fest, und sie gab auch gerne nach. Im Grunde war sie keine Einsiedlerin, im Gegenteil. Sie brauchte Menschen um sich, fand auch rasch Kontakt und hatte von Natur aus ein fröhliches Gemüt.

»Na, unsere Praktikantin entwickelt sich wirklich prima«, stellte Roswitha eines Abends fest, als sie mit ihrem Mann allein war.

Ulrich lächelte. »In den ersten paar Tagen hab ich gemeint, sie wird recht reserviert mit unserer Kundschaft umgehen. Aber das hat sich gravierend geändert.«

»Vor allem die Männer sind von ihr hingerissen«, erwiderte Roswitha schmunzelnd. »Die Damen fragen höchstens, ob ihr blondes Haar echt ist.«

»Also ehrlich, zuerst hab ich auch geglaubt, dass sie es bleicht«, gestand Ulrich. »So ein helles Weizenblond gibts ja wirklich selten.«

»Ja, da hast du recht«, stimmte Roswitha zu. »Ich denke, wir haben mit Doris einen guten Griff getan. Wenn sie so weitermacht, können wir zwei uns auch mal einen netten Abend außerhalb gönnen.«

»Na ja, gar so bald würde ich sie noch net zum Notdienst einteilen«, warnte Ulrich bedächtig. »Aber dran denken kann man natürlich.«

Während die Steghofers noch über ihre Apotheke sprachen, wanderte Doris durch das Dorf. Sie wollte sich mit allem vertraut machen, denn es gefiel ihr in St. Christoph sehr gut.

Sie stellte fest, dass sie bereits eine ganze Woche lang nicht mehr an Alfons gedacht hatte, und das ließ sie erleichtert aufatmen. Spontan beschloss sie, diesen erfreulichen Umstand mit einem Glas Wein zu feiern. Da gab es doch diesen schönen Gasthof direkt am Dorfplatz!

Es war ein warmer Abend, die Sonne war bereits hinter dem Achenkegel verschwunden, doch ihre Strahlen sandten noch immer ein mildes Licht aus.

Doris sah sich im Gastgarten um. Die Tische mit den grün karierten Decken waren um zwei alte Kastanienbäume aufgestellt. Es waren nur wenige Gäste hier, die meisten hielten sich in der Gaststube auf.

Doris setzte sich an einen Tisch nahe am Stamm einer Kastanie. Hier war sie vor Blicken einigermaßen geschützt, und hier fühlte sie sich wohl. Sie wollte auf keinen Fall den Eindruck erwecken, als würde sie Anschluss suchen.

»Grüß Gott, was darfs denn sein?«

Doris sah auf. Eine hübsche, nicht mehr ganz

junge Frau war an ihren Tisch getreten und sah sie freundlich an.

»Grüß Gott! Ich hätt gern ein Viertel Weißwein.«

»Da hab ich einen Veltliner, einen Riesling-Silvaner oder einen Welschriesling.«

Doris sah die Frau unsicher an. »Ich kenn mich da net so aus.«

Hella Lärchner, die ihrem Schwager mit der Bedienung im Gastgarten aushalf, lächelte.

»Wollen S' einen milderen Wein, oder mögen Sie es lieber herb?«

»Schon was Milderes«, meinte Doris. »Ich möchte mir die Gurgel net verätzen.«

Hella lachte erheitert auf. »Na, na, reine Säure haben wir hier net. Also ein Viertel Riesling-Silvaner?«

»Ich verlass mich auf Sie!« Doris lehnte sich zurück. Die Arbeit in der Apotheke machte ihr Spaß, und sie hatte gelernt, sich nicht mehr so zurückzuhalten.

Auf Dauer wäre das auch nicht möglich gewesen, es war einfach nicht ihre Art. Aber diese Bemerkung von Alfons, der Spitzname »Klammeräffchen«, das alles verunsicherte sie trotzdem.

Na bravo! Doris seufzte abgrundtief auf. War sie mit ihren Gedanken also wieder bei Alfons angelangt! Dabei wollte sie gerade ganz allein mit sich selber feiern, dass sie eine ganze Woche nicht an ihn gedacht hatte!

»Wen erwürgen Sie denn grad in Ihren Gedanken?« Hella stellte ein Krügerl Wein auf den Tisch und füllte das langstielige Glas. Auch eine Neuerung beim Ochsenwirt, die Hella Lärchner erfolgreich durchgesetzt hatte.

»Erwürgen?«, fragte Doris düster und sah zu Hella auf. »Das wär eine Lösung, aber sicher net die beste.«

Hella wurde hellhörig. Im Gastgarten war nicht viel los, also setzte sie sich, ohne zu fragen, zu Doris an den Tisch.

»Madel, ich sag dir, kein Mann ist es wert, dass man für ihn ins Zuchthaus geht«, verfiel sie nun in eine ganz selbstverständliche Vertraulichkeit. »Ich hab, bevor ich meinen Mann getroffen habe, auch viel Kummer gehabt.«

Doris nahm einen Schluck Wein und sah Hella interessiert an. Diese Frau strahlte etwas aus, das sie nicht definieren konnte.

Es war nichts Negatives, auch wenn die Worte etwas düster klangen.

»Und was haben Sie dann getan?«, fragte Doris neugierig.

»Ach!« Hella machte eine wegwerfende Handbewegung. »Ich hab gelitten, sag ich dir! Ich war ganz krank, aber dann hab ich den Manfred getroffen. Er war ein guter Mann, das muss ich schon sagen. Obwohl er manchmal so richtig nörgeln konnte. Aber er hat mich geliebt.«

Doris sah Hellas Augen funkeln und wollte mehr hören. Hella tat ihr den Gefallen und erzählte aus ihrer Ehe.

»Wenn ich nur mehr auf Manfred gehört hätte«, seufzte sie tief auf, »dann würde ich jetzt anders dastehen.«

»Wieso das?«, fragte Doris interessiert.

»Mein Mann wollte immer was riskieren, ein eigenes Weinstüberl haben. So eines mit Imbiss, weißt schon! Ich kann ja recht gut kochen, aber ich hab ihm das ausgeredet. Dauernd für die Leut da sein, nie zu einem Urlaub Zeit haben. Ach Gott, heut bereue ich es, dass ich da net mitgemacht hab.«

Doris trank ihren Wein und hörte zu. Hella erzählte eigentlich nur negative Dinge, aber sie tat dies sehr unterhaltsam. Man hatte nicht den Eindruck, dass sie jammerte.

»Und jetzt ist er tot, der Manfred«, fuhr Hella fort. »Ganz plötzlich über Nacht hat sein Herz aufgehört zu schlagen. Und ich steh ganz allein da. Aber jetzt hat sich meine Schwägerin, die Anna, die Hand ganz schwer verbrüht, und ich helf in der Küche aus. Die Anna wird noch ein paar Wochen net richtig arbeiten können, und da ...«

»Hella! Wo bleibst du denn?« Joschi Althöfer kam in den Gastgarten und winkte seine Schwägerin herbei. »Ich brauch zwei Portionen Gulasch!«

»Ich komm ja schon!«, rief Hella zurück und sah Doris lächelnd an. »So sinds, die Mannsbilder. Net einmal ein kleines Tratscherl gönnen sie einem.«

Doris konnte ein Schmunzeln nicht unterdrücken. Diese Hella sah nicht danach aus, als würde sie sich unterdrücken lassen.

Langsam trank Doris ihren Wein. Irgendwie fühlte sie sich auf einmal frei und sehr viel lockerer. Hellas Worte hatten sie direkt ein bisserl aufgemuntert.

»Zahlen!«, rief sie und beschloss, des Öfteren hier ein Glas Wein zu trinken.

*

Die Arbeit in der Apotheke machte Doris immer mehr Spaß. Sie war inzwischen daran gewöhnt, dass man sie wegen ihres üppigen, fast weißblonden Haares ansprach. Und sie hatte immer eine freundliche Antwort parat.

Die Steghofers waren sehr zufrieden mit ihr, und Doris war eine wissbegierige Praktikantin, die schnell lernte.

»Willst du mal eine eigene Apotheke haben?«, fragte Roswitha eines Sonntagmorgens, als sie auf dem geräumigen Balkon an der Hinterseite des Hauses frühstückten.

Doris lachte. »Da müsst ich schon einen Lottogewinn machen!«

»Oder dir einen Apotheker angeln«, stimmte Ulrich in ihr Lachen ein.

»Aber geh«, wehrte Roswitha ab. Sie wusste inzwischen, dass Doris gerade eine eher schwierige Beziehung beendet hatte.

»So schnell heirate ich net«, meinte Doris und strich Butter auf eine köstlich duftende Brotscheibe. »Aber ich hab gute Aussichten, in der größten Apotheke in Jenbach unterzukommen. Bis ich fertig bin, vergehen allerdings noch zwei Jahre.«

»Du, die gehen schneller vorbei, als man denkt«, prophezeite Roswitha und schenkte Kaffee nach. »Sag, was hast du denn heut vor?«

»Notdienst«, erwiderte Doris lakonisch. »Das

Wetter ist so herrlich, da könntet ihr doch mal einen Ausflug machen.«

»Lieb von dir, aber das geht net«, erwiderte Ulrich trübe. »Ich hab eine dringende Verabredung mit meiner Buchhaltung.«

»Oje!« Doris sah ihren Chef bedauernd an. »Muss das wirklich heut sein?«

»Mein lieber Ulrich lässt immer alles bis zum letzten Abdruck zusammenkommen«, erklärte Roswitha, »wenigstens, was die Buchhaltung betrifft. Und es ist halt mal Quartalsabschluss, die Abrechnungen für die Krankenkasse sind fällig.«

»Kann ich helfen?«, bot sich Doris sofort an.

»Nein, es langt, wenn wir zwei arbeiten«, wehrte Roswitha ab. »Mach doch du einen Ausflug.«

»Na ja, wenn ihr mich los sein wollt?«, tat Doris ein bisserl beleidigt, aber ihre graugrünen Augen blitzten. »Aber ich weiß net, wohin ich fahren soll.«

Da konnten die Steghofers mit mehreren Vorschlägen aufwarten. Doris entschied sich am Ende für eine Wanderung auf den Hexenstein. Die zerklüfteten Felsen zogen sie direkt an, und sie stellte sich vor, ein kleines Madel zu sein und diese Klüfte mit den vielen Höhlen ganz heimlich zu erkunden.

»Pass aber bloß auf, dass dich net irgendein Berggeist in eine Höhle verschleppt«, mahnte Ulrich gutmütig, und Doris lachte.

»Na, hoffentlich treff ich einen! Wär doch ganz interessant, oder?«

*

Eine Stunde später machte sich Doris auf den Weg. Roswitha hatte ihr Brote in den Rucksack gepackt und auch zwei Flaschen Mineralwasser.

»Ganz schön schwer«, meinte Doris, als sie den Rucksack schulterte. »Ich glaub, so viel brauch ich gar net.«

»Madel, du bist da oben ganz allein, da gibts keine bewirtschaftete Alm«, erwiderte Roswitha energisch. »Ich hab dir übrigens auch noch einen elastischen Verband und ein Schmerzmittel eingepackt.«

»Wozu denn das?«, rief Doris erstaunt. »Ich hab net vor, mir den Fuß zu verknacksen oder sonst was!«

»Du, sicher ist ganz einfach sicher. Mir ist es sehr recht, wenn du alles original verpackt wieder zurückbringst. Aber mir ist einfach wohler, wenn du ein bisserl Notausrüstung dabeihast. So, und jetzt geh, sonst kommen der Uli und ich zu gar keiner Arbeit mehr!«

Doris lachte und verließ das Haus. Sie fuhr mit dem Auto bis an die Waldgrenze und setzte dann ihren Weg zu Fuß weiter.

Es ging auf Mittag zu, und die Sonne meinte es recht gut. Doris genoss die sanfte Kühle des Waldes, doch als die Bäume in niedrige Latschenkiefern übergingen, spürte sie die sommerliche Hitze doch empfindlich.

Jetzt war sie froh, dass Roswitha ihr ausreichend zu trinken mitgegeben hatte. Sie stärkte sich und kletterte in den zerklüfteten Felsen herum.

Es gab hier wirklich zahlreiche Höhlen, die Doris an Märchen aus ihrer Kindheit erinnerten. Sie stellte sich vor, dass in diesen Höhlen Berggeister, Gnome und allerlei Getier hausten, und sie musste lachen.

Mein Gott, jetzt ging aber schön die Fantasie mit ihr durch!

Sie kletterte weiter hinauf, setzte sich unter einen Felsvorsprung, der ein wenig Schatten spendete, und aß zwei Brote.

Ein Adler kreiste mit majestätischem Schwingenschlag über der Schlucht zwischen dem Hexenstein und dem Frauenhorn. Fast schien es, als würde der mächtige Vogel nur ganz leicht dahinschweben. Doch plötzlich streckte er die Fänge aus und stieß auf ein entferntes Plateau herab.

»Oje, da hat jetzt ein Hase oder ein Murmeltier dran glauben müssen«, murmelte Doris bedauernd und lehnte sich an die sonnenwarme Felswand.

Sie saß ganz still, und plötzlich bemerkte sie eine Bewegung. Ein Murmeltier kam aus einer der kleinen Höhlen, stellte sich auf die Hinterbeine und sicherte die Umgebung. Doris konnte sehen, wie sich die kleine Nase des Tieres schnuppernd bewegte.

Da äugte das Murmeltier zu ihr herüber, stieß einen Pfiff aus und verschwand blitzschnell in der Höhle.

Doris lächelte. Mit dem Getier, das die Höhlen bevölkerte, hatte sie wohl recht behalten. Aber wo waren die Berggeister und Gnome?

Sie erhob sich und stieg ein Stück weiter hinauf.

Zwischen moosbewachsenen Steinen standen vereinzelt niedrige Büschel von Almrausch in voller Blüte. Ein süßlich betörender Duft stieg ihr in die Nase, und Doris war schwer versucht, eine dieser herrlichen Blüten zu brechen.

Doch ehe sie sich niederbeugen konnte, hörte sie ein seltsames Stöhnen. Es kam aus einer größeren Höhle, und Doris erschrak. Gab es doch Berggeister?

»Blödsinn«, schimpfte sie halblaut und kletterte auf die Höhle zu.

»Hallo! Ist da jemand?«, rief sie, als sie die Höhle fast erreicht hatte.

»Ja!«, rief eine männliche Stimme zurück. »Gott sei Dank, ich hab schon geglaubt, ich muss hier übernachten …!«

*

Es war schwierig, zum Eingang der Höhle zu gelangen, doch Doris schaffte es. Schwer atmend ließ sie sich am Eingang der niedrigen Höhle nieder und sah auf den jungen Mann, der blass und sichtlich schmerzgeplagt neben ihr auf dem steinigen Boden saß. Er hatte Rücken und Hinterkopf an die Felswand gelehnt und hielt die Beine ausgestreckt.

»Was ist passiert?«, fragte Doris und wischte sich den Schweiß von der Stirn. »Bist du verletzt?«

Der Bursche öffnete die Augen, und Doris stellte fest, dass sie so ein intensives Blau noch nie gesehen hatte. Doch dieser Gedanke ging schnell in ihrer Besorgnis unter.

»Hast du Schmerzen?«

»Ja«, stieß der junge Mann zwischen den Zähnen hervor. »Ich glaub, es hat den Knöchel erwischt.«

Doris sah auf seine Füße, die in festen Bergschuhen steckten. Es hatte keinen Sinn, jetzt einen Schuh auszuziehen. Wenn der Knöchel gebrochen oder auch nur verstaucht war, konnte der Bursche nicht wieder in den Schuh hinein.

»Ich glaub, ich hab was für dich«, meinte sie beruhigend und nahm den Rucksack ab. »Übrigens, ich heiße Doris und arbeite in der Apotheke von St. Christoph.«

»Die hilfreiche Bergfee mit dem Silberhaar«, murmelte der junge Mann, doch dann besann er sich. »Ich bin Dieter, im Moment zu Besuch bei meiner Schwester auf dem Eiben-Hof.«

Doris kramte die Packung mit den Schmerztabletten aus dem Rucksack. Gottlob waren sie von der Sorte, die man nicht in Wasser auflösen musste. Sie las den Beipackzettel und drückte zwei Tabletten aus der Packung.

»Schluck die zwei«, ordnete sie ruhig an und gab ihm ihre Wasserflasche. »Es ist ein Schmerzmittel, aber irgendwie musst du da ja wieder runterkommen.«

Dieter nahm die Tabletten und spülte mit Wasser nach. Dankbar gab er Doris die Flasche wieder zurück.

»Wenns gar net geht, muss ich die Bergrettung verständigen«, sprach Doris weiter, doch Dieter schüttelte nur müde den Kopf.

»Geht net. Ich hab mein Handy dabei, aber hier

oben ist leider kein Empfang. Falls die Tabletten was taugen, schaff ich den Abstieg schon.«

Doris trank ebenfalls aus der Wasserflasche. »Es wird eine Weile dauern, bis die Tabletten wirken. Ich hab erst geglaubt, du bist ein Berggeist.«

»Ein angeschlagener«, erwiderte Dieter mit einem kleinen Lächeln. »Dem Dialekt nach bist du eine Einheimische, oder irre ich mich da?«

Doris lächelte. »Ich komm aus Jenbach und mach hier in St. Christoph mein Ferialpraktikum.«

»In der Apotheke?«

»In der Apotheke«, bestätigte sie und stellte erleichtert fest, dass Dieters Haltung sich langsam entspannte. Das Schmerzmittel schien zu wirken.

Dieter sah sie seltsam forschend an. »Komisch, ich bin auch in Jenbach daheim. Du bist mir aber noch nie über den Weg gelaufen.«

»Du mir auch net«, erwiderte sie und gab ihm noch mal zu trinken. »Das sagt aber nichts, ich studiere in Innsbruck.«

Dieter gab ihr die Wasserflasche zurück. »Ich auch! Allerdings an der Technischen Uni, mit Medizin hab ich nix zu tun.«

»Sag mal, lassen die Schmerzen schon ein bisserl nach?«, fragte Doris und sah ihn prüfend an. Sein Gesicht hatte wieder etwas Farbe bekommen, und die blauen Augen erwiderten ihren Blick sehr klar, wenn auch etwas verträumt. Aber das konnte von diesem Medikament kommen.

»Ja, es geht langsam«, gab Dieter etwas widerstrebend zu. Er hätte noch lange mit dieser schönen Bergfee hier sitzen wollen, aber die Vernunft sagte ihm, dass es besser war, sich langsam an den Abstieg zu machen.

»Kannst du aufstehen?« Doris streckte ihm beide Hände entgegen, und Dieter ergriff sie. Mit zusammengebissenen Zähnen kam er auf die Knie, stützte sich auf Doris' Schultern und stand mühsam auf.

»Ich glaub, ich wart noch ein bisserl«, murmelte er und lehnte sich gegen die Wand. Der Knöchel schmerzte bei der geringsten Belastung. Zwar nicht mehr so höllisch wie vorher, aber vor dem Abstieg graute dem jungen Mann nun doch.

»Ich kann dir noch eine Tablette geben«, meinte Doris zögernd, »aber erst in einer halben Stunde. So lang können wir net hier herumstehen.«

Dieter nickte. Es hatte keinen Sinn, er musste runter ins Tal.

»Es geht schon, auch wenns mühsam wird.«

Doris nahm ihren Rucksack auf und half Dieter, so gut es eben ging, hinunter auf den schmalen Weg zu kommen. Sie mussten öfter stehen bleiben, doch Dieter hielt sich tapfer.

Sie sprachen nicht mehr, denn das wäre nur Kraftvergeudung gewesen. Nach einer Stunde Abstieg gab Doris dem Verletzten noch eine Schmerztablette.

»Mehr kann ich aber nicht mehr verantworten«, meinte sie. »Aber wir habens bald geschafft. Im Wald ist der Weg nicht mehr so steil.«

Dieter nickte nur. Schweiß perlte von seiner Stirn, und die ganze Situation kam ihm etwas unwirklich vor.

Doris merkte, dass Dieter etwas taumelte. Jetzt war Eile geboten, denn zusammenbrechen durfte er hier nicht. Sie hatte noch immer keinen Empfang auf dem Handy.

»Komm, es geht schon«, trieb sie ihn an.

Dieter achtete nicht mehr auf den Schmerz. Sein Hirn war umnebelt und ließ ihn den Schmerz nicht mehr so fühlen. Aber so weit war er doch, dass er automatisch einen Fuß vor den anderen setzen konnte.

»Dein Haar ist wundervoll«, murmelte er undeutlich, »wie gesponnener Weizen.«

»He, du hast ja eine romantische Ader!«, lachte Doris auf. Sie war schweißüberströmt, doch die Sorge um Dieter gab ihr Kraft. Sie wusste, dass er durch das starke Medikament in eine Art Rauschzustand versetzt war. Hatte sie ihm doch zu viel gegeben?

»Bergfee, ich liebe dich«, murmelte Dieter sichtlich verzückt weiter. »Von dir hab ich mein Leben lang geträumt. Geh net so schnell, lauf mir net weg!«

Doris biss die Zähne zusammen und verlangsamte das Tempo. Sie schleppte Dieter schon mehr, als er selber ging, aber bis zum Auto war es nicht mehr weit.

»Gleich haben wir es geschafft«, machte sie ihm Mut, aber Dieter reagierte nicht auf ihre Worte.

»Bergfee mit den Silberhaaren, verlass mich nicht«, murmelte er undeutlich.

Doris zerrte ihn mit aller Kraft weiter, und endlich war sie bei ihrem Auto angelangt. Es gelang ihr, Dieter auf den Beifahrersitz zu schubsen, und dann griff sie zu ihrem Handy. Gottlob, hier hatte sie Empfang. Sie tippte Dr. Burgers Nummer ein und betete im Stillen, dass er zu Hause war.

»Doktor Burger? Gott sei Dank! Hier ist Doris Hattinger, ich hab einen Verletzten im Auto. Was? Ah ja, Knöchel, ich weiß net, gebrochen oder sonst was. Darf ich … Danke, bin schon unterwegs!«

*

»Wer war es denn?«, fragte Sabine Burger, als Martin zurück auf die Terrasse kam.

»Die Doris von der Apotheke«, erwiderte Martin besorgt. »Sie hat einen Verletzten im Auto, irgendwas mit dem Knöchel.«

»Und das am Sonntag«, seufzte Sabine tief auf. »Aber Notfälle gibts halt immer.«

»Ich hab ja auch Bereitschaftsdienst«, schwächte Martin die Störung des Sonntagsfriedens ab. »Sag, kannst du mir helfen? Tessa und Filli kommen net so schnell vom Baden zurück, und auf die Laura kann der Vater aufpassen.«

»Ja, sicher geht das«, erwiderte Sabine ergeben. Aber so war das halt, wenn man mit einem Landarzt verheiratet war.

Sie lächelte, als sie in den Garten ging, wo Martins Vater, Dr. Pankraz Burger, friedlich in einem Gartenstuhl im Schatten des Apfelbaumes vor sich hin döste.

»Vater, wir kriegen gleich einen Notfall rein«, sprach sie ihn an. »Bist du so lieb und passt auf die Laura auf?«

Pankraz öffnete die Augen. »Was Arges?«

»Knöchel«, klärte ihn Sabine kurz auf. »Mehr wissen wir auch net. Wahrscheinlich wieder mal einer dieser Halbschuhtouristen.«

»Ja, da kann man predigen, was man will«, meinte der alte Doktor und erhob sich ächzend. Er war bereits hoch in den Siebzigern, und mit den Jahren hatte er beträchtlich an Leibesfülle zugelegt. Aber er war erstaunlich gesund, auch wenn die Zenzi immer wieder das Gegenteil behauptete und ihn permanent auf Diät zu setzen versuchte.

»Sag, habt ihr mir vom Guglhupf was übrig gelassen?«, fragte er, als er neben seiner Schwiegertochter zum Haus ging.

»Aber freilich«, beruhigte ihn Sabine. »Gib aber der Laura net zu viel, die hat schon ein ganzes Stück verdrückt. Kaffee ist in der Thermoskanne. Du, ich glaub, die Doris ist mit dem Verletzten da!«

Sabine eilte zur Gartentür. Sie hatte recht, es war Doris, die direkt vor dem Doktorhaus hielt.

»Frau Doktor, ich glaub, ich brauch Hilfe. Der Dieter kann nicht mehr allein gehen, und er ist ein bisserl hinüber!«

Sabine sah das erhitzte Madel fragend an. »Hinüber?«

»Schmerzmittel«, erklärte Doris rasch. »Sonst hätt ich ihn net vom Hexenstein runtergebracht.«

Inzwischen war auch Martin Burger dazugekommen und scheuchte den aufgeregt bellenden Dackel ins Haus.

»Wart, ich helf dir!«, rief er Doris zu, und es gelang ihm, den Verletzten aus dem Auto zu bekommen.

»Sag, bist du net der Bruder von der Eibensteiner-Andrea?«, fragte er, als er Dieter genauer ansah.

»Ja«, erwiderte der Bursche und lächelte Sabine sonnig an. »Noch eine Bergfee, erstaunlich! Aber wo ist denn die mit dem Silberhaar?«

»Jessas, was ist denn mit dem los?«, fragte Martin und drehte sich nach Doris um. »Hat er getrunken?«

»Nein, wahrscheinlich hab ich ihm doch eine Schmerztablette zu viel gegeben«, bekannte Doris zerknirscht. »Aber sonst hätten wir den Hubschrauber gebraucht!«

Doris zeigte Sabine Burger die Packung mit den Tabletten. »Drei Stück, aber laut Beipackzettel kann das einen erwachsenen Mann net umbringen.«

»Normalerweise net, aber vielleicht hat er nix gegessen«, meinte Sabine. »Willst du mitkommen?« Doris schüttelte den Kopf. »Nein, ich brauch jetzt eine Dusche. Aber wenn Dieter fertig ist, fahr ich ihn natürlich heim.«

»Ist gut!« Sabine winkte Doris zu und lief Martin nach, der Dieter in den Praxisanbau brachte.

»Wie ist denn das passiert?«, fragte sie, als sie einen Blick auf die festen Schuhe geworfen hatte.

»Bin zu weit raufgekraxelt und abgerutscht«, erklärte Dieter und verzog das Gesicht. Das Schmerzmittel ließ nach, und der Knöchel tat wieder höllisch weh.

»Erst mal raus aus dem Schuh«, befahl Martin energisch. Dieter stöhnte gequält auf, als ihm Dr. Burger mit einem gekonnten Ruck den Schuh auszog.

»Ich glaub, mir wird schlecht«, murmelte Dieter, und Sabine kontrollierte sofort Blutdruck und Puls.

»Ein bisserl niedrig«, stellte sie fest. »Wann hast du das letzte Mal was gegessen?«

»Zum Frühstück«, erwiderte Dieter. »Ich wollt ja net so lang ausbleiben. Getrunken hab ich auch net viel.«

»Bin gleich wieder da!« Sabine huschte aus dem Untersuchungszimmer und lief durch den Verbindungsgang ins Wohnhaus. In der Küche strich sie rasch Butter auf eine Brotscheibe und holte von der Terrasse ein Häferl Kaffee. Mit diesen Schätzen lief sie zurück zu Dieter.

»Da, iss erst mal was, und der Kaffee schadet jetzt auch net.«

Martin warf ihr einen bewundernden Blick zu. Sabine hatte manchmal ihre eigenen Methoden, geschwächte Patienten wieder auf die Beine zu bringen.

»Gebrochen ist nix«, stellte er nach einer Weile fest. »Sehnen- und Bänderzerrung, aber ich mach noch eine Röntgenaufnahme, damit wir ganz sicher sein können.«

Dieter hatte mit Heißhunger das Brot vertilgt und das Häferl leer getrunken. Sabine gab ihm noch ein Glas Wasser, und dann wurde eine Röntgenaufnahme gemacht.

»Na ja, ein feiner Haarriss ist im Knochen«, stellte Dr. Burger fest. »Aber ein fester Verband genügt. Den solltest du aber schon drei Wochen lang tragen, schon wegen der Zerrungen.«

Martin Burger strich eine schmerzstillende Salbe über den stark angeschwollenen Knöchel und legte dann den Verband an.

Sabine kontrollierte noch einmal Blutdruck und Puls. »Tadellos! Trag es deiner Bergfee mit dem Silberhaar net nach, dass sie dir ein bisserl viel von dem Schmerzmittel gegeben hat.«

»Bergfee? Silberhaar?«, fragte Dieter verständnislos. Er wusste nicht mehr, wie er überhaupt vom Hexenstein heruntergekommen war.

»Vergiss es«, lachte Sabine erheitert auf. »Aber an Doris erinnerst du dich noch?«

Dieter lächelte. »Ja natürlich. Hab ich sie am End Bergfee genannt?«

»Net nur sie, und du hast Glück gehabt, dass sie dich gefunden hat. Sie ist also doch eine Bergfee. Ah ja, sie hat gesagt, ich soll sie anrufen, wenn du hier fertig bist, sie fährt dich heim.«

Dieters Lächeln vertiefte sich. »Das ist lieb von ihr. Ich hoff, ich kann mich bald revanchieren.«

»Lade sie halt mal zum Ochsenwirt ein«, schlug Martin Burger vor. »Aber mit dem Tanzen musst du noch eine Weile warten. Kannst du den Verband selber anlegen? Einmal pro Tag solltest du schon diese Salbe hier auftragen. Und den Fuß ein paar Tage hoch lagern, damit der Bluterguss zurückgeht.«

»Mach ich alles«, versprach Dieter ergeben. »Aber

jetzt möchte ich heim, ich hab einen Riesenhunger!«

*

Doris hatte inzwischen geduscht und trug nun Jeans, T-Shirt und leichte Sandalen. Das Haar hatte sie lose mit einer Spange im Nacken zusammengefasst.

Dieter sah sie bewundernd an, als er zu ihr in den Wagen stieg.

»Jetzt wundert es mich nicht mehr, dass ich dich Bergfee genannt habe.«

Doris wurde ein wenig rot. »Sag mir lieber, wie ich zu diesem Eiben-Hof komme.«

Dieter grinste und wies ihr den Weg. »Darf ich dich zu einem Glaserl Wein einladen?«

»Schau lieber, dass dein Knöchel wieder in Ordnung kommt«, erwiderte sie locker. »Ich glaub, du solltest jetzt den Fuß eher hoch lagern.«

»Bist du immer so streng?«, fragte er etwas verstimmt, doch dann fiel ihm etwas ein. »Doris, ich hab mich noch net richtig bedankt. Wenn du mich net runtergeschleppt hättest, wär ich da oben verhungert und verdurstet. Du hast mir das Leben gerettet!«

»Gar so dramatisch wars auch wieder net«, wehrte sie verlegen ab. »Du weißt ja, in den Bergen gilt als erstes Gebot Kameradschaft.«

»Kameradschaft«, wiederholte er tonlos. Es war nicht nur Kameradschaft, was er für die hübsche Doris empfand. So etwas hatte er noch nie erlebt, und er hatte immer nur gelacht, wenn von Liebe auf den ersten Blick geredet wurde. Aber jetzt erlebte er das selber.

»Doris, wenn ich wieder richtig gehen kann, möchte ich dich ganz schick ausführen. Das ist das Mindeste, was ich tun kann.«

Sie bog in die Zufahrt zum Eiben-Hof ein. »Na gut, aber erst gönnst du deinem Knöchel Ruhe. Wenigstens ein paar Tage.«

»Die werden mir lang werden«, behauptete er sehnsüchtig. »Ich kann ja jetzt net einmal meiner Schwester helfen.«

»Hat sie den Hof übernommen?«, wollte Doris wissen.

»Nein, wir sind keine Bauernfamilie«, erwiderte Dieter. »Andrea hat hier eingeheiratet, aber wie es ausschaut, hat sie es mit dem Viktor gut getroffen.«

»Das soll vorkommen«, gab Doris lächelnd zurück und hielt vor dem gepflegten Bauernhof. »Schaffst du es allein, oder brauchst du Hilfe?«

»Es geht schon«, wehrte Dieter ab. »Noch mal danke, Doris. Ich meld mich in ein paar Tagen bei dir, ja?«

»Wie du meinst.« Sie blieb reserviert. »Du weißt ja, wo ich arbeite.«

»Ja, das weiß ich. Alsdann, bis bald!«

»Servus, machs gut«, gab sie burschikos zurück, wendete und fuhr zurück ins Dorf.

Dieter sah dem Auto nach. Er hatte sich spontan in Doris verliebt, aber warum war sie so abweisend? Hatte sie schon einen Schatz?

Bei diesem Gedanken durchfuhr es ihn heiß. Ja

natürlich! So ein Prachtmadel konnte doch nicht allein sein!

»Onkel Dieter, warum schaust du denn so bös?«

Er wandte sich um. Seine vierjährige Nichte Elke war aus dem Haus gekommen und sah ihn forschend an.

»Ach, es ist nix«, erwiderte er und lächelte dem Madel zu.

»Was hast du denn am Fuß?«, fragte Elke weiter. »Tut das arg weh?«

»Jetzt nicht mehr, aber komm rein. Ist die Mama in der Stube?«

»Ja, sie hat sich wieder hinlegen müssen«, erzählte Elke bedrückt. »Ich bin ganz bös auf meinen Bruder. Er macht Mama immer solche Schmerzen! Kann der net rauskommen?«

Dieter legte den Arm um die Schultern der Kleinen und dirigierte sie in die Stube. »Weißt du, das geht net so schnell. Das braucht halt alles seine Zeit, bis das Kerlchen groß genug ist.«

»Ich mag jetzt net rein«, wehrte sich Elke, »ich geh zu den Katzerln spielen.«

Dieter humpelte in die Stube und fand seine Schwester im großen Ohrensessel am Fenster.

»Andrea, gehts dir net gut?«

Die junge Bäuerin wandte sich nach ihm um und legte beide Hände auf ihren gewölbten Leib.

»Heut gibt er wieder mal gar keine Ruhe, der Bub«, flüsterte sie. »Manchmal glaub ich, dass er viel zu früh kommt.«

»Aber geh, die paar Wochen wird er schon noch warten«, versuchte Dieter seine Schwester zu beruhigen. »Ich soll dir übrigens schöne Grüße von Doktor Burger ausrichten.«

»Von Doktor Burger?«, wunderte sich Andrea und sah ihren Bruder von oben bis unten an. »Ja, sag mal! Was ist denn mit deinem Knöchel passiert?«

»Du, das schaut schlimmer aus, als es ist«, untertrieb Dieter und setzte sich auf die Ofenbank. »Ich bin bloß oben auf dem Hexenstein ein Stückerl abgerutscht und hab mir eine Sehnen- und Bänderzerrung geholt.«

»Wie bist du denn wieder runtergekommen?«, fragte Andrea besorgt. »Hast du die Bergrettung …«

»Nein«, unterbrach er sie und lächelte versonnen. »Es war eine Bergfee, die mich gerettet hat.«

»Sag mal, kann es sein, dass dein Kopf auch was abbekommen hat?«

Dieter lachte. »Nein, Schwesterherz, der ist nachweislich in Ordnung. Die Bergfee heißt Doris und arbeitet in der Apotheke.«

»Aha«, nickte Andrea und musterte ihren Bruder. »Dann wirst du jetzt öfter in die Apotheke runterfahren?«

»Erraten«, strahlte Dieter sie an. »Sag, brauchst du net ein paar Medikamente?«

»Gott bewahre!«, rief Andrea, und es ging ihr wieder sichtlich besser. »Du weißt, dass ich jetzt keine Chemie schlucken darf. Aber dir fällt schon was ein, oder?«

»Worauf du dich verlassen kannst«, erwiderte Dieter fröhlich. »Aber ein paar Tage werd ich wohl

Ruhe geben müssen. Jedenfalls hat das Doktor Burger gemeint.«

»Dann wird er auch recht haben«, meinte Andrea und erhob sich schwerfällig. »Ich sag dir, in den letzten Wochen fühlt sich so ein Kind an, als hätt es hundert Kilo!«

»Komm, setz dich wieder hin«, befahl Dieter streng. »Das Nachtmahl mach ich, keine Widerrede!«

Andrea gehorchte seufzend. Diese zweite Schwangerschaft war von Anfang an problematisch gewesen. Aber es würde auch in den letzten Wochen noch alles gut gehen, dessen war sie ganz sicher.

*

Dieter schonte seinen Fuß nicht so, wie es nötig gewesen wäre. Er war auf den Eiben-Hof gekommen, um seiner Schwester zu helfen.

Andreas zweite Schwangerschaft war von Anfang an problematisch gewesen. Die Eltern und auch Viktor, Andreas Ehemann, machten sich große Sorgen.

Da hatte Dieter beschlossen, den ganzen Sommer auf dem Eiben-Hof zu verbringen. Andrea behauptete, dass er der geborene Hausmann war, und zum größten Teil hatte sie auch recht.

Dieter konnte kochen, wusste mit einer Waschmaschine umzugehen, konnte sogar bügeln und putzte. Wenn auch nicht zur absoluten Zufriedenheit seiner Schwester, aber in ihrer Situation hatte sie keine Wahl.

Auch bei der Ernte half Dieter mit, soweit er es konnte.

Aber seit dem Abrutscher auf dem Hexenstein musste Viktor Eibensteiner auf die Hilfe seines Schwagers verzichten.

»Du, der Knöchel ist immer noch geschwollen«, stellte Andrea fest, als Dieter den Verband abnahm, um Salbe aufzutragen.

»Das dauert halt eine Weile«, schwächte er ihre Sorge ab. »So was ist langwieriger als ein Bruch.«

»Trotzdem, mir gefällt das auch net«, meinte Viktor bedächtig. »Du solltest den Knöchel noch mal von Doktor Burger anschauen lassen.«

»Aber geh«, fuhr Dieter auf, »jetzt macht doch net aus einer Mücke einen Elefanten. Das wird schon wieder, es braucht halt ein bisserl Zeit!«

»Was sagt denn deine Bergfee dazu?«, wollte Andrea wissen.

Dieter strich die Salbe vorsichtig über eine blau angelaufene Stelle direkt über dem Knöchel.

»Doris? Die sagt net viel«, erwiderte er zurückhaltend. »Sie meint bloß, dass ich die Salbe schon zu lange brauche.«

»An deiner Stelle würde ich noch mal zu Doktor Burger gehen«, riet ihm Andrea. »Tu net so harmlos, ich hab den Bluterguss gesehen. Von einer Bänderzerrung kriegt man den net.«

»Bist du sicher?«, versuchte Dieter seine Schwester nicht ernst zu nehmen. »Schwesterherz, schau du nur, dass euer Bub gesund zur Welt kommt. Ich pass schon selber auf mich auf.«

Dieter bandagierte den Knöchel und erhob sich.

»Ich geh jetzt rauf zu Elke und lese ihr eine Gutenachtgeschichte vor.«

»Leg das Bein dabei hoch«, riet ihm Viktor. »Du, morgen mach ich das Frühstück, ja?«

»Wie du meinst«, gab Dieter zurück und verließ die Stube.

»Irgendwas stimmt net mit ihm«, meinte Andrea und sah ihren Mann ernst an. »So kenn ich meinen Bruder gar net.«

»Vielleicht hat es etwas mit dieser Doris zu tun?«

»Wie meinst du das?«

»Na ja, dass Dieter bis über beide Ohren in sie verliebt ist, das sieht ein Blinder. Aber anscheinend hat er bei ihr kein Glück.«

»Vielleicht ist sie schon vergeben«, vermutete Andrea und legte die Hände auf ihren Leib. »Du, unser Bub ist wieder unruhig. Ich weiß net, aber ich glaub immer, der kommt zu früh.«

»Komm, wir gehen hinauf, du sollst dich hinlegen«, entschied Viktor besorgt. »Dieter ist ja bei Elke, du kannst ganz ruhig sein.«

Andrea nickte. Es tat ihr gut, dass sich Viktor so um sie bemühte. Zuerst hatte sie ihre Probleme mit dieser Schwangerschaft geheim gehalten, weil sie nicht lästigfallen wollte. Aber Viktor hatte schnell gemerkt, dass sie sich nicht gut fühlte.

Andrea dachte daran, wie sie Viktor Eibensteiner kennengelernt hatte. Sie waren einander in Jenbach über den Weg gelaufen, als Viktor dort einen Freund besucht hatte.

Liebe auf den ersten Blick? Na ja, ganz so war es nicht, denn Andrea scheute davor zurück, sich ernsthaft an einen Bauern zu binden. Aber dann war die Liebe doch stärker gewesen als alle Vorbehalte.

Ihre Sorge, den Aufgaben einer Bäuerin nicht gerecht zu werden, war unbegründet. Andrea hatte in ihrer Schwiegermutter eine gute und auch geduldige Lehrmeisterin. Als nach einem Jahr Ehe Elke geboren wurde, war Viktor ganz aus dem Häuschen. So eine hübsche Tochter! Aber Andrea dachte daran, dass der Hof einen Nachfolger brauchte.

Viktor lachte über ihre Bedenken. Sie wollten doch mehr Kinder, und irgendwann würde da auch ein Bub dabei sein. Und es war heutzutage ja nicht mehr so, dass unbedingt ein Bub den Hof weiterführen musste.

Als Andrea nach vier Jahren wieder schwanger wurde, hoffte sie inständig, dass es diesmal ein Bub werden würde. Ihre Hoffnung erfüllte sich, doch die Schwangerschaft machte ihr zu schaffen. Nur Viktors Liebe, die Fürsorge der Schwiegereltern und nun Dieters Hilfe auf dem Hof ließen sie hoffen, dass alles gut gehen würde.

»Gehts wieder?«, fragte Viktor liebevoll, als sie das Schlafzimmer erreicht hatten.

Andrea rang sich ein Lächeln ab. »Ja, es geht schon. Mein Gott, bin ich froh, dass es diesmal ein Bub wird. Ich weiß net, ob ich nach dieser Entbindung noch Kinder bekommen kann.«

»Jetzt sieh doch net alles so schwarz«, schalt Viktor sanft. »Es ist doch net tragisch, wenn wir keine Kinder mehr kriegen. Hauptsache ist doch, dass ihr alle gesund seid.«

»Aber du willst doch einen ganzen Stall voller Kinder«, erwiderte Andrea verzagt.

»Vergiss es, mein Schatz. Du bist mir wichtiger als viele Kinder. Wir haben doch Elke, und wir werden einen gesunden Buben haben. Ich möchte net, dass du noch mal so leiden musst, es ist genug.«

»Viktor, meinst du das wirklich so?«

Er nahm sie in die Arme und wiegte sie wie ein kleines Kind. »Ja, das mein ich so, ich hab dich nämlich sehr lieb.«

Andrea schmiegte sich an ihn. Sie wusste selber nicht, warum sie immer wieder derart depressiv wurde. Viktor liebte sie, alle waren gut zu ihr, und ihre Kinder würden glücklich aufwachsen.

»Es ist gut, wenn der Bub endlich da ist«, flüsterte sie erschöpft. »Viktor, es wird dann alles wieder viel besser.«

»Ja, mein Schatz«, murmelte er und streichelte ihr Haar. »Hauptsache ist, dass du glücklich bist.«

Sie lächelte und konnte nicht verhindern, dass ihr Tränen in die Augen stiegen.

»Ich bin glücklich«, erwiderte sie leise. »Ehrlich, ich bin es, und ich hab dich auch sehr lieb.«

»Dann ist ja alles gut.« Viktor küsste seine Frau sehr zärtlich, und Andrea vergaß ihre Angst vor der bevorstehenden Entbindung.

*

Doris sortierte Medikamente in die Laden, als Dieter in die Apotheke kam.

Roswitha Steghofer lächelte dem jungen Mann

zu und verschwand nach hinten. Sie ahnte doch, dass da etwas im Busch war, und wollte die jungen Leute nicht stören.

Doris blieb nichts anderes übrig, als sich um Dieter zu kümmern.

»Die Salbe ist aus«, bekannte er zerknirscht. »Ich krieg die doch auch ohne Rezept.«

»Langsam nicht mehr«, erwiderte Doris ernst. »Für eine Dauerbehandlung brauch ich den Segen deines Arztes.«

»Doris, nur noch einmal, bitte!«

»Nein«, wehrte sie ab und beugte sich über das Ladenpult. »Dieter, entweder ist die Salbe ein Vorwand, dass du öfter in die Apotheke kommen kannst, oder mit deinem Knöchel ist net wirklich alles in Ordnung.«

»Beides«, erwiderte er leise. »Ich sehe dich sonst nie, außer in der Apotheke.«

Doris wappnete sich. Sie hatte sich geschworen, sich nie wieder an einen Mann zu hängen. Dieter sollte nie das Gefühl haben, dass sie sich an ihn klammerte.

»Du hast gesagt, *beides*«, erwiderte sie sanfter, als sie es vorgehabt hatte. Aber ein Blick in seine unwahrscheinlich blauen Augen ließ ihren eisernen Vorsatz ein wenig schmelzen. »Was ist mit dem Knöchel?«

Er seufzte. »Ich weiß es nicht, er tut halt immer noch weh. Aber Doktor Burger hat gesagt, dass das eine langwierige Sache ist.«

»Du schonst den Fuß net, hab ich recht?«

Dieter nickte. »Du, meiner Schwester gehts net

so gut, sie kriegt in ein paar Wochen ihr Kind. Ich bin ja hier, um ihr im Haus zu helfen! Draußen kann ich sowieso jetzt nix tun.«

»Geh noch mal zum Doktor«, empfahl Doris herzlich. »So kanns doch net weitergehen.«

»Nein, so kanns net weitergehen«, bestätigte Dieter mit Nachdruck, aber er meinte etwas ganz anderes als sie. »Doris, warum magst du mich nicht?«

In ihren schönen Augen blitzte es verwundert auf. »Aber geh, Dieter! Natürlich mag ich dich.«

»Ehrlich?«

»Ja sicher«, meinte sie verlegen und senkte den Blick. »Aber die Salbe kann ich dir trotzdem nicht mehr geben.«

»Ist auch net so wichtig. Sag, hast du heut Abend schon was vor?«

»Warum?«

»Doris, ich glaub, wir sollten mal reden. Ich weiß so wenig von dir.«

»Willst du mich aushorchen?«

Dieter seufzte wieder einmal tief auf. »Nein, ich möcht dich bloß zu einem Glaserl Wein beim Ochsenwirt einladen.«

»Ich weiß net…« Doris sah seine Augen, in denen sie eine ganz dringliche Bitte las. Ja, sie wollte Dieter nahe sein, aber sie hatte Angst. Diese lästige, hintergründige Angst, die in ihr hochgekommen war, als Alfons sie »Klammeräffchen« genannt hatte.

»Doris, bitte!« Sie zuckte zusammen. Warum beschäftigte sie sich überhaupt noch mit Alfons?

Hier war Dieter, der sie zu einem Glas Wein zum Ochsenwirt einladen wollte.

»Gut«, erwiderte sie und lächelte. »Aber nur, wenn du mir versprichst, noch mal zum Doktor zu gehen.«

»Das ist Erpressung«, maulte Dieter. »Ehrlich, ich brauch die Salbe gar nicht mehr.«

»Das glaube ich dir nicht«, erwiderte Doris sanft. »Du humpelst noch immer. Also?«

»Na gut, aber ich geh nur, wenn du meine Einladung zum Ochsenwirt annimmst. Heut Abend?«

»Auch eine Erpressung«, lachte sie auf.

»Eins zu eins?«, fragte Dieter und sah sie so treuherzig an, dass sie nicht Nein sagen konnte.

»Also gut, aber morgen will ich ein Rezept sehen, ja?«

»Versprochen«, beteuerte Dieter, und seine Augen strahlten. »Ich hol dich um acht Uhr ab.«

Er winkte ihr zu und verließ die Apotheke, ohne ihr die geringste Gelegenheit zu einer Antwort zu geben.

»Du hast ihm die Salbe nicht gegeben?«

Doris wandte sich um. »Nein, nicht ohne Rezept. Roswitha, die Salbe enthält Kortison, wenn auch net viel.« Die Apothekerin lächelte anerkennend. »Das nenne ich Standvermögen. Auf dich kann man sich wirklich verlassen.«

»Ich nehme meinen Beruf ernst!«

»Sogar, wenn Liebe im Spiel ist«, erwiderte Roswitha Steghofer anzüglich.

»Liebe?«, fuhr Doris abwehrend auf. »Da reimst du dir was zusammen, was gar net ist.«

Roswitha lächelte. »Und warum wirst du jetzt rot?«

Doris wandte sich ab. »Es ist heiß. Ich glaub, ich brauch ein bisserl frische Luft.«

»Du bleibst da«, befahl Roswitha energisch. »Sag mal, nur weil dich einer so blöd abserviert hat, musst du doch net einen wirklich netten Kerl dafür büßen lassen!«

Doris schnappte nach Luft. »Was hat denn Alfons damit zu tun?«

»Sehr viel, wie mir scheint«, erwiderte Roswitha hitzig. »Du glaubst doch net wirklich, was der gesagt hat!«

Doris senkte den Kopf. »Ich weiß net, aber vielleicht …«

»Gar nix ›vielleicht‹. Madel, dieser Alfons hat doch bloß eine Begründung gesucht, dich loszuwerden. Und solche Typen schieben die Schuld lieber auf jemand anderen, weil es ihr Ego net zulässt, vielleicht selber unfähig zu sein.«

»Aber du kennst Alfons ja gar net.«

»Das brauch ich auch net. Eingebildete Männer, die sich selber für unfehlbar halten, reagieren immer so! So, und jetzt vergiss Alfons und mach dir einen schönen Abend mit Dieter. Der ist nämlich von einer ganz anderen Sorte.«

»Woher willst du das wissen!«, rief Doris, doch ihr Protest klang sehr halbherzig.

»Vielleicht aus Erfahrung? Aber sag das bitte dem Uli net.«

Doris musste lachen. »Weiß er das net?«

»Muss ich jetzt antworten?«, tat Roswitha etwas

verlegen, aber dann lachte auch sie. »Schau, dass du in dein Zimmer kommst, und mach dich hübsch. Übrigens, stell dich drauf ein, dass du nächstes Wochenende ganz alleine Notdienst hast.«

»Mach ich gern«, erwiderte Doris, »danke für das Vertrauen!«

*

Pünktlich um acht Uhr kam Dieter zur Apotheke. Er freute sich auf den Abend mit Doris, und seine blauen Augen leuchteten auf, als sie aus dem Haus trat.

»Du schaust umwerfend aus«, bekannte er ehrlich, und Doris wurde prompt rot.

Ihr prachtvolles Haar fiel offen über die Schultern und wurde nur mit einem schmalen Reifen zurückgehalten. Sie trug einen leichten bunten Sommerrock und dazu eine schlichte weiße Bluse, die ihre Bräune unterstrich.

»Komm, Bergfee«, bat Dieter und nahm ihre Hand. »Die paar Schritte zum Ochsenwirt gehen wir zu Fuß, ja?«

»Gern, wenn es dein Knöchel zulässt?«

»So arg ist das net«, beschwichtigte er sie, doch beim Gehen spürte er doch wieder Schmerzen.

Doris sah es ihm an und ging langsam. »Ehrlich, lass den Knöchel noch mal röntgen«, meinte sie besorgt. »Normalerweise sollten die Zerrungen nicht mehr wehtun.«

»Gut, ich geh morgen zum Doktor«, versprach er seufzend. »Aber nur, wenn wir heute nicht mehr über meinen Knöchel reden.«

»Einverstanden«, lachte sie fröhlich auf. »Wie gehts deiner Schwester?«

»Besser«, erwiderte Dieter lebhaft. »Ich glaub net, dass der Bub zu früh kommt.«

»Ist es denn wirklich sicher, dass es ein Bub wird?«

»Na ja, so ganz hundertprozentig kann man das ja nie sagen. Ich find das recht spannend, wenn da immer noch etwas Unsicherheit herrscht. Aber mein lieber Schwager ist felsenfest davon überzeugt, dass er beim Ultraschall was gesehen hat.«

»Und Doktor Burger?«

»Der hat auch von einem Stammhalter gesprochen. Du, schau mal, bleiben wir im Gastgarten?«

»Ja gern«, stimmte Doris zu. »Bei dem warmen Wetter ist es im Freien angenehmer.«

Hella kam lächelnd auf sie zu, als sie an einem der Tische Platz genommen hatten.

»Schön, euch wieder mal zu sehen! Ein Vierterl Riesling-Silvaner?«

Doris nickte und erwiderte Hellas Lächeln. »Ja bitte!«

»Und eine Halbe Bier für den Herrn?«

Dieter schüttelte den Kopf. »Nein, heut halte ich mich an den Wein. Ich möchte auch ein Vierterl von dem Silvaner.«

»Gern!« Hella strich ordnend über das Tischtuch. »Wollt ihr noch was essen?«

»Nein, jedenfalls im Moment net«, wehrte Dieter ab. Die Schwägerin des Wirtes war zwar eine unterhaltsame, charmante Frau, aber heute wollte er lieber mit Doris allein sein.

»Sag mal«, begann er vorsichtig, als Hella im Haus verschwunden war, »hast du in Jenbach vielleicht einen Schatz?«

Doris sah ihn verwundert an. »Wie kommst du auf diese Idee?«

»Na ja, du bist halt schon recht zurückhaltend«, erwiderte Dieter.

»Und das ist man nur, wenn man einen Schatz hat?«, fragte sie ironisch. »Ich fall net jedem gleich um den Hals.«

»Ich bin aber net jeder«, hielt Dieter dagegen. »Du musst doch längst gemerkt haben, dass ich mich ernsthaft in dich verliebt habe!«

»Dieter, sei mir net bös, aber das geht mir ein bisserl zu schnell«, erwiderte sie abweisend.

»Liegt dir denn gar nichts an mir?«

»Doch«, widersprach sie zögernd und schwieg, als Hella mit dem Wein kam. Ganz im Gegensatz zu ihren sonstigen Gewohnheiten hielt sich Hella nicht bei Doris und Dieter auf. Da war doch etwas im Busch, und außer Jammern hatte Hella noch ein Hobby. Sie stiftete mit Wonne Ehen!

Dieter hob sein Glas und prostete Doris zu. »Auf uns?«

Sie stieß mit ihm an. »Prost.«

»Was ist mit dir?«, fragte Dieter vorsichtig, als er einen Schluck getrunken hatte. »Du wolltest doch noch was sagen.«

»Ich? Na ja, nur so vielleicht, ich will jetzt keine engere Beziehung.«

»Dann empfindest du also gar nichts für mich.« Das klang enttäuscht und resigniert.

Doris zog es das Herz zusammen. »So ist das nicht«, versicherte sie und nahm noch einen Schluck. Himmel, was redete sie denn für blödes Zeug! Sie hatte sich in Dieter verliebt. Warum wies sie ihn ab?

»Wie ist es dann?«, fragte er ruhig. Er sah, dass Doris mit sich kämpfte, aber er konnte ihr nicht helfen, solange er nicht wusste, was sie bedrückte.

»Dieter, ich bin hier, um möglichst viel Praxiserfahrung in einer Apotheke zu bekommen. Ich muss mich auf die Arbeit konzentrieren und kann Ablenkung einfach nicht gebrauchen.«

»Lenke ich dich denn so sehr ab?«, fragte er, und leise Hoffnung kam in ihm auf.

Sie lächelte, doch dieses Lächeln erreichte ihre Augen nicht. »Irgendwie schon«, gab sie zu und sah ihn voll an. »Ich neige dazu, mich zu sehr an jemanden zu klammern.«

Er lachte hell auf. »Doris, das ist doch nicht dein Ernst! Du bist die Zurückhaltung in Person! Du machst es mir ziemlich schwer, auch nur ein bisserl an dich ranzukommen.«

Sie senkte den Kopf und sah in ihr Weinglas. »Du bist mir nicht egal, Dieter, im Gegenteil. Aber ich brauche Abstand, ich muss zu mir selber finden …«

Er sah sie forschend an. »Ist eine Beziehung an deiner Unsicherheit schuld?«

Sie nickte: »Ich will ehrlich zu dir sein. Ja, es war ein Mann, der mir vorgeworfen hat, dass ich zu sehr klammere.«

»So ein Idiot«, knurrte Dieter und griff über den

Tisch nach ihrer Hand. »Entschuldige, aber eine andere Bezeichnung ist mir grad nicht eingefallen. Vergiss, was er gesagt hat, du bist weder aufdringlich noch anhänglich.«

»Aber du kennst mich doch gar nicht!«, rief sie ablehnend. »Wie willst du denn wissen, wie ich wirklich bin?«

Er drückte ihre Hand und beugte sich über den Tisch. In seinen unwahrscheinlich blauen Augen lag ein zärtliches Verständnis.

»Ich hab dich lieb, Doris«, bekannte er leise. »Ich hab dich in einer Situation kennengelernt, wo man ehrlich zueinander ist. Du bist fürsorglich, hilfsbereit und auch recht energisch, wenn es sein muss. Das sind alles gute Eigenschaften, die dich sehr liebenswert machen.«

»Siehst du das wirklich so?«, fragte sie ungläubig und ließ es zu, dass er ihre Hand küsste.

»Ja, so sehe ich das, und ich wäre sehr froh, wenn du ein bisserl anhänglicher werden würdest.«

Sie lächelte. »Lass mir einfach Zeit, ich bin noch nicht ganz drüber hinweg. Aber mit deiner Hilfe wirds wohl nicht mehr lang dauern.«

»Du bist bezaubernd«, meinte Dieter innig. »Und du bist sehr liebenswert, so, wie du bist.«

*

Dieter löste sein Versprechen ein und suchte am nächsten Tag Dr. Burger auf. »Brauchst du was für die Andrea?«, fragte Bärbel Tannauer besorgt. »Gehts ihr wieder net gut?«

»Nein«, wehrte Dieter rasch ab, »Andrea gehts

gut, aber meinem Knöchel net. Der ist immer noch stark geschwollen, und weh tut er auch.«

Bärbel musterte den jungen Mann kritisch. »War wohl nix mit der Ruhigstellung, oder?«

Dieter seufzte. »Du weißt ja, wie das ist auf einem Bauernhof. Und schonen muss sich bei uns nur eine, und das ist Andrea.«

»Verstehe«, nickte die hübsche Sprechstundenhilfe. »Viel Zeit hast du jetzt sicher auch net. Weißt du was, geh gleich rüber zum Röntgen, das erspart dir viel Wartezeit.«

»Bärbel, du bist ein Schatz«, stellte Dieter erleichtert fest und ging hinüber in den Röntgenraum, wo ihn Schwester Sophie in Empfang nahm.

Sophie Jenner war diplomierte Krankenschwester und arbeitete nur am Vormittag bei Dr. Burger. Sie kannte Dieter, der schon öfter Laborbefunde für seine Schwester Andrea abgeholt hatte.

»He, du humpelst ja«, stellte sie verwundert fest. »Was hast du denn angestellt?«

»Zu wenig Ruhe gegeben«, erwiderte Dieter launig. »Ehrlich, Sophie, ich habs net so ernst genommen. Bärbel meint, wir sollten noch mal eine Röntgenaufnahme machen.«

Sophie lachte. »Die perfekte Sprechstundenhilfe denkt für den Chef mit. Aber lass mich deinen Knöchel erst mal anschauen. Leg dich da drauf.«

Dieter streckte sich gehorsam auf der Untersuchungsliege aus, und Sophie entfernte den Verband.

»Schaut wirklich net gut aus, und einen Bluterguss hast du auch. Also, da verlangt der Doktor sicher eine Röntgenaufnahme. Komm mit.«

Sophie machte Aufnahmen vom Knöchel und bat Dieter, gleich bei ihr zu warten, bis er an der Reihe war.

Das dauerte eine Weile, und Dieter dachte an den gestrigen Abend. Doris hatte ihre Zurückhaltung zwar nicht aufgegeben, aber ein bisserl zugänglicher war sie schon geworden.

Er lächelte. Sie hatte sich nicht gewehrt, als er ihr zum Abschied ein sanftes Busserl gegeben hatte.

»Sag mal, von wem träumst du denn gar so süß?«, riss ihn Sophies Stimme aus seinen angenehmen Gedanken.

Dieter fuhr wie ertappt zusammen. »Ich träum von gar niemandem«, log er, doch Sophie lächelte nur.

»Du bist dran, also mach, dass du zum Doktor kommst!«

Dieter humpelte ins Sprechzimmer, und Dr. Martin Burger sah ihn forschend an.

»Grüß dich, Dieter! Sag mal, dein Knöchel schaut aber net gut aus!«

Dr. Burger deutete auf das Röntgenbild, das an der beleuchteten Wand klemmte.

»Der Riss hat sich vergrößert, und ein Gefäß ist geplatzt. Geschont kannst du dich net viel haben.«

Dieter setzte sich auf die Untersuchungsliege und sah den Arzt schuldbewusst an.

»Ja, das stimmt«, gab er widerstrebend zu. »Aber was soll ich denn machen? Andrea gehts nur gut, wenn sie die meiste Zeit liegt. Ich denk, das Baby ist jetzt wichtiger als mein Knöchel.«

Martin Burger hörte diesem Ausbruch mit einem verständnisvollen Lächeln zu.

»Du hast recht, aber trotzdem muss was g'schehen«, meinte er dann mahnend. »Der Bluterguss saugt sich von selber auf, aber wir können da mit einer Salbe nachhelfen. Was aber den Riss im Knochen betrifft...«

»Bitte, keinen Gips!«, unterbrach Dieter ihn entsetzt. »Ich muss Auto fahren!«

»He, lass mich ausreden!«, meinte der Bergdoktor unbeeindruckt. »Gips ist net nötig, aber ein strafferer Verband sehr wohl. Damit kannst du Auto fahren, aber zu viel gehen solltest du nicht.«

»Ich verspreche alles«, seufzte Dieter erleichtert auf. »Ich mach nur mehr die wichtigste Hausarbeit, ehrlich. Viktor hat sich für die Ernte sowieso schon nach einer Hilfe umgesehen.«

»Das ist g'scheit«, nickte Dr. Burger. »Der Riss muss heilen, sonst bleibt ein dicker Knöchel zurück. Das willst du doch net, oder?«

»Net wirklich«, gab Dieter ehrlich zu. »Gibts da Medikamente, dass der Riss schneller heilt?«

»Man kann der Kallusbildung mit Kalzium und Kalium nachhelfen, aber Wunder erwarte bitte keine. Schonung ist immer noch das Beste.«

Dieter nickte und ließ sich von Dr. Burger einen neuen, sehr viel strafferen Verband anlegen.

»Das Rezept für Salbe und Tabletten bekommst du bei der Bärbel. Grüß deine Schwester von mir, ich bin natürlich jederzeit für sie da, wenns so weit ist.«

»Danke, richt ich aus«, versprach Dieter und holte sich bei Bärbel das Rezept.

Doris war erstaunt, als Dieter ihr das neue Rezept vorlegte. »Dann heilt der Riss doch net so richtig?«

»Wird schon«, beruhigte er sie strahlend. »Ich soll halt net viel rumlaufen.«

Doris gab ihm die Medikamente. »Die Salbe einmal am Tag auftragen. Kommst du mit dem elastischen Verband zurecht?«

»Aber ja, das kann ich schon selber machen.«

»Die Tabletten zweimal am Tag. Dieter, nimm aber net mehr, es geht deswegen auch net schneller.«

Sie erkannte erst jetzt den Doppelsinn ihrer Worte und wurde ein wenig rot. »Du weißt schon, wie ich das meine.«

Er nickte und sah sie lächelnd an. »Es braucht halt alles seine Zeit, mach dir bloß darüber keine Gedanken.«

Doris kassierte die Rezeptgebühr. Dieter verstand sie, und ihr Herz flog ihm zu. Aber sie konnte das nicht so richtig zeigen, noch nicht.

»Gehen wir am Samstagabend wieder zum Ochsenwirt?«, fragte er hoffnungsvoll. »Die Hexensteiner spielen, aber tanzen werde ich noch net können.«

»Net *dürfen*«, korrigierte Doris lächelnd. »Diese Versuchung kann ich dir ersparen, ich hab zum Wochenende Notdienst, ich kann net weg.«

»Darf ich dich besuchen?«

»Lieber net, die Steghofers vertrauen mir. Es würde ja wirklich net gut ausschauen, wenn ich Männerbesuch bekomm, wenn ich ganz allein im Haus bin.«

»Aber anrufen darf ich dich?«

»Jederzeit«, gab sie herzlich zurück. »Du, ich hab Kundschaft, bis bald!«

*

»Roswitha, beeil dich!«, rief Ulrich Steghofer ungeduldig. »Mein Gott, dass Frauen immer so lang brauchen müssen!«

Es war seit langer Zeit das erste Mal, dass die Steghofers zum Wochenende wieder etwas gemeinsam unternehmen konnten, und nun trödelte Roswitha so lang herum!

»Und vergiss net, mach bloß das kleine Türl auf, wenn jemand was braucht«, ermahnte Roswitha ihre Praktikantin noch einmal. »Es ist zwar noch nie was passiert...«

»Roswitha!!«

»Mein Gott, ich komm ja schon«, rief sie genervt zurück. »Jetzt treib mich doch net so an!«

»Ihr könnt euch auf mich verlassen«, versicherte Doris und schob die Apothekersfrau zur Tür hinaus. »Keine Sorge – und ein schönes Wochenende!«

»Sonntagabend sind wir wieder da«, versprach Ulrich und lachte. »Treibs net zu arg, du hast immerhin sturmfreie Bude.«

»Ich bitt dich, Doris weiß schon, was sie zu tun hat«, rügte Roswitha und stieg endlich ins Auto.

Noch ein kurzes Winken, dann fuhr Ulrich los. Doris seufzte erleichtert auf, sie wünschte es den Steghofers so sehr, auch einmal richtig ausspannen zu können.

Langsam stieg Doris die Treppe hoch und ging durch das Wohnzimmer auf den weitläufigen Balkon. Die Notglocke konnte sie auch hier hören, sie konnte sich also entspannen.

Lächelnd genoss sie die Nachmittagssonne und schloss die Augen. Es war ein seltsames Gefühl, so ganz allein im Haus zu sein. Doch Doris war weit davon entfernt, etwa ängstlich zu werden.

Sie dachte an Dieter und blinzelte in die Sonne. Ja, sie liebte diesen feschen Burschen, und es wurde Zeit, dass sie endlich ihre Zurückhaltung aufgab. Dieter würde sie nie als lästig empfinden, im Gegenteil.

Lästig! Doris runzelte die Stirn. Wie sehr hatte doch ihr Selbstbewusstsein gelitten, seit Alfons ihr diesen doofen Spitznamen gegeben hatte. Klammeräffchen!

Doris erhob sich und ging in die Küche. Sie hatte zu Mittag kaum etwas gegessen und war hungrig. Roswitha hatte Gulasch gemacht, das brauchte sie jetzt nur aufzuwärmen.

Wieder dachte sie an Dieter und verglich ihn im Stillen mit Alfons. Welch ein Unterschied! Alfons, der immer überlegene, viel umschwärmte Schönling!

Und Dieter? Er war sehr attraktiv, aber in einer völlig anderen Art. Er wirkte männlich und doch sensibel.

Doris aß gedankenverloren ihr Gulasch, wusch anschließend das Geschirr und ging hinüber ins Wohnzimmer. Es war sehr ruhig im Haus, beinahe zu ruhig.

Doris legte eine CD ein, klassische Musik etwas moderner arrangiert. Entspannt lehnte sie sich auf der Couch zurück. Sie wollte die Musik genießen, von Dieter träumen und auf seinen Anruf warten.

Da riss das Schrillen der Notklingel sie aus ihrer Beschaulichkeit. Automatisch sah sie auf die Uhr, gerade mal acht!

Eilig lief sie die Treppe hinab in die Apotheke, in der das Notlicht brannte. Sie öffnete die Klappe neben der Eingangstür und fuhr verstört zurück.

»Alfons!«

Der junge Mann lächelte überheblich. »War gar nicht so leicht, dich zu finden, nachdem du so schnell abgehauen bist.«

In Doris stieg Wut hoch, aber sie beherrschte sich. »Was willst du?«

Alfons Theuss beugte sich näher zu ihr. »Ich brauche deine Hilfe, lass mich ins Haus.«

»Bist du krank? Gleich gegenüber ist ein Arzt.«

»Doris, du liebst mich doch«, versuchte er es auf seine bestimmende Art. »Ich baue auf deine Hilfe.«

Doris wappnete sich. Sie bemerkte das Zittern seiner Hände und die feinen Schweißtropfen auf der Stirn.

»Ich helfe gern, aber ich muss wissen, worum es geht.«

»Lass mich erst mal rein!«

Das hatte sehr herrisch geklungen, und Doris ärgerte sich.

»Sag mir erst, was du von mir willst.«

»Ich hatte Sehnsucht nach dir«, behauptete er und fuhr sich über die Stirn. »Du fehlst mir sehr, sei lieb und mach die Tür auf.«

Doris musterte ihn kritisch. Sie glaubte ihm kein Wort, und sie dachte gar nicht daran, ihn ins Haus zu lassen.

»Was willst du wirklich?«

Er seufzte und wand sich. Doch dann siegte die Gier nach dem Wirkstoff, von dem er schon länger abhängig war. Sein Hausarzt in Jenbach verschrieb ihm dieses Medikament nicht mehr, und anderswo bekam er es nicht. Da hatte er herausgefunden, dass Doris in St. Christoph ihr Praktikum machte. Er hatte beobachtet, dass ihre Arbeitgeber nicht im Haus waren, und jetzt nutzte er die Situation.

»Schatz, ich brauche ganz dringend dieses Zeug.« Er schob ihr eine leere Packung zu und lächelte gewinnend.

Doris warf einen Blick auf die Packung. »Tut mir leid, ein codeinhaltiges Sedativum kann ich dir ohne Rezept nicht geben. Das weißt du so gut wie ich.«

Drüben im Garten der Burgers fing Poldi wie wild zu bellen an. Alfons wandte sich irritiert um.

»Kann der Hund raus?«

Doris schüttelte den Kopf. »Nein, aber da drüben wohnt Doktor Burger. Wenn du das Medikament so dringend brauchst, lass dir halt von ihm ein Rezept ausstellen.«

»Den Teufel werde ich tun!«, brauste Alfons nervös auf. »Doris, ein fremder Arzt stellt mir kein solches Rezept aus. Gib mir das Medikament, oder ich mache dich hier im Dorf zum Gespött!«

Doris starrte in das wütende Gesicht des Mannes, der ihr plötzlich gar nicht mehr attraktiv erschien. Lieber Gott, und in den war sie mal unsterblich verliebt gewesen!

»Tu, was du willst«, erwiderte sie spröde und schloss mit Nachdruck die Klappe. Sie sicherte den Verschluss und lehnte sich gegen die Wand.

Alfons war verrückt geworden! Oder besser, er war süchtig! Womöglich versuchte er, in die Apotheke einzubrechen! Was sollte sie jetzt tun? Die Steghofers anrufen, dass sie zurückkommen sollten?

Diesen Gedanken verwarf Doris wieder. Sie ging nach hinten ins Büro und rief bei Dr. Burger an.

*

Alfons Theuss sah ein, dass er im Moment bei Doris nichts erreichen konnte. Himmel, das Madel war aber auch bockig!

Drei Tabletten hatte er noch, aber zwei brauchte er schon am Tag, um charmant, glücklich und strahlend zu sein. Er musste Doris rasch herumkriegen, sonst sah es nicht gut für ihn aus.

Alfons war durch einen bösen Husten in diese Abhängigkeit hineingeschlittert. Als angehender Pharmazeut hätte er zwar wissen müssen, dass Codein, über einen längeren Zeitraum hinweg konsumiert, abhängig machte, aber Alfons hatte nicht auf die Anzeichen geachtet. So war er süchtig geworden! Er konnte und wollte auf den Rausch nicht mehr verzichten. Verdammt, was sollte er jetzt tun? Schon bald würden sich die ersten Entzugserscheinungen einstellen.

Alkohol, das war es! Alfons fühlte sich sogleich besser, als er zu dieser Erkenntnis kam. Alkohol verstärkte die Wirkung des Medikamentes gravierend, und so konnte er den Konsum einschränken, wenn er Alkohol trank.

Plötzlich waren seine gute Laune und sein Esprit wieder da. Beschwingt ging er zurück zum Dorfplatz, wo er sich beim Ochsenwirt ein Zimmer genommen hatte. In der Gaststube wollte er sich Bier und ein paar Schnäpse gönnen, das müsste reichen, um die Wirkung der einzigen Tablette, die er heute genommen hatte, zu verstärken.

Hella Lärchner war in der Küche fertig und löste Joschi beim Servieren ab. Sie begrüßte den feschen Alfons mit einem herzlichen Lächeln und staunte ein wenig, dass er sich als Fremder im Dorf zu den jungen Burschen an den Tisch setzte.

»Scheint ein geselliger Typ zu sein«, meinte sie zu Joschi, der sich an der Schank betätigte. »Und trinkfreudig ist er auch, der fängt gleich mit Schnaps zum Bier an.«

»Solange er net randaliert, kann uns das wurscht sein«, ermahnte Joschi wieder einmal die allzu aufmerksame Hella. Wenn es nach ihr gegangen wäre, würde sie überhaupt nur Wein in edlen, langstieligen Gläsern servieren.

Hella brachte Alfons Bier und Schnaps, lächelte

ihm freundlich zu und setzte sich zu einer hübschen, etwa gleichaltrigen Dame, die in letzter Zeit öfter auf ein Glas Wein zum Ochsenwirt kam und mit Hella viel zu besprechen hatte.

Brigitte Neumann hatte in Mayrhofen eine Weinstube geerbt. Noch hatte sie das Erbe nicht angetreten, denn sie traute sich allein nicht zu, diese Weinstube zu betreiben.

Hella aber machte ihr Mut, und Brigitte überlegte nun, ob sie nicht mit Hella gemeinsam die Weinstube führen sollte. Aber noch hielt sie ihre Überlegungen zurück.

»Hella, noch einen Schnaps und ein Bier!«

Alfons fühlte sich bestens. Die Burschen fanden ihn ganz witzig, wenn auch ein bisserl angeberisch. Aber sie spitzten die Ohren, als er so ganz nebenbei erwähnte, dass eine Bekannte von ihm neuerdings hier in der Apotheke arbeitete.

»Du meinst die Doris?«, fragte der Eibensteiner-Armin. »Kennst du sie näher?«

Alfons frohlockte. Das lief ja besser, als er gedacht hatte. »Ja, ich kenn sie recht gut«, erwiderte er gedehnt. »Gefällt sie dir?«

Armin grinste. »Aber geh, da ist schon der Schwager von meinem Bruder Viktor dran. Mir scheint, mit dem Dieter und der Doris … Na ja, ich mein, da läuft schon was.«

»Warum weißt du denn das so genau?«, wollte der Haslauer-Hubert wissen.

»Du, die Andrea hat so was angedeutet, als ich das letzte Mal auf dem Eiben-Hof war. Und sie muss es schon wissen, sie ist ja Dieters Schwester.«

»Ich finds toll vom Dieter, dass er auf dem Eiben-Hof einspringt, weils der Andrea diesmal net so gut geht«, lobte der Gattringer-Udo. »Hätt ich dem angehenden Architekten gar net zugetraut.«

»Na ja, die Doris ist da net so wählerisch«, mischte sich Alfons wieder ins Gespräch. »Ob Architekt oder Straßenkehrer, das ist der doch wurscht. Hauptsache, er hat was drauf... Ihr wisst schon, was ich meine.«

Er grinste anzüglich und kippte den Schnaps in einem Zug hinunter.

»Wieso weißt denn du das?«, fragte Armin etwas verärgert. Er fand Doris sehr nett, und er kannte sie nur als ziemlich zurückhaltend.

»Sie ist doch auch von Jenbach ... Wie ich«, lachte Alfons und winkte Hella zu. »Noch einen Schnaps, Bier hab ich noch!«

»Und? Was heißt das?«, fragte der Auinger-Sepp. Er hatte schon versucht, die Doris einzuladen, hatte sich aber immer einen Korb geholt.

»Ich weiß gar nicht, ob ich das erzählen soll«, tat Alfons jetzt abwehrend, aber die Neugierde der Burschen war geweckt, und genau das hatte er bezweckt.

»Tu net so rum, red schon«, forderte ihn der Haslauer-Hubert auf. »Wir kennen die Doris nur als recht zurückhaltend.«

»Zurückhaltend!« Alfons lachte laut auf und schlug mit der Faust auf den Tisch, dass die Gläser tanzten. »Ja, das ist ihre Masche. Aber das hält sie net lang durch, dann gehts ans Eingemachte. Und wenn sie ihr Opfer fertiggemacht hat, sucht sie sich ein anderes. Ich sag euch, die Doris hat den Teufel im Leib!«

»Na, das schaut ja so aus, als ob du selber so ein ›Opfer‹ von ihr bist«, lachte der Auinger-Sepp auf. »Also, mich würd das net abschrecken.«

Hella, die eben das Schnapsglas auf den Tisch stellen wollte, hielt in der Bewegung inne. Was redete dieser Lümmel aus Jenbach nur für einen Schwachsinn über die Doris daher! Sie knallte das Glas auf den Tisch und sah Alfons kalt an.

»Bei uns wird net über unschuldige Madeln hergezogen, damit das klar ist. Und du«, sie wandte sich an den Sepp, »du lässt die Finger von ihr, du Hallodri.«

»Hoppla«, meinte Alfons gedehnt. »Ich kenn die Doris schon recht lang, ich weiß, wovon ich rede. Diese Puppe ist in Jenbach bekannt, wie's falsche Geld.«

»Schluss jetzt«, befahl Hella kriegerisch. »Wenn ich noch ein Wort über die Doris hör, ist Sperrstunde, meine Herren!«

»Jessas, die hat wirklich Haare auf den Zähnen«, murmelte der Auinger-Sepp verdattert.

»Gar so unrecht hat sie ja net«, meinte Armin nachdenklich. »Wer weiß, vielleicht hat die Doris dieses Großmaul da einfach abblitzen lassen?«

Alfons lächelte überheblich. »Ich hab euch gewarnt. Sagt nur nachher nicht, dass ihr nichts gewusst hättet.«

»Sag mal, musst du schon wieder Gäst verärgern?«, fragte Joschi vorwurfsvoll, als Hella zu ihm an die Schank trat.

»Du, ich sag dir, mit dieser Sorte gibts bloß Ärger«, erwiderte sie ungerührt. »Hoffentlich bleibt der net zu lang!«

*

Dr. Martin Burger machte ein bedenkliches Gesicht, als Doris am Sonntagvormittag zu ihm kam.

»Du musst den Kerl anzeigen«, verlangte er bestimmt. »Es hilft nix, wenn ich den Poldi über Nacht im Garten lasse, damit er bellt, wenn drüben bei euch jemand einbrechen will. Süchtige sind gefährlich!«

»Das weiß ich ja«, erwiderte Doris verzagt. »Aber es ist nix passiert, und ich hab keinen wirklichen Grund, Alfons anzuzeigen.«

»Hat er dich denn net bedroht?«

»Bedroht ist zu viel g'sagt. Er hat nur gemeint, dass er mich in St. Christoph unmöglich machen wird… oder so ähnlich.«

»Oder so ähnlich«, wiederholte Martin Burger nachdenklich. »Sag mal, wie gut kennst du diesen Alfons eigentlich?«

Doris seufzte.

»Ich war drei Jahre lang mit ihm zusammen. Ja, ich hab ihn sehr lieb gehabt, und er mich auch. Aber im letzten Jahr ist er auf einmal so merkwürdig geworden. Das war, als er einen lang anhaltenden Husten hatte.«

»Der mit codeinhaltigen Hustentropfen bekämpft wurde?«, fragte Dr. Burger dazwischen.

»Ja«, bestätigte Doris, »aber ich hab keine Ahnung gehabt, dass er dadurch in eine Abhängigkeit geraten ist. Vor mir hatte er ja die Medikamente nie genommen! Aber er hat sich immer mehr darüber beklagt, dass ich mich zu sehr an ihn klammere.«

»Logisch«, stellte Dr. Burger trocken fest. »Du hättest ihm die Medikamente, die er auch weiterhin heimlich genommen hat, schlichtweg verboten.«

»Das hätt ich sicher getan«, nickte Doris. »Jetzt versteh ich erst, warum er so seltsam war. Zum Schluss hat er mir gesagt, dass er mit so einer anhänglichen Frau nicht leben kann. Mein Gott, jetzt seh ich das in einem ganz anderen Licht!«

»Liebst du ihn noch?«, fragte Martin Burger ganz direkt.

Doris sah ihn entsetzt an. »Nein, das ist vorbei. Alfons ist nicht der Mann, mit dem man ein ganzes Leben verbringen möchte. Und das hat jetzt nichts mit seiner Sucht zu tun.«

»Der Mann braucht dringend Hilfe«, erwiderte der Bergdoktor besorgt. »Aber einen Süchtigen zur Vernunft zu bringen ist fast unmöglich.«

»Herr Doktor, wenn Sie dabei an mich denken, dann muss ich passen«, erklärte Doris bestimmt.

»Ich geb zu, einen Augenblick lang hab ich daran gedacht«, erwiderte Dr. Burger ehrlich. »Aber für dich steht zu viel auf dem Spiel.«

»Wie meinen Sie das?«

»Ich mein den Dieter«, erklärte der Bergdoktor nachsichtig. »Er ist es doch, mit dem du dir vorstellen kannst, ein ganzes Leben zu verbringen.«

Doris errötete leicht. »Ja, mit Dieter könnt ich mir

das vorstellen. Aber so weit sind wir noch lang net, ich hab mich sehr zurückgehalten. Mein Gott, ich wollt halt net wieder denselben Fehler machen.«

»Wie beim Alfons?«

»Ja, aber jetzt weiß ich, dass net ich schuld war«, meinte sie leise. »Ich kann mein Verhalten ja ändern, aber Alfons hat ein sehr viel größeres Problem.«

»Wenn er dich als letzten Retter in der Not gesehen hat, dann bekommt er nirgends mehr was. Ich mach mir Sorgen, Doris, ein unkontrollierter Entzug kann gefährlich werden. Auch wenns nur um Codein geht.«

»Stimmungstief, Schwankungen, ersatzweise hochprozentigen Alkohol«, zählte Doris die möglichen Risiken auf. »Bei einem labilen Charakter wie Alfons ist auch ein totaler Absturz möglich.«

»Du wirst mal eine gute Apothekerin«, stellte Dr. Burger lobend fest. »Zur Arzneimittelausgabe gehört sehr viel Verantwortungsbewusstsein.«

Doris lächelte. »Dafür studiert man auch recht lang. Aber jetzt gehts net um mich, ich fürchte, Alfons wird Schwierigkeiten machen.«

»Und wenn ich mit ihm rede?«

»Er wird nicht zu Ihnen kommen. So gut kenne ich ihn, er weiß genau, dass Sie ihm kein Rezept geben. Und grad deshalb wird er Sie meiden.«

»Dann muss erst was passieren, dass sich die Obrigkeit einschaltet«, erwiderte der Bergdoktor. »Gegen seinen Willen können wir gar nix tun.«

Doris hob den Kopf. »Na ja, dann wird er mir einen Grund liefern, dass ich ihn anzeigen kann.«

»Doris! Mach bitte keinen Blödsinn!«, rief Dr. Burger besorgt. »Du weißt, dass so ein Mensch gefährlich werden kann!«

»Ja, das weiß ich«, nickte sie ernst. »Aber glauben Sie wirklich, dass Alfons mich in Ruhe lässt? Nein, das wird er nicht, weil er mich dafür verantwortlich macht, dass er keine Tabletten mehr bekommt.«

»Was hast du vor?«

»Ich *werde* dafür verantwortlich sein, dass er nichts mehr bekommt«, erwiderte Doris hart. »Ich hab ihn zwar nie gewalttätig erlebt, aber in dieser Situation könnte es leicht möglich sein, dass er mir einen ernsthaften Grund gibt, ihn verhaften zu lassen.«

Martin Burger sah die junge Frau bewundernd an. »Du riskierst sehr viel. Zahlt sich dieser Einsatz auch wirklich aus?«

»Ja, ganz bestimmt. Herr Doktor, ich kann mit Dieter nie glücklich werden, wenn mich dieser Süchtige verfolgt. Und das wird er tun, wenn er süchtig bleibt. Also muss ich dafür sorgen, dass er einen Entzug bekommt.«

»Hast du schon einen Plan?«

»Net so richtig«, gab Doris zu. »Ich werd auf jeden Fall heut Abend mit den Steghofers reden. Es kann ja sein, dass Alfons die Apotheke stürmt, da sollten sie schon Bescheid wissen.«

»Das ist gut, allein kannst du diese Sache net durchstehen. Und du weißt hoffentlich, dass ich jederzeit für dich da bin.«

»Danke.« Doris lächelte ein klein wenig und sah ihn an. »Vielleicht hilft uns der Zufall.«

»Da hast du recht«, nickte Dr. Burger »Reaktionen von Süchtigen sind nicht wirklich vorauszusehen.«

»Es wird sicher alles gut, das weiß ich jetzt. Es war schon recht so, dass ich gleich zu Ihnen gegangen bin.«

»Du bist ein tapferes Madel, Doris. Und schließ drüben in der Apotheke alles gut ab. Weißt du was? Nimm den Poldi mit, der ist öfter mal drüben und bleibt sicher bei dir.«

Doris war direkt ein bisserl gerührt. »Ich darf den Hund mitnehmen?«

»Aber freilich«, bestätigte der Bergdoktor. »Verwöhn ihn aber net zu sehr!«

*

Der Samen, den Alfons mit seinen verleumderischen Reden gesät hatte, ging sehr schnell auf. Im ganzen Dorf wurde hinter vorgehaltener Hand über Doris getuschelt, und es blieb nicht aus, dass auch auf dem Eiben-Hof die Sprache darauf kam.

Dieter kochte vor Wut, er konnte nichts tun. Er war am Sonntag noch bei Doris gewesen, und sie hatte ihm alles erzählt. Aber er hatte ihr auch versprechen müssen, nichts zu unternehmen, weil sie Alfons eine Falle stellen wollte.

»Hast du das gewusst, dass die Doris so bekannt sein soll?«, fragte Andrea ihren Bruder.

»Nein«, erwiderte Dieter mürrisch, »ich hab sie erst hier kennengelernt.«

»He, ich kenn dich doch«, meinte Andrea gutmütig. »Es geht dir gewaltig auf die Nerven, dass auf einmal so gemein geredet wird.«

Dieter sah seine hochschwangere Schwester an. Es ging ihr gut, solange sie sich schonte. Aber Aufregungen sollte man ihr trotzdem ersparen.

»Das Gerede wird auch wieder aufhören«, sagte er deshalb ruhiger, als er eigentlich war. »Weißt du was? Ich fahr noch mal ins Dorf und schau bei der Doris vorbei.«

»Du sollst doch net so viel rumlaufen«, rügte Andrea ihren Bruder. »Dein Knöchel heilt sonst nie!«

»Du, der ist schon wieder so gut wie neu«, erwiderte Dieter beruhigend. »Ich bleib net lang.«

Auf der Fahrt ins Dorf überlegte Dieter, wie er Doris helfen könnte. Hatte sie ihm die ganze Wahrheit über Alfons Theuss gesagt? Oder verheimlichte sie doch etwas?

Dieter wusste nicht mehr, was er denken sollte. Warum hielt Doris sich ihm gegenüber derart zurück? Auch jetzt, wo diese Verleumdungen über sie verbreitet wurden?

Zweifel stiegen in dem jungen Mann auf. War er nur ein Zeitvertreib für Doris? Doch dann dachte er daran, wie liebevoll und vertrauend sie ihn am Sonntag angesehen hatte. Nein, diese Augen konnten nicht lügen.

Er ließ das Auto am Dorfplatz stehen und ging das kleine Stück bis zum Ende der Kirchgasse zu Fuß. Der Parkplatz vor der Apotheke war leer. Waren die Steghofers weggefahren? Hatten sie Doris allein in der Apotheke gelassen?

Das wunderte Dieter. Doris hatte ihm doch gesagt, dass sie dem Apothekerpaar alles berichten würde. Wenn sie das wirklich getan hatte, wären die Steghofers ganz sicher hier!

Irgendetwas stimmte also nicht. Dieter wusste nicht, warum er das tat, aber er hatte das seltsame Gefühl, dass es richtiger war, den Hintereingang zur Apotheke zu nehmen. Doris würde das verstehen.

Vorsichtig drückte er die Klinke und atmete erleichtert auf, als er die Tür unverschlossen fand. Er schalt sich selber einen Narren, weil er sich wie ein Dieb hier einschlich. Aber dieses ungute Gefühl, diese unerklärliche Angst um Doris befahl ihm, vorsichtig zu sein.

Er schlich zur Tür des Lagers und hielt den Atem an. Da war eine Stimme, eine männliche Stimme, die von Keuchlauten verzerrt war.

In Dieter schrillten alle Alarmglocken, doch er blieb vorsichtig. Leise schlich er näher an die Tür heran und konnte nun verstehen, was im Lagerraum gesprochen wurde.

»Du gibst mir jetzt diese verdammten Tabletten!«

»Du weißt, dass ich das nicht darf«, hörte er Doris antworten. »Außerdem kann mein Chef jeden Augenblick kommen.«

Ein hässliches Lachen folgte. »Dein Chef ist mit seiner Frau unterwegs nach Mayrhofen. Ich bin ihnen ein Stück nachgefahren, die kommen sicher net so schnell zurück.«

»Alfons, ich gebe dir keine Tabletten! Diese Dinger sind registriert! Wie soll ich denn erklären, wenn welche fehlen!«

»Das ist mir wurscht!«, schrie Alfons unbeherrscht. »Ich hab seit zwei Tagen keine mehr, der Alkohol wirkt auch net so richtig, ich brauch das Zeug!«

»Was du brauchst, ist eine Therapie«, hielt Doris dagegen. »Du machst dich ja total kaputt!«

»Ich brauch keine Therapie, ich brauch die Tabletten! Du gibst sie mir jetzt, oder ich hol sie mir selber!«

»Alfons! Bist du verrückt geworden? Lass mich sofort los!«

»Möchtest du wohl gern, wie? Nein, mein Schatz, du zeigst mir jetzt, wo du sie versteckt hast, und dann …«

Dieter hatte genug gehört. Doris war ernsthaft in Gefahr, und da gab es kein Überlegen mehr.

Mit einem Ruck stieß Dieter die Tür auf. Er sah Doris, die sich verzweifelt in Alfons' Armen wand, aber der süchtige Mann kannte keine Gnade.

Er drehte ihr die Arme auf den Rücken und schob sie an die Schrankwand.

»Wo ist das Zeugs, sag es mir!«, keuchte er wie von Sinnen. Er stand mit dem Rücken zu Dieter, und dieser Vorteil musste genutzt werden.

Mit einem Sprung war Dieter bei den beiden, packte Alfons von hinten am Kragen und riss ihn zurück.

Doris taumelte, als sie so jäh losgelassen wurde. Sie fuhr herum und sah Dieter, der dem völlig überraschten Alfons einen Fausthieb in den Magen versetzte. Alfons sackte zusammen und blieb benommen liegen.

»Dieter«, stammelte Doris verwirrt.

»Schnell, ruf den Sirch an, ich halt den Kerl so lang fest. Doris, he, beeil dich!«

Jetzt kam Leben in die junge Frau. Sie stürzte zum Telefon, wählte mit zitternden Fingern den Notruf der Gendarmerie und weinte fast vor Erleichterung, als sich sofort jemand meldete.

»Hier ist Doris Hattinger von der Roswitha-Apotheke. Herr Sirch, kommen Sie schnell, bei mir ist ein Süchtiger, der ...«

»Bin in drei Minuten da«, versprach der Ortsgendarm und warf den Hörer auf die Gabel. Er schwang sich trotz seiner Beleibtheit gewandt auf sein Motorrad und brauste los.

*

Die Verhaftung von Alfons Theuss war Tagesgespräch in St. Christoph. Dieter sorgte auch dafür, dass die wahren Hintergründe der Verleumdung ans Tageslicht kamen, und plötzlich hatte es Doris niemand zugetraut, dass sie wirklich so einen liederlichen Lebenswandel führte.

Doris und Dieter saßen wieder mal beim Ochsenwirt. Diesmal in der Gaststube, denn es regnete seit zwei Tagen ununterbrochen.

Anna Althöfer, deren Brandwunden inzwischen so weit verheilt waren, dass sie wieder etwas tun konnte, setzte sich zu den beiden.

»Na, steckt euch die Aufregung noch in den Knochen?«

»Mir schon«, erwiderte Doris und griff nach Dieters Hand. »Wir haben zwar alles geplant, aber dass Alfons so brutal wird, haben wir net gedacht. Wenn Dieter net rechtzeitig gekommen war, hätt es schlimm ausgeschaut.«

»Ja, wenn man jemanden ganz stark lieb hat, dann hat man halt solche Eingebungen«, meinte Anna lächelnd. »Aber ich weiß immer noch net, wie das Ganze wirklich war.«

Doris nahm einen Schluck Wein und holte tief Luft. »Also, die Steghofers und ich wollten dem Alfons eine Falle stellen, und das hat auch geklappt.«

»Welche Falle?«, fragte Hella, die auch an den Tisch gekommen war.

»Na ja, Alfons wollte an die Tabletten ran, und wenn ich allein in der Apotheke bin, traut er sich sicher, mich zu zwingen, dass ich ihm das Medikament gebe. Er ist ja dauernd irgendwo in der Nähe gewesen, und so sind Roswitha und Ulrich einfach zusammen weggefahren. Aber so, dass Alfons das mitgekriegt hat.«

»Das war gefährlich«, warf Dieter ein und drückte ihre Hand. »Der Kerl hätte dich umbringen können!«

»Dann hätt er die ganze Apotheke auf den Kopf stellen müssen, um an die Tabletten zu kommen«, stellte Hella trocken fest.

Doris lachte. »Das ist richtig, aber dass er gar so handgreiflich wird, hab ich net gedacht, ich hab ehrlich Angst gehabt.«

»Was hättest du denn getan, wenn Dieter net gekommen wäre?«, wollte Anna wissen.

»Ich hätte Alfons die Tabletten gegeben und

dann sofort den Sirch angerufen. Es wär ein Grund für eine Anzeige gewesen, wenn man mich zwingt, ein Medikament herauszugeben.«

»Ein bisserl naiv seid ihr aber schon«, warf Hella vorwurfsvoll ein. »Dieser Alfons hätte dich sicher irgendwie außer Gefecht gesetzt und wär mit den Tabletten abgehauen. Und bis dich jemand gefunden hätte, wär der längst über alle Berge gewesen.«

»Möglich«, räumte Dieter ein. »Aber aufgrund der Anzeige wär er gesucht worden, und sehr weit wär er net gekommen.« Hella lächelte milde. »Das glaubst du doch net wirklich. Sag mal, du musst die Doris aber schon recht gernhaben, wenn du solche Eingebungen hast.«

Dieter lächelte, gab aber keine Antwort. Er sah Doris an, und sie erwiderte seinen Blick voller Verständnis.

»Ich hör schon die Hochzeitsglocken läuten«, meinte Hella bekümmert. »Aber ich sag dir, Doris, überleg dir das gut. Nach der Erfahrung mit diesem Alfons ... Weißt du, verheiratet ist man schnell, aber danach schaut alles ein bisserl anders aus.«

»Aber geh!«, fuhr Anna Althöfer auf. »Ich hab gemeint, dass du mit meinem Bruder sehr glücklich gewesen bist!«

»War ich auch«, gab Hella unumwunden zu. »Er war halt der Richtige für mich. Aber das findet man recht selten.«

Anna erhob sich. »Komm, Hella, wir sollten die anderen Gäste net vergessen.«

Dieter rückte etwas näher an Doris heran. »Glaubst du, dass ich der Richtige für dich bin?«

Sie sah ihn lächelnd an. »Ich glaub schon, aber kann man wirklich ganz sicher sein?«

»Du bist es net?«

»Doch, schon«, lenkte sie sofort ein, als sie die Enttäuschung in seinen Augen sah. »Aber ganz unrecht hat die Hella net. In jeder Ehe kommt mal der Alltag.«

»Wenn du schon jetzt an den Alltag denkst, dann kommt der sicher sehr bald.«

»Dieter, ich hab dich wirklich lieb, aber ich bin auch ein bisserl durcheinander. Die ganze Aufregung mit Alfons, die Tratscherei im Dorf, ich brauch einfach Zeit und Ruhe.«

Dieter rückte ernüchtert von ihr ab. Da war es wieder, das Gefühl der Unsicherheit. Liebte Doris ihn wirklich? Wenn er ihr in die Augen sah, las er Liebe darin. Aber warum sagte sie nicht, was sie fühlte?

»Sei net bös«, bat sie leise und legte ihre Hand auf seinen Arm. »Ich brauch wirklich noch Zeit. Es ist so viel geschehen, das beschäftigt mich halt.«

»Denkst du am End an den Alfons?«

»Nein, der wird gerichtlich zu einer Therapie verurteilt, dafür sorgt schon Doktor Burger. Aber ich will mein Studium abschließen, und das dauert noch zwei Jahre.«

»Wir können trotzdem zusammen sein«, bemerkte Dieter verletzt. »Ich muss auch noch meine Diplomarbeit machen, bevor ich wirklich ans Geldverdienen denken kann.«

»Ja, eine gar zu enge Bindung ist für uns beide jetzt net gut«, erwiderte sie leise. Doch was sie da sagte, war gegen ihre Überzeugung.

Sie wusste selber nicht, warum sie Dieters Liebe immer noch abblockte.

»Das find ich net, aber wenn du meinst?«

Sie sah ihn an, und in ihren Augen lag nichts als Liebe. Aber sie sagte nichts.

Dieter leerte sein Glas und winkte Hella herbei. »Ich möchte zahlen!«

Hella merkte die kleine Verstimmung zwischen den beiden sofort.

Als Doris noch ein paar Worte mit Anna Althöfer sprach, nahm sie Dieter am Arm.

»Stimmt was net mit euch?«

»Geh, ich weiß nicht mehr, was ich tun soll«, bekannte er unglücklich. »Die Doris hat mich gern, das weiß ich, aber sie will sich net zu eng binden.«

Hella schmunzelte.

»Wenn es dir so ernst ist, dann weiß ich was. Pflück ihr ein Edelweiß, das ist doch das Sinnbild für ewige Liebe und Treue.«

Dieters Augen blitzten auf. »Du, das werd ich tun. Ich dank dir für den Rat!«

»Tu dir aber net weh dabei«, mahnte Hella besorgt. »Beim Edelweißpflücken ist schon so mancher abg'stürzt.«

»Aber geh«, lachte Dieter auf, »ich pass schon auf. Und dir bring ich auch eins mit.«

»Das lass lieber bleiben, sonst gibts im Dorf wieder was zum Tratschen!«

*

Doris lebte in den folgenden Tagen und Wochen sichtlich auf. Der schreckliche Zwischenfall mit Alfons hatte ihr zu Bewusstsein gebracht, dass nicht sie schuld am Scheitern ihrer Beziehung gewesen war. Da hatte etwas ganz anderes eine Rolle gespielt.

Nach und nach verlor sie auch ihre zwanghafte Zurückhaltung Dieter gegenüber. Sie kamen einander näher, und Doris war ihm sehr dankbar, dass er ihr die nötige Zeit ließ.

»Hast du zum Wochenende Notdienst?«, fragte er eines Abends, als sie noch einen Spaziergang machten.

»Nein, diesmal nicht«, erwiderte sie und lächelte. »Roswitha meint, dass sie mich nicht gar zu schamlos ausnutzen sollten.«

»Das ist gut«, lobte Dieter und legte den Arm um ihre Schultern. »Ich hätte große Lust, wieder mal ein bisserl in den Bergen rumzukraxeln.«

»Ah ja! Gehts deinem Knöchel zu gut?«

»Doris, mein Knöchel ist wie neu«, versicherte Dieter schmunzelnd. »Kommst du mit?«

»Glaubst du, ich lass dich allein gehen?«, fragte sie gespielt besorgt. »Was ist, wenn dir wieder was passiert?«

»Oje, das hör ich jetzt wohl mein Leben lang«, seufzte Dieter in komischer Verzweiflung auf. »Also gut, Sonntag früh? Ich hol dich ab.«

Es war ein strahlend schöner Spätsommertag, als Dieter und Doris aufbrachen. Sie wollten auf das Frauenhorn und zwischendurch bei Kathrin auf der Turner-Alm einkehren.

»Hoffentlich kriegen wir dort net nur Ziegenmilch«, unkte Doris und schüttelte sich.

»Magst du keine Ziegenmilch?«, fragte Dieter mutwillig. »Die soll unheimlich gesund sein!«

»Danke, ich verzichte«, erwiderte Doris großmütig.

Dieter lachte, zog sie an sich und gab ihr ein herzhaftes Busserl.

»Wenn du so weitermachst, kommen wir net einmal bis zur Alm«, schalt ihn Doris verlegen.

Dieter lächelte. Sie wusste ja nicht, was er heute noch vorhatte, aber das sollte eine Überraschung werden.

Im Wald roch es nach Harz und Beeren. Doris fand auch wilde Walderdbeeren und pflückte eine Handvoll davon.

»Köstlich!«, schwärmte sie und hielt Dieter die flache Hand hin. »Die musst du kosten.«

Der Wald lichtete sich, der Weg führte durch niedrige Kiefern, die sich an die Felsen schmiegten.

Dieter hielt Ausschau, doch sie waren noch nicht hoch genug für das, was er suchte.

»Ganz schön heiß heute«, bemerkte Doris nach einer Weile und holte die Wasserflasche aus ihrem Rucksack. Sie trank durstig, und auch Dieter nahm ein paar kräftige Schlucke.

»Da oben!«, rief er und schirmte die Augen mit der Hand ab. »Siehst du es?«

Doris folgte seinem Blick. »Nein, was soll ich bitte außer Felsen hier sehen?«

Dieter grinste und ließ den Rucksack von seinen

Schultern gleiten. »Wart mal, ich hol es dir runter.«

Ehe Doris reagieren konnte, kletterte Dieter gewandt auf einen steilen, spitzen Felsen zu.

»Bist du verrückt? Was hast du vor?« Doris war ernsthaft besorgt, der Felsen sah nicht gerade einladend für eine Klettertour aus.

Dieter hörte nicht auf sie und kletterte weiter. Er hatte den Felsen erreicht und suchte nach sicheren Tritten.

Doris hielt den Atem an. Jetzt sah sie, was Dieter im Auge hatte. Ein Edelweiß!

Sie presste die Hände auf die Brust, während Dieter langsam den Felsen erklomm. Manchmal löste sich Geröll unter seinem Tritt, einmal rutschte er ein wenig ab, und Doris zitterte vor Angst, dass ihm etwas passieren könnte.

Endlich hatte Dieter die Stelle erreicht. Vorsichtig brach er ein Edelweiß und machte sich an den Abstieg. Nach einer kleinen Ewigkeit stand er endlich wieder vor ihr. Er hielt das Edelweiß in der Hand.

»He, du zitterst ja«, stellte er gerührt fest. »Schau, das ist ganz allein für dich. Du weißt, was ein Edelweiß, eigenhändig vom Felsen geholt, bedeutet?«

»Ja, eine kriminelle Handlung«, schniefte sie und hielt nur mit Mühe Tränen der Erleichterung zurück.

»Die Blumen stehen unter strengem Naturschutz.«

Dieter starrte sie entgeistert an, doch dann sah

er die Tränen, die sie nicht mehr zurückhalten konnte, sah ihr weiches Lächeln, und er drückte ihr das Edelweiß in die Hand.

»Doris, das ist ein alter Brauch. Wenn ein Bursch ein Madel so richtig von Herzen liebt, dann holt er ihr ein Edelweiß als Zeichen für ewige Liebe und Treue.«

»Weiß ich doch«, schluchzte Doris und presste die silberweiße Blüte an ihre Brust. »Aber ich hab solche Angst um dich gehabt!«

Dieter konnte nicht anders. Er nahm sie in seine Arme und drückte sie fest an sich. Sie zitterte immer noch, doch als sie zu ihm aufsah, lag die ganz große Liebe, die sie für ihn empfand, in ihrem Blick.

»Ich liebe dich, Doris«, flüsterte er und küsste sie zärtlich.

Doris erwiderte diesen Kuss mit einer Innigkeit, wie sie es noch nie getan hatte. Und dann flüsterte sie zum ersten Mal die Worte, auf die Dieter schon so lange sehnsüchtig gewartet hatte.

»Ich liebe dich auch. Danke für das Edelweiß, ich werd es immer bei mir tragen.«

Er küsste sie wieder, und ein unendliches Glücksgefühl stieg in ihm hoch. Doris liebte ihn, das war das Schönste, was ihm geschehen konnte.

»Ich hab Durst«, gestand Doris nach einer Weile.

»Ich auch«, gab Dieter glücklich zurück. »Außerdem krieg ich langsam Hunger.«

»Dann sollten wir schauen, dass wir auf die Alm kommen«, schlug Doris mit leuchtenden Augen vor.

»Ah ja, Ziegenmilch soll nicht nur gesund, sondern auch sättigend sein«, lachte er scherzend auf.

»Lümmel!«, schimpfte Doris und verstaute das Edelweiß vorsichtig in ihrem Rucksack. »Ich weiß zufällig, dass es auf der Turner-Alm nur Kühe gibt!«

»Dann komm«, forderte Dieter sie fröhlich auf und nahm ihre Hand. »In einer halben Stunde müssten wir oben sein!«

*

Doris war so glücklich wie noch nie in ihrem Leben. Dieser Sonntag mit Dieter hatte ihr gezeigt, wie schön Liebe sein konnte. Und dieser Tag sollte noch glücklicher enden, denn Dieter hatte sie zum Nachtmahl auf den Eiben-Hof eingeladen.

Nach einer ausgiebigen Dusche fühlte sich Doris trotz der anstrengenden Bergwanderung frisch und voller Energie.

Na ja, bis zum Gipfel des Frauenhorns hatten sie es nicht geschafft. Das erreichte Ziel war vielmehr die Turner-Alm gewesen, wo sie sich gestärkt und dann wieder auf den Rückweg gemacht hatten.

Doris föhnte ihr prachtvolles Haar, das den Sommer über noch heller geworden war. Es glänzte wie reifer Weizen, und Dieter hatte sie wieder einmal »Bergfee« genannt.

Lächelnd kleidete sie sich an und hatte ein bisserl Herzklopfen, als sie zu Roswitha Steghofer in die Küche ging.

»He, so hübsch?«, fragte die Apothekerin anerkennend. »Gehst du noch weg?«

»Ja, ich bin auf dem Eiben-Hof eingeladen«, erklärte Doris und wurde prompt ein bisserl rot. »Dieter möchte mich seiner Schwester vorstellen.«

»Schön!«, freute sich Roswitha. »Bist du zum Frühstück zurück?«

»Natürlich, was denkst du denn!«, fuhr Doris auf, doch Roswitha lächelte nur nachsichtig.

»Viel Spaß, und denk bloß net, dass du früher heimkommen musst, als du es willst.«

»Willst du mich mit Gewalt verkuppeln?«

»Na, das wird nicht mehr nötig sein«, lachte Roswitha erheitert auf. »Schau, dass du weiterkommst. Oder willst du zu spät kommen?«

»Nein, natürlich net, bin schon weg!«

Doris dachte während der Fahrt auf den Eiben-Hof daran, dass ihr Praktikum in zwei Wochen zu Ende war. Sie musste wieder zurück nach Jenbach, ihre Sachen packen und das Studium in Innsbruck weiterführen.

»Die Steghofers werden mir fehlen«, murmelte sie, doch dann schob sie jeden Gedanken an Abschied weit von sich. Dieter erwartete sie, und das allein war wichtig.

Er kam aus dem Haus, als sie noch nicht einmal den Motor abgestellt hatte. Ihr Herz klopfte freudig, als sie ausstieg und auf ihn zuging.

»Bergfee«, flüsterte er bewundernd, »ich bin so glücklich, dass du da bist.«

»Ich bin es auch«, gestand sie strahlend. »Aber ein bisserl nervös bin ich schon.«

Ihre hintergründige Sorge war völlig unbegründet. Andrea und Viktor Eibensteiner gaben ihr keine Sekunde lang das Gefühl, hier eine Fremde zu sein. Und auch die kleine Elke schloss sofort Freundschaft mit »Tante« Doris.

»Lass es dir schmecken«, meinte Andrea und stützte ihren Rücken mit einem Polster ab. »Gekocht hat der Dieter, mir gehts leider heut net so gut.«

»Wann soll es denn so weit sein?«, fragte Doris besorgt. Andrea sah aus, als hätte sie Schmerzen.

»In drei Wochen«, erwiderte Viktor, und auch er sah besorgt auf seine Frau.

Andrea lächelte krampfhaft. »So lang wirds der Bub schon noch aushalten. Obwohl, grad heut mein ich, dass er es ganz schön eilig hat.«

»Du solltest dich besser hinlegen«, empfahl Doris fürsorglich. »Meinetwegen musst du net…«

»Es geht schon«, fiel ihr Andrea ins Wort. »Weißt du, ein bisserl Ablenkung tut mir gut. Esst jetzt, es wird ja alles kalt.«

Doris sah Dieter an, doch er nickte ihr beruhigend zu. Das leichte Nachtmahl schmeckte köstlich, und Doris aß mit gesundem Appetit.

Plötzlich stöhnte Andrea auf, ließ das Besteck fallen und presste beide Hände auf ihren gewölbten Leib.

»O Gott, ich glaub, es ist so weit!«

Viktor handelte sofort. Er stützte seine Frau, half ihr aufzustehen und brachte sie nach oben ins Schlafzimmer.

Dieter rannte zum Telefon, rief die Hebamme an, und Doris setzte sich zu der völlig verstörten Elke.

»Was hat denn die Mama?«

»Ich glaub, dein Brüderl will jetzt endlich auf die Welt kommen«, erklärte Doris und nahm das Kind in die Arme.

»Gehts dann der Mama wieder gut?«

»Ja, ganz sicher«, erwiderte Doris überzeugt. »Komm, iss noch ein bisserl was.«

»Mag net«, wehrte Elke ab. »Darf ich zu den Katzerln gehen?«

Diese Frage hatte Dieter mitbekommen. »Elke, ich hol dir ein Katzerl rein, ja? Übrigens, Anita ist schon unterwegs.«

Doris nickte. Sie kannte die Hebamme Anita Greiner, die regelmäßig in die Apotheke kam, um Medikamente zu holen.

Dieter brachte eins der Kätzchen in die Stube. Es war das zutraulichste Tierchen und gerade am Abend zu kleinen Spielchen bereit.

Doris atmete auf, als sie die Hebamme draußen im Flur hörte. Zum Glück war Elke mit den Katzen beschäftigt. Sie hätte nicht gewusst, was sie dem Kind jetzt alles erklären sollte, denn sie machte sich Sorgen um Andrea.

Dieter kam zurück. »Anita hat Doktor Burger angerufen. Es ist eine Frühgeburt, aber anscheinend nicht gefährlich. Der Bub hats bloß eilig.«

Doris nickte und beteiligte sich am Spiel mit dem Kätzchen. Elke fragte nicht mehr, sie alberte mit dem Tierchen herum und war dabei sichtlich glücklich.

Doris und Dieter vermieden nun jedes Wort, das die Kleine auf die angespannte Situation aufmerksam machen konnte. Sie gaben sich locker und lustig, und Elke spielte eifrig mit.

Nach gut einer Stunde kam Dr. Martin Burger in die Stube und lächelte beruhigend.

»Es ist ein gesunder Bub. Zwar noch ein bisserl zu leicht, aber das holt er schnell auf. Anita kümmert sich um alles, und wenn ihr wollt, könnt ihr den neuen Erdenbürger besuchen.«

Elke sah den Bergdoktor mit großen Augen an. »Kann ich mit dem Brüderlein spielen?«

Martin Burger nahm das Kind auf den Arm. »Das dauert noch eine Weile, er ist noch sehr klein. Aber er wächst sicher schnell. Komm, ich bring dich zur Mama und dem Brüderlein.«

Dieter umfasste Doris und drückte sie an sich. »Ich bin sehr froh, dass alles gut gegangen ist. Bleibst du heut Nacht hier?«

Sie sah ihn zärtlich an. »Ja, ich könnt jetzt gar net weg. Ich hab dich lieb.«

*

Ein Jahr war vergangen, und Doris war wieder in St. Christoph. Sie wohnte bei den Steghofers im Apothekerhaus, denn eine Braut sollte vor der Hochzeit nicht mit dem Bräutigam unter einem Dach wohnen. So verlangte es der Brauch.

Und Doris war als Braut zurück nach St. Christoph gekommen. In zwei Tagen würde sie auch vor Gott Dieters Frau. Auf dem Standesamt hatten die beiden schon vor einem halben Jahr geheiratet. Nur in ganz kleinem Kreis, aber die kirchliche Trauung sollte groß gefeiert werden.

Es war ein glückliches Jahr gewesen. Doris und Dieter hatten sich eine kleine Wohnung in Innsbruck genommen, um wirklich zusammen sein zu können. Dieter hatte sein Diplom in Architektur geschafft, und auch Doris war sehr fleißig gewesen. In einem Jahr würde auch sie ihr Studium abschließen können.

Andreas Bub, der kleine Florian, hatte sich prächtig entwickelt. Zu Anfang hatte Elke mit dem Baby nichts anfangen können. Sie hatte sogar gefragt, ob man das kleine Wesen nicht gegen ein größeres austauschen könnte. Aber mit der Zeit hatte sich Elke damit abgefunden, dass ihr Brüderl erst wachsen musste, um mit ihr spielen zu können.

Ein Klopfen an der Tür schreckte Doris aus ihren Gedanken auf.

»Stör ich?«

»Aber geh, Roswitha, du störst nie«, lachte Doris glücklich auf. »Ich war nur ein bisserl in Gedanken.«

»Dein Hochzeitsdirndl ist da. Du, ich hab schon ganz vergessen, wie man sich als Braut fühlt!«

»Gut!«, erwiderte Doris. »Überhaupt, wenn man das zweimal erlebt. Eigentlich bin ich ja schon eine alte Ehefrau.«

Roswitha lachte und legte das Festtagsdirndl auf das Bett. »Alte Ehefrau! Was soll denn da ich sagen! Aber schau mal, das Dirndl ist wunderschön.« Das war es in der Tat, und Doris war sehr froh, sich für eine Trachtenhochzeit entschieden zu haben.

»Ich werde das Edelweiß, das Dieter mir damals

geholt hat, in den Ausschnitt stecken. Wart mal, ich hab es in der Handtasche.«

Roswitha wandte sich ab. Doris trug dieses Edelweiß immer bei sich, aber jetzt würde sie es nicht finden.

Doris fand es tatsächlich nicht und ließ sich betroffen aufs Bett fallen.

»Roswitha, das Edelweiß ist weg!«

Die Apothekerin beherrschte sich eisern. »Keine Panik, du wirst es schon noch finden. So, und jetzt komm, wir sind bei den Burgers zum Kaffee eingeladen.«

Zwei Tage lang musste Roswitha die völlig verstörte Doris beschäftigen, denn das Edelweiß war nicht zu finden.

»Wahrscheinlich hast du es in der Aufregung in Innsbruck vergessen!«

Doris schüttelte den Kopf. Das Edelweiß vergessen? Nein, sie war ganz sicher, dass sie es mitgenommen hatte.

Roswitha war schwer versucht, Doris die Wahrheit zu sagen, aber das konnte sie Dieter nicht antun. Und so schwieg sie bis zum Hochzeitsmorgen.

»Komm, du heiratest heute«, mahnte sie. »Zieh dich an und sei fröhlich!«

Doris nickte. Ja, heute war die kirchliche Trauung, die wirkliche Hochzeitsfeier. Sie vermisste das Edelweiß gerade an diesem Tag besonders schmerzlich. Hatte sie es wirklich in Innsbruck gelassen?

Roswitha half ihr beim Ankleiden und bei der Frisur. »Du schaust aus wie eine Bergfee. Aber das hat dir dein Dieter wahrscheinlich schon hundertmal gesagt.«

»Ja«, erwiderte Doris zerstreut, »aber das Edelweiß fehlt.«

»Ach Gott, das kriegst du schon wieder«, rief Roswitha. »Dieter ist da, komm jetzt!«

Doris folgte der Apothekerin, die ihr eine wirkliche Freundin geworden war. Sie vergaß das Edelweiß, als sie Dieter sah.

»Bergfee!« Er sah sie strahlend an. »Heut wirst du wirklich meine Frau.«

»Ja, das werde ich«, erwiderte sie ergriffen.

Dieter fasste sie an den Schultern. »Dreh dich um und mach die Augen zu.«

»Warum?«

»Tu es einfach«, bat er liebevoll, und Doris tat ihm den Gefallen.

Sie spürte, wie ihr Dieter etwas um den Hals legte. Es fühlte sich gut an, als würde es zu ihr gehören.

»Du darfst die Augen jetzt aufmachen«, hörte sie Dieter hinter sich sagen.

Doris öffnete die Augen und sah sich im Spiegel der Diele. Sie blinzelte und trat näher an den Spiegel heran. Aber sie hatte richtig gesehen. Um ihren Hals lag eine zarte Silberkette, die einen Anhänger trug. Und dieser Anhänger war nichts anderes als ihr Edelweiß, kunstvoll in ziseliertem Silber gefasst.

»Das ist ...« Sie fand keine Worte und wandte sich zu Dieter um.

»Dein Edelweiß«, ergänzte er lächelnd.

»Aber wie ...?« Doris starrte ihn sprachlos an.

»Ich habs aus deiner Handtasche gestohlen«, bekannte nun Roswitha strahlend. »Und jetzt kommt, unser Pfarrer wartet net gern!« Doris stand immer noch, wie vom Donner gerührt, und sah Dieter ungläubig an.

»Du hast es für mich fassen lassen?«

»Als Zeichen unserer Liebe, die nie vergehen wird«, erwiderte er zärtlich und nahm sie an der Hand. »Willst du das jetzt auch vor Gott schwören?«

»Ja, ja, das will ich«, erwiderte sie, und ihre Augen strahlten.

»Ich liebe dich, und ich werde dich mein ganzes Leben lang lieben«, versprach Dieter innig. »Aber jetzt komm, meine geliebte Bergfee, wir sollten Pfarrer Roseder nicht warten lassen ...«

ENDE

Dr. Burger und die reiche Erbin

Das Wartezimmer in Dr. Martin Burgers Praxis war voll besetzt. Bärbel Tannauer, die blonde, hübsche Sprechstundenhilfe, seufzte heimlich. Heute wurde es wohl wieder mal nichts mit einem pünktlichen Mittagessen.

»Lengauerin, geh schon mal zum Blutdruckmessen zu Schwester Sophie rein, ja?«

Sophie Jenner war diplomierte Krankenschwester und arbeitete vormittags in der Landarztpraxis. Im Gegensatz zu Bärbel war sie verheiratet und hatte einen kleinen Buben, der am Vormittag von der Oma betreut wurde.

Bärbel Tannauer konnte von einer Hochzeit nur träumen, obwohl sie schon längere Zeit mit dem Lesacher-Felix verlobt war. Aber Felix war ein Bauernsohn, dessen Vater es nicht dulden wollte, dass sein Einziger eine Sprechstundenhilfe heiratete.

Trotzdem war Bärbel immer guter Dinge. Sie und Felix würden es schon schaffen, den alten Lesacher zu überzeugen.

Sie rief den nächsten Patienten auf, freundlich, mit einem Lächeln auf den Lippen, wie es eben ihre Art war. Und genauso freundlich sprach sie auch am Telefon, wenn um einen Hausbesuch gebeten wurde.

Die Liste mit den Hausbesuchen war an diesem Tag erfreulich kurz. Bis jetzt stand nur ein einziger an.

Gegen Mittag leerte sich das Wartezimmer. Schwester Sophie kam aus dem Labor und legte Bärbel einige Blutbefunde auf den Schreibtisch.

»Gibst du die dem Chef rein? Ich muss jetzt weg, die Oma möcht noch einkaufen fahren. Da nimmt sie den Buben net so gern mit.«

»Lass dich net aufhalten«, gab Bärbel zurück und blies sich eine Strähne ihres blonden Haares aus der Stirn. »Für dich fällt jetzt sowieso nix mehr an. Die zwei Patienten, die noch da sind, können wir auch allein versorgen.«

»Gut«, erwiderte Sophie lächelnd. »Ah ja, das Knieröntgen vom Raingruber hängt drüben bei mir.«

Bärbel sah auf den noch jungen Bauern, der schon etwas ungeduldig auf die Uhr sah.

»Ich hol es gleich, der Raingruber ist der Nächste. Alsdann, servus, bis morgen!«

»Bis morgen«, verabschiedete sich auch Sophie und verließ die Praxis.

Die Tür zum Sprechzimmer öffnete sich, und Dr. Martin Burger begleitete einen alten Bauern heraus, dessen Rücken völlig gekrümmt war.

»Die Bärbel gibt dir ein Rezept für ein Schmerzmittel«, tröstete Martin den alten Mann. »Nimms aber auch, Lorenz, sonst wird das nur noch ärger.«

»Ja, Herr Doktor«, murmelte der Großfurthner gequält. »Man sollt halt nimmer sein.«

»Das will ich jetzt net gehört haben«, mahnte Martin ernst. »Dein Rücken wird zwar durch die Behandlung nicht mehr grad, aber du wirst keine Schmerzen mehr haben.«

»Wenns wahr ist«, seufzte der Großfurthner leidend auf.

»Lorenz, wenn du net ein bisserl selber mithilfst, kann ich net sehr viel für dich tun.«

»Schon recht, Herr Doktor, ich nehm halt die Tabletten. Mein Lebtag lang hab ich nix von dem Zeug gebraucht, aber man sollt halt net alt werden.«

»Warum net?«, fragte Martin Burger und lächelte. »Auch das Alter hat seine schönen Seiten. Und wenn du keine Schmerzen mehr hast, wirst du das auch denken.«

Bärbel druckte das Rezept aus und gab es dem Großfurthner. Sie bewunderte Dr. Burger immer wieder, wie freundlich er mit diesen alten, lamentierenden Sturschädeln umging. Sie selber hatte manchmal große Mühe, freundlich zu bleiben.

Martin Burger verabschiedete sich vom alten Großfurthner, und Bärbel ließ ihm eine Erholungsminute, wie sie es bei sich nannte, ehe sie den Raingruber-Manfred aufrief.

»Hoffentlich dauert das jetzt net gar zu lang«, murmelte die Steigerstorfer-Hermi. Sie war die letzte Patientin und wartete schon eine ganze Weile.

Bärbel sah auf. »Sicher net, Hermi. Du kommst gleich dran.«

»Mei, der Vater wird wieder was zum Schimpfen haben, wenn er das Essen so spät bekommt«, beklagte sich die Hermi.

»Aber geh, es ist doch auch noch die Gundi da. Die wird schon was auf den Tisch bringen.«

Bärbel war ein Kind des Dorfes und kannte fast alle hier. Sie wusste auch, dass der Steigerstorfer seit dem Tod seiner Frau sehr streng mit seiner älteren Tochter umging, während Gundi, die jüngere, so was wie Narrenfreiheit bei ihm hatte.

Hermi verzog den Mund. »Bei der meckert er wenigstens net, wenn das Essen ein bisserl verkocht ist. Gar so pünktlich ist der Vater ja auch net immer.«

»Sag mal«, meinte Bärbel und strich sich das Haar zurück. »Hast du deinem Vater schon g'sagt, dass du mit dem Mitterer-Max zusammen bist?«

Hermi sah sie entsetzt an. »Jessas, das darf der Vater net wissen. Das Trauerjahr für die Mutter ist ja noch net ganz um, und damit nimmt er es recht genau. Er gönnt sich selber ja auch kein bisserl Freud!«

»Hermi, ich würd es ihm aber trotzdem sagen, bevor er es von jemand anderem erfährt«, mahnte Bärbel sanft. »Du weißt doch, dass im Dorf so viel getratscht wird.«

»Ja, vielleicht muss ich das eh bald tun«, murmelte Hermi mit blassen Lippen.

Bärbel nickte aufmunternd. Sie hatte dem jungen Madel die Wartezeit verkürzt, aber jetzt musste sie zusehen, dass sie mit ihrer Arbeit fertig wurde.

Der Raingruber kam aus dem Sprechzimmer, und Bärbel schickte die Hermi hinein.

»Du, die schaut aber net gut aus«, bemerkte der junge Bauer, während Bärbel das Rezept für eine Salbe ausdruckte.

»Ist ja auch kein Wunder«, erwiderte sie mitfühlend. »Ihre Mutter ist vor knapp einem Jahr gestorben, und der Vater gönnt seinen Madeln halt so gar keine Freiheit. Da ist dein Rezept. Musst du noch mal zur Kontrolle?«

»Ja, in einer Woche. Alsdann, servus!«

»Servus«, murmelte Bärbel und machte sich eine Notiz. Dann räumte sie den Schreibtisch auf und wartete, bis Hermi aus dem Sprechzimmer kam.

Das Madel war womöglich noch blasser, und Bärbel sah sie besorgt an. Doch Hermi verließ grußlos die Praxis und schaute sich nicht mehr um.

»Jessas, was hat sie denn?«, fragte Bärbel verdutzt, als Dr. Burger zu ihr an den Schreibtisch kam.

»Sie ist schwanger«, erwiderte Martin leise. »Ich hoff, ich hab sie überzeugen können, dass ein Kind keine Tragödie ist.«

Bärbels blaue Augen leuchteten auf. »He, das könnt in ihrem Fall sogar ein Segen sein! Dann hätt ihr Vater den Beweis, dass das Leben immer weitergeht.«

Martin lächelte. »Bärbel, du bist manchmal Gold wert.«

»Nur manchmal?«, fragte sie kritisch.

»Na gut, einigen wir uns auf *öfter*«, erwiderte er schmunzelnd. »Mach Schluss jetzt, ich schließ ab.«

»Moment, einen Hausbesuch hab ich. Die Neuhauser-Julia hat angerufen. Der Tobias hats wieder arg im Kreuz.«

»Ich fahr gleich nach dem Essen hin«, versprach Dr. Burger. »Mahlzeit, Bärbel.«

»Mahlzeit, Herr Doktor«, gab Bärbel fröhlich zurück und verließ die Praxis durch das Wartezimmer.

*

Dr. Martin Burger schloss das Wartezimmer hinter Bärbel ab und ging durch das Sprechzimmer zum Verbindungsgang, der den Praxisanbau mit dem Wohnhaus verband.

Das Doktorhaus, noch im alten, urwüchsigen Tiroler Stil erbaut, war mit der Zeit zu klein für die Familie geworden. Und so hatte Martin vor ein paar Jahren diesen Anbau errichten lassen.

Er war stolz darauf, denn hier befand sich nicht nur die Praxis, sondern auch ein Röntgenraum, ein Labor, ein kleiner, aber gut ausgerüsteter OP und zwei freundliche, hübsche Krankenzimmer für Notfälle.

Martin Burger war nicht nur Allgemeinmediziner, er war auch Chirurg. Und diesen Umstand verdankte er einem überaus schmerzlichen Umstand.

Als frischgebackener Doktor der Medizin hatte er seine Jugendliebe Christl Obermayer geheiratet. Er lebte mit Christl im Doktorhaus, arbeitete bei seinem Vater, Dr. Pankraz Burger, in der Praxis, und das Glück fand seinen Höhepunkt, als Christl schwanger wurde.

Es war von Anfang an eine Problemschwangerschaft gewesen, doch mit zwei Ärzten im Haus hatte die junge Frau jede nur mögliche Betreuung gehabt.

Und doch war das Schicksal gegen sie gewesen. Christel hatte eine Frühgeburt erlitten und war verblutet. Auch das Baby hatte nicht überlebt, und Martin war vor Schmerz und Trauer völlig außer sich gewesen. Er war doch Arzt, sein Vater war Arzt, warum hatten sie diese Tragödie nicht verhindern können!

Von einem Tag auf den anderen hatte er St. Christoph verlassen und war nach München an ein großes Krankenhaus gegangen. Für ihn hatte es nur noch die Arbeit gegeben, und in dieser Zeit hatte er sich zum Chirurgen ausbilden lassen.

Erst ein Brief der Haushälterin seines Vaters hatte ihn damals aufgerüttelt. Die Bachhuber-Zenzi hatte geschrieben, dass Pankraz alt geworden wäre und den Anforderungen einer Landarztpraxis in den Bergen nicht mehr gerecht werden könnte. Zum Schluss hatte sie Martin eindringlich gebeten, doch endlich nach Hause zu kommen.

Martin hatte damals diesen Brief immer und immer wieder gelesen. Er hatte die treue Zenzi vor sich gesehen. Sie, die ins Haus gekommen war, als Martins Mutter so plötzlich verstorben war. Er war elf Jahre alt gewesen, und die Zenzi, damals noch sehr jung, hatte mit ihren bescheidenen Mitteln versucht, dem verstörten Buben wenigstens ein bisserl die Mutter zu ersetzen.

Und nun hatte sie ihn gebeten, nach Hause zu kommen. Martin hatte sich sein Leben vor Augen geführt. Ja, er war erfolgreich, beliebt, aber er vermisste in diesem großen Krankenhaus den persönlichen Kontakt zu den Patienten.

Seine wütende Trauer war in stille Wehmut übergegangen. Martin Burger war reifer, demütiger und duldsamer geworden. Und er hatte nun nicht mehr lange überlegt, war in seine Heimat zurückgekehrt und hatte die Praxis seines Vaters übernommen.

Nach einiger Zeit hatte er noch einmal das große Glück gefunden. Sabine Rodenwald hatte gerade ihren Facharzt für Anästhesie gemacht und hatte zu diesem Anlass ihre Tante Rika Althäuser in St. Christoph besucht.

Tante Rika war Wienerin, wie ihre Nichte Sabine, aber sie hatte sich vor Jahren ins Zillertal verliebt. Als sie ihren wohlverdienten Ruhestand als Studienrätin angetreten hatte, hatte sie sich einen Traum erfüllt und ein Haus in St. Christoph gebaut.

In diesem Haus hatte Martin Burger dann Sabine kennengelernt. Es war Liebe auf den ersten Blick gewesen.

Die blonde, um sechzehn Jahre jüngere Sabine hatte für den männlich attraktiven Martin gern auf eine eigene Karriere verzichtet. Sie war geblieben, als ihr Martin einen Heiratsantrag machte, und sie half ihm seitdem, wo immer sie konnte.

Sie war gerade schwanger gewesen, als Zenzi ein kleines ausgesetztes Madel vor dem Doktorhaus gefunden hatte. Das Madel hatte alle Papiere bei sich, war zweieinhalb Jahre alt, hieß Tessa und war von der Vaterseite her italienischer Abstammung.

Es hatte keine Diskussion gegeben, Tessa war im Doktorhaus geblieben, und als dann ein halbes Jahr später der Stammhalter der Burgers geboren und auf den Namen Philip getauft worden war, hatten Martin und Sabine die kleine Tessa adoptiert, die sehr stolz auf ihren Bruder war.

Tessa war inzwischen acht Jahre alt und wurde aufgrund ihrer schwarzen Locken nur »Schneckerl« genannt. Diesen Namen hatte ihr Opa Pankraz gegeben, als er sie das erste Mal gesehen hatte.

Philipp, der seinen Namen selber auf »Filli«, vereinfacht hatte, war jetzt fünf, und vor eineinhalb Jahren hatte Sabine noch einem Madel das Leben geschenkt. Die kleine Laura war der Sonnenschein der Familie und geriet ganz nach dem stolzen Papa, während Filli eher seiner blonden Mutter glich.

Martin lächelte, als er die Verbindungstür zur Diele aufstieß. Er freute sich auf das Essen mit seiner Familie, und aus der Küche duftete es köstlich!

»Poldi, du Mistvieh! Jetzt schaust aber, dass du rauskommst!«

Martin blieb stehen, denn die Küchentür flog auf, Poldi, sein Rauhaardackel, flitzte knapp an seinen Beinen vorbei in sein Körberl und verschlang heißhungrig ein Stück Wurst.

In der offenen Küchentür erschien die Zenzi. »Du kriegst heut kein Futter mehr!«

Martin lachte. »Meinst du etwa mich?«

Zenzi bedachte den Dackel mit einem ärgerlichen Blick. »Aber geh, ich mein doch den Poldi. Du, der wird immer frecher, ich sag dir, das geht net so weiter!«

»Das sagst du immer, wenn er dir eine Wurst stiehlt. Lass ihn, er tuts ja doch immer wieder.«

»Du hast Nerven«, brummte die Zenzi. »Wasch dir die Hände und geh rein, ich bring gleich das Essen.«

Martin unterdrückte ein Schmunzeln. Manchmal behandelte ihn die Zenzi immer noch wie den kleinen Buben von damals. Dass er bereits knapp über fünfzig war, vergaß sie von Zeit zu Zeit.

Er ging ins Bad, wusch sich gehorsam die Hände und ging dann ins Wohnzimmer, wo ihn in der Essecke seine Familie erwartete.

*

Julia Neuhauser wusch gerade das Geschirr vom Mittagessen ab, als Dr. Martin Burger auf dem Hauser-Hof ankam.

»Herr Doktor! Gut, dass Sie da sind«, begrüßte sie ihn und trocknete sich die Hände ab. »Den Valentin hats wieder arg erwischt, er kann gar net aus dem Bett!«

Martin nickte beruhigend. »Ich geb ihm gleich was. Nein, bleib da, ich kenn ja den Weg.«

Julia sah ihm beklommen nach, als er in den Seitentrakt ging, wo Valentin Schober eine kleine Wohnung hatte. Der Knecht hatte schon öfter Probleme mit dem Rücken gehabt, aber dass er gar nicht mehr aus dem Bett kam, war beängstigend.

»Ach Herr Doktor«, ächzte Valentin, als Martin

Burger eintrat. »Sie müssen schon entschuldigen, dass die Julia bei Ihnen angerufen hat. Ich denk, morgen hätt ich schon wieder selber zu Ihnen fahren können.«

»Jetzt mal langsam, Valentin«, bremste Martin den Knecht ein. »Das ist schon recht so, dass die Julia angerufen hat. So, und jetzt wollen wir schauen, wos am meisten wehtut.«

Dr. Burger untersuchte Valentins Rücken sehr genau. »Schaut nach einem eingeklemmten Nerv aus. Ich geb dir jetzt eine Spritze gegen die Schmerzen und lass dir ein paar Tabletten da.«

Valentin nickte ergeben. Er war schon zwanzig Jahre auf dem Hauser-Hof Knecht und hatte hier eine Vertrauensstellung. Jedenfalls hatte er die, als Julias Eltern noch lebten. Er seufzte tief auf.

»He, tuts denn so weh?«, fragte Martin Burger erstaunt, als er langsam das schmerzstillende Medikament injizierte.

»Es ist wegen der Julia«, murmelte Valentin. »Das Madel überlässt einfach dem Sterneder den Hof und denkt überhaupt net ans Heiraten.«

Martin nickte. »Ein bisserl seltsam ist das schon. Aber sie kann auch froh sein, dass ihr Onkel gleich auf den Hof gekommen ist. Julia war grad erst achtzehn Jahre alt, als ihre Eltern verunglückt sind.«

»Das war vor zehn Jahren«, knirschte der Knecht und legte sich zurück. »In der Zeit hätt die Julia schon dreimal heiraten können. Aber der Sterneder vergrault ja jeden, der der Julia auch nur in die Nähe kommt.«

Martin Burger legte die leere Spritze in seine Tasche zurück. Valentin nannte Julias Onkel Tobias eisern nur beim Familiennamen. Es war klar, dass er ihn nicht mochte, und dafür gab es auch Gründe.

»Valentin, das ist aber der Julia ihre Sache«, warf er ein, doch er spürte selber, dass diese Worte nicht sehr überzeugt klangen.

»Aber die tut ja nix!«, fuhr Valentin auf. »Und der Sterneder spielt sich auf, als wär er hier der Bauer.«

Martin sah den Knecht ernst an. »Warts halt ab. Wenn der Richtige kommt, wird sich Julia auch nicht mehr so viel von ihrem Onkel sagen lassen.«

»Wenn der den Richtigen überhaupt an das Madel ranlässt«, knurrte der Knecht. »Verflixt, ich lieg da und lamentier! Dabei ist grad jetzt so viel Arbeit.«

»Du bleibst, bitt schön, heut und morgen im Bett«, bestimmte Martin Burger. »Und dann kommst du zu mir in die Praxis. Du brauchst eine Behandlung, sonst passiert dir das immer wieder.«

»Na ja, gut«, gab Valentin klein bei. »Der Julia ist ja auch net geholfen, wenn ich dauernd bei der Arbeit ausfalle.«

»Genau so ist es«, bestätigte Martin und legte eine Schachtel mit Tabletten auf den Tisch. »Heut Abend nimmst du eine und morgen je eine zu den Mahlzeiten. Ich denke, übermorgen kannst du zu mir kommen.«

»Ja«, nickte Valentin und entspannte sich. Der

grimmige Schmerz in seinem Rücken ließ langsam nach, aber er wusste, dass dies trügerisch war. Eine falsche Bewegung, und der Schmerz war wieder da.

Martin Burger verabschiedete sich und ging in die Stube, wo Julia auf ihn wartete.

»Gehts ihm besser?«, fragte sie, und in ihren großen braunen Augen stand ehrliche Sorge.

»Vorübergehend ja«, bestätigte Martin und setzte sich an den Tisch. Julia hatte Kaffee aufgebrüht, und da konnte er nicht widerstehen.

»Vorübergehend?«

»Valentin muss behandelt werden«, erklärte Martin und trank einen Schluck Kaffee. »Du kümmerst dich drum, dass er übermorgen auch wirklich zu mir in die Praxis kommt?«

»Ja freilich«, versicherte Julia eifrig. »Dem Onkel wird das zwar net recht sein, aber das mach ich schon.«

Martin sah die junge Frau prüfend an. Julia Hochhauser hätte sehr hübsch sein können, aber sie machte nichts aus sich. Das schwere schwarze Haar hatte sie lieblos zu einem Knoten am Hinterkopf festgesteckt, und sie trug immer nur verbeulte Cordhosen und lockere Pullover.

»Sag mal, du bist doch die Bäuerin hier. Warum soll dein Onkel gegen etwas sein, was ihn gar nix angeht?«

Julia lächelte entschuldigend. »Mei, Herr Doktor, ohne Onkel Tobias hätt ich den Hof ja nie halten können. Ich verdank ihm recht viel!«

»Das stimmt schon«, beruhigte Martin die junge

Frau. »Aber denkst du denn gar net daran, zu heiraten?«

Ein Schatten fiel über Julias Gesicht. »Die wollen doch alle bloß den schönen Hof.«

Martin war erschüttert. »Julia, wer sagt denn das?«

»Onkel Tobias«, erwiderte sie herb. »Und ich bin sehr froh, dass er mich immer warnt. Ich merk das doch gar net, wenn einer net mich meint, sondern bloß hier Bauer werden will.«

»Doch, Madel, das merkst du schon, wenn es der Richtige ist«, meinte Martin aufmunternd. »Und dann kann der Onkel sagen, was er will. Dann weißt nur allein du, was richtig ist.«

»So leicht ist das net!«

»Versprich mir, dass du dir das große Glück net von deinem Onkel ausreden lässt!«

Julia sah Martin Burger mit großen Augen an. Diese Augen waren samtig dunkel und ungemein ausdrucksvoll. Aber in diesen Augen lag auch die Unsicherheit, die Julia an sich hatte.

»Julia, versprichst du es mir?«

Sie zuckte ein wenig zusammen. »Ja, Herr Doktor, ich versprech es«, erwiderte sie leise und sah zu Boden. »Und auf den Valentin pass ich schon auf. Der muss seine Behandlung machen, ob das dem Onkel jetzt passt oder net.«

Der Bergdoktor lächelte. »Siehst, so gefällst du mir schon besser. Und, Julia, zieh doch mal was anderes an. In diesen alten Hosen und den schlampigen Pullovern sieht man ja gar net, wie hübsch du bist.«

»Hübsch? Ich?« Julia lachte trocken auf. »Jetzt meinen Sie es aber zu gut mit mir, Herr Doktor.«

»Du solltest mehr Vertrauen zu dir selber haben«, mahnte Dr. Burger ernst. »Dank schön für den Kaffee, ich muss jetzt weiter.«

Julia begleitete ihn hinaus und sah ihm nach, als er zum Wagen ging. Hatte er das ernst gemeint, dass sie hübsch war?

»Blödsinn«, murmelte sie und ging zurück ins Haus.

*

Julia räumte die Küche auf und kam ins Grübeln. Hatte Dr. Burger recht, wenn er behauptete, dass sie eigentlich ganz hübsch wäre?

Sie kräuselte unwillig die Stirn. Sicher hatte er sie nur trösten wollen. Sie musste ja nur in den Spiegel sehen, um eine ehrliche Antwort zu bekommen.

Außerdem hörte sie von Onkel Tobias immer wieder, dass sie bei ihrem Aussehen nie einen Mann bekommen würde. Und wenn sich einer fände, dann hätte er es sicher nur auf den stolzen Hauser-Hof abgesehen.

Julia seufzte tief auf und setzte sich an den Küchentisch.

Ihr Blick fiel auf den Herrgottswinkel, wo rechts und links vom Kreuz die Bilder von Vater und Mutter hingen. Ein schwarzer Trauerflor war um eine Ecke der Rahmen gewunden, und Julia zog es das Herz zusammen.

Wie schön war das Leben gewesen, als die Eltern noch gelebt hatten! War es wirklich schon zehn Jahre her, dass sie verunglückt waren?

Julia rechnete nach. Ja, im vergangenen Winter waren es zehn Jahre gewesen, dass die Eltern nach Mayrhofen gefahren waren. Es war ein sehr schneereicher Winter gewesen, und die schmale Bergstraße hinunter zur Stadt war teilweise immer wieder zugeweht.

Auf der Rückfahrt hatte er dann nach einer engen Kurve im Waldstück einem entgegenkommenden schlitternden Wagen ausweichen müssen, war selber ins Schleudern geraten und frontal gegen einen Baum geprallt. Er und die Mutter mussten auf der Stelle tot gewesen sein, das hatte Dr. Burger festgestellt, als man die beiden aus dem Auto geschnitten hatte.

Das war zwei Tage vor Weihnachten gewesen. Julia hatte es lange nicht wirklich glauben können, dass die Eltern tot waren, aber sie hatte einen Halt gehabt.

Valentin war nicht von ihrer Seite gewichen, und auch Hilde Brunnbauer, die als Haushaltshilfe auf dem Hof arbeitete, hatte sich rührend um das verstörte Madel gekümmert.

Julia war damals gerade achtzehn Jahre alt geworden und somit volljährig. Sie hatte das Erbe ihrer Eltern angetreten, doch sie war nicht fähig gewesen, den großen Hof allein zu führen. Deshalb war sie auch sehr dankbar gewesen, dass Onkel Tobias seine Arbeit im Sägewerk sofort eingestellt hatte und zu ihr auf den Hof gekommen war.

Tobias Sterneder war der jüngere Bruder von

Julias Mutter. Eigentlich hätte er als einziger männlicher Nachkomme den Hauser-Hof bekommen sollen, aber Tobias war ein recht trinkfreudiger Bursche. Er ließ keine Gelegenheit aus, ins Wirtshaus zu gehen und dort regelmäßig weit über den Durst zu trinken.

So war es gekommen, dass Julias Großeltern den Hof ihrer Tochter Eva überschrieben hatten. Eva war damals noch nicht lange mit Theo Neuhauser verheiratet gewesen, aber es stand fest, dass Theo ein sehr guter Bauer war.

Tobias hatte seinen Anteil am Erbe ausbezahlt bekommen. Es wäre genug gewesen, um sich ein Haus zu bauen und eine Familie gründen zu können. Aber Tobias hatte nicht daran gedacht. Er hatte sein Erbe vertrunken und arbeitete seitdem im Sägewerk des Barons von Brauneck.

Julia wusste von der Trunksucht ihres Onkels, aber mit den Jahren schien er sich gebessert zu haben. Er nahm die Arbeit auf dem Hof ernst, war nie wirklich betrunken, auch wenn er recht oft zum Ochsenwirt fuhr.

Geheiratet hatte Tobias Sterneder nie. Er galt als Sonderling, und seit er für Julia den Hauser-Hof führte, hatte sich auch eine gewisse Arroganz in seinem Wesen breitgemacht.

Julia hielt das für Fürsorge. Es war gut, wenn ein Mann auf dem Hof war, der forsch und sicher auftreten konnte. Sie klammerte sich an den Gedanken, dass der Vater das auch so gemacht hätte, und im Laufe der Zeit gewöhnte sie sich an die Art des Onkels.

Nur manchmal, in stillen Stunden, kam Verzweiflung in ihr auf. Sie war noch jung, sehnte sich nach Liebe und Geborgenheit. Doch Onkel Tobias war sehr streng mit den Bewerbern um ihre Hand. Beinahe hätte man meinen können, er wäre ihr Vormund!

In solchen Augenblicken stellte sich Julia vor, wie es wohl wäre, wenn die Eltern noch am Leben wären. Ob der Vater auch jeden Bewerber abgewimmelt hätte? Wollten denn wirklich alle nur ihren Hof?

Julia erhob sich mit einem Ruck. Onkel Tobias hatte schon recht, wenn er das behauptete. Sie war nicht die Frau, von der ein Mann träumte. Sie war in Gesellschaft unsicher, zog sich sofort zurück, wenn man ihr ein wenig näher kam, und hatte keine Freundinnen.

Onkel Tobias meinte, sie würde keine brauchen, weil die ja doch bloß auf dem Hof herumschmarotzen würden.

Julia fügte sich, denn sie war dem Onkel unendlich dankbar, dass er sie auf dem Hof nicht alleine gelassen hatte. Aber in einem Punkt war sie eisern. Alles, was mit Finanzen zu tun hatte, gab sie nicht aus der Hand!

Der Sterneder hatte ihr gut zugeredet, um endlich die Verfügungsgewalt über ihre Konten zu bekommen. Julia hatte ihm das verweigert. Er bekam ein sehr gutes Gehalt von ihr und war auf dem Hauser-Hof der Verwalter, aber nicht mehr.

Zu gut erinnerte sich Julia an die Zeit, in der ihr Onkel sein ganzes Geld vertrunken hatte. Die

Mutter hatte oft sehr besorgt darüber gesprochen. Ihr wäre es ganz sicher nicht recht gewesen, wenn Julia dem Onkel freie Hand in finanziellen Dingen gegeben hätte.

Die junge Frau war sich nicht bewusst, dass es nur der Gedanke an die Eltern war, der sie davon abhielt, Onkel Tobias alles auf dem Hof zu überlassen. Es war kein echt empfundenes Misstrauen, aber da war eine Grenze, die sie im Andenken an ihre Eltern nicht überschreiten konnte und wollte.

Julia brühte frischen Tee auf. Hilde war draußen bei Onkel Tobias und half so gut es eben ging. Sie konnte nicht so hart zupacken wie Valentin, aber das musste der Onkel wohl eine Weile akzeptieren. Und Hildes Bub, der Hubert, half ja auch schon mit, wenn er mit seinen Schulaufgaben fertig war.

Valentin sah Julia dankbar an, als sie ihm frischen Tee brachte. Die Spritze machte ihn müde, doch ihm entging der nachdenkliche Ausdruck in Julias schönen Augen nicht.

»Hat dir der Sterneder wieder zugesetzt?«

Julia schüttelte den Kopf. »Nein, der Onkel ist draußen auf den Feldern. Komm, trink den Tee, solang er heiß ist, und dann schlaf ein bisserl.«

»So sterbenskrank bin ich wirklich net«, brummte Valentin und setzte sich vorsichtig auf. »Das Nachtmahl brauchst du mir net raufzubringen, ich komm runter.«

»Du bleibst im Bett«, bestimmte Julia energisch. »Und jetzt trink den Tee!«

*

Tobias Sterneder war nicht gerade gut gelaunt, als er zum Mittagessen kam.

»Julia, was ist denn mit dem Valentin! Der ist ja schon mehr beim Doktor als bei der Arbeit!«

Normalerweise wäre die junge Bäuerin bei diesem Ton zusammengezuckt und hätte nach Entschuldigungen gesucht. Aber es ging um Valentin und darum, dass er wieder ganz gesund wurde.

»Der Valentin bekommt eine Behandlung bei Doktor Burger«, erklärte sie ruhig. »Wenn er überhaupt wieder voll arbeiten soll, dann ist das notwendig.«

Tobias starrte sie verdutzt an. Das waren ja ganz neue Töne! Er ging zum Wandschrank und holte eine Schnapsflasche heraus.

»Bezahlst du ihn jetzt fürs Kranksein?«

»Das ist das Recht von einem jeden Angestellten«, erwiderte sie hart. »Das musst du doch wissen, warst ja lang genug im Sägewerk.«

Tobias füllte ein hohes Stamperl und kippte den Schnaps in einem Zug hinunter. Er stellte das Glas auf die Kommode und sah seine Nichte an.

»Na ja, wenn du dich zugrunde richten willst? Sag mal, wie schaust du denn überhaupt aus!«

Julia biss die Zähne zusammen. Dr. Burgers Worte, dass sie eigentlich ganz hübsch sein könnte, waren ihr nicht mehr aus dem Sinn gegangen. Und jetzt hatte sie endlich den Mut gefasst, sich ein klein wenig zurechtzumachen.

»Hast du was Besonderes vor?«, bohrte der Onkel misstrauisch weiter.

»Nein«, erwiderte Julia und hob den Kopf. »Man

muss ja net gleich was vorhaben, wenn man sich ein bisserl netter anzieht.«

»Ich hab net viel Zeit, schau, dass das Essen auf den Tisch kommt«, herrschte Tobias sie an. »Und ich brauch Geld, beim großen Ladewagen ist was zu richten.«

»Dann soll der Valentin nach dem Essen den Ladewagen zum Elmenthaler fahren«, bestimmte Julia und stellte die Teller auf den Tisch. »Die Rechnung krieg ich dann schon zugeschickt.«

Tobias knirschte mit den Zähnen. Immer wenn er versuchte, ein bisserl Geld für sich selber rauszuschlagen, blockte Julia ab. Natürlich gab es am Ladewagen nichts zu richten, aber das Geld für die angebliche Reparatur hätte er sehr gut gebrauchen können.

»Dann richt ich das halt selber her«, murmelte er verdrossen und setzte sich an den Tisch. Julia entglitt ihm, das spürte er schon seit ein paar Tagen. Aber er wusste ja, wie er sie wieder kleinkriegen konnte.

»Du, der Rock und die Bluse passen dir überhaupt net. Da schaust du aus, wie wenn du eine arme Verwandte von dir selber wärst. Die Bäuerin vom Hauser-Hof muss zupacken können, und das glaubt dir niemand, wenn man dich so sieht.«

Julia hörte nicht hin.

Warum merkte sie erst jetzt, dass der Onkel sie immer und immer wieder herabsetzen wollte? Warum tat er das?

Hilde Brunnbauer, die mit Tobias draußen auf den Feldern gearbeitet hatte, kam in die Stube.

»Julia, wart, ich helf dir das Essen auftragen«, bot sie sich sofort an, doch Julia winkte ab.

»Setz dich, Hilde. Solang du draußen arbeiten musst, hast du in der Küche rein gar nix verloren. Wann kommt denn der Bub heut von der Schule heim?«

»Nach eins«, erwiderte Hilde mit einem dankbaren Blick auf Julia. »Du, er schreibt morgen einen Test in Mathematik. Passt du, bitt schön, auf, dass er wirklich lernt?«

»Aber ja«, versprach Julia, »mach dir bloß keine Sorgen, der Hubert schafft das schon.«

»Was heißt da Test«, fuhr Tobias grob auf. »Der Bub muss nach dem Essen raus, die Rüben sind noch net alle vereinzelt!«

»Das macht der Valentin, wenn er von der Behandlung zurück ist«, erklärte Julia ungewohnt fest. »Das mit dem Ladewagen hat sich ja erübrigt. Und jetzt Mahlzeit.«

Tobias knurrte etwas Unverständliches vor sich hin, aß aber dann schweigend. Was war nur mit Julia los? So kannte er sie ja gar nicht!

Tobias Sterneder war immer noch der Meinung, dass der Hof eigentlich ihm und nicht seiner Schwester Eva zugestanden hätte. Damals hatte er vor lauter Wut sein Erbteil vertrunken, anstatt sich eine eigene Existenz aufzubauen.

Irgendwann war ihm nichts anderes übrig geblieben, als im Sägewerk des Barons zu arbeiten. Für einen Hungerlohn, wie er es immer empfunden hatte.

Als seine Schwester mit ihrem Mann damals vor

zehn Jahren tödlich verunglückte, hatte er sofort seine Chance gesehen. Seine Eltern lebten nicht mehr, Eva und Theo waren verunglückt, und Julia, die Erbin des Hauser-Hofes, war grade mal achtzehn Jahre alt und völlig unfähig, den großen Hof allein zu halten.

Er hatte sich sofort um alles gekümmert, hatte die Zügel am Hof in die Hand genommen und hatte endlich einen Sinn in seinem Leben gesehen. Bauer auf dem Hauser-Hof, auf dem er geboren worden war!

Aber es lief nicht alles so, wie er es sich vorgestellt hatte. Julia war zwar von seiner Arbeitskraft und Erfahrung abhängig, aber an das Geld ließ sie ihn nicht heran.

Dass ihr davon vor allem der Filialleiter der Bank abgeraten hatte, wusste er nicht. Aber nicht nur Richard Prieler, auch der Bürgermeister, Toni Angerer, hatte mit Julia damals ein ernstes Wort gesprochen.

Von beiden Männern hatte Julia immer Rat und Unterstützung bekommen, und sie war gut damit gefahren. Und je älter sie wurde, desto selbstständiger wurde sie auch in finanziellen Dingen.

Das passte dem Onkel nicht, aber er konnte es nicht ändern. Also versuchte er es auf andere Art und Weise. Es gelang ihm, aus dem völlig verstörten Madel, das von einem Tag auf den anderen die Eltern verloren hatte, eine unsichere junge Frau zu machen.

Onkel Tobias schreckte nicht davor zurück, Julia immer wieder einzureden, dass sie bei Gott kein begehrenswertes Madel war. Und sogar ernsthafte Freier hatte er immer wieder so abzuwehren verstanden, dass Julia schließlich selber glaubte, dass alle nur ihren schönen Hof haben wollten.

Aber jetzt hatte sich etwas verändert, das spürte der Sterneder ganz genau. Steckte ein Mann dahinter? Nun gut, er würde dahinterkommen, und er würde nicht zulassen, dass Julia einen jungen Bauern auf den Hof holte.

Tobias konnte das nicht zulassen, denn er fühlte sich als Bauer auf dem Hauser-Hof. Und er hatte sich in diesen zehn Jahren auch keinen finanziellen Hintergrund geschaffen, falls er den Hof eines Tages wieder verlassen musste.

Aber er würde diesen Hof nie wieder verlassen, er gehörte ihm!

Schweigend beendete Tobias Sterneder seine Mahlzeit. Schweigend goss er sich noch einmal einen Schnaps ein und kippte ihn rasch hinunter, bevor er wieder hinaus an seine Arbeit ging.

*

»Der Sterneder brütet eine Bosheit aus«, stellte Hilde grimmig fest, als sie mit Julia gemeinsam das Vieh fütterte. Auch sie hatte sich in all den Jahren nicht dazu durchringen können, Julias Onkel als »Bauer« anzureden.

»Aber geh«, wehrte die junge Bäuerin ab. »Der Onkel ist halt von Zeit zu Zeit grantig, das kennst du doch!«

»Wie der dich heut beim Mittagessen ang'schaut hat«, ließ sich Hilde nicht beirren. »Dabei freu ich mich so, dass du endlich mal was anderes anziehst als deine alten Hosen und die verschlissenen Pullover!«

Julia wurde verlegen und strich sich eine vorwitzige Haarsträhne unter das Kopftuch, das sie bei der Stallarbeit immer trug.

»Ja mei, manchmal mag ich halt net so schlampig rumlaufen. Sag, hat der Onkel recht? Passt mir so was Fescheres wirklich net?«

Hilde lachte trocken auf. »Ich weiß zwar net, warum er das sagt, aber denken kann ichs mir. Hör net auf ihn, du bist gleich viel hübscher, wenn du anders angezogen bist.«

Julia füllte die Futterraufen. Sie fühlte sich auch ganz anders, seit sie nettere Kleidung trug. Aber was hatte Hilde da eben gesagt?

»Was denkst du, warum der Onkel immer so blöd redet?«

Hilde stützte sich auf die Futtergabel und sah Julia ernst an.

»Ich denk, dass der Sterneder net haben will, dass du einen jungen Bauern auf den Hof bringst.«

»Und warum net?«, fragte Julia erstaunt. »Wenn es einer wirklich ernst meinen würde?«

»Ernst hätt es der Waldner-Stefan sicher gemeint«, erwiderte Hilde heftig. »Du, der hat dich richtig gern'habt. Warum hast du ihn eigentlich net genommen?«

Julia gab es einen Stich. Ja, in den Waldner-Stefan war sie sehr verliebt gewesen, den hätte sie schon gewollt. Aber dann hatte er doch eine andere geheiratet.

»Der Onkel hat gemeint, dass sich der Stefan nur ins g'machte Nest setzen will. Dass der fesche Kerl gar net mich meint, sondern nur den schönen Hauser-Hof.«

»Und warum hat er dann die Raingruber-Gretl geheiratet?«, fragte Hilde aufgebracht. »Hat die am End einen schönen Hof?«

»Nein, das hat sie net«, gab Julia zögernd zu. »Aber die Gretl ist halt eine schöne Frau.«

Hilde schnaubte verächtlich durch die Nase. »Auch net schöner als du. Den Komplex hat dir der Sterneder eingeredet, weil er net duldet, dass da ein junger Bauer das Sagen hat. Merkst du denn net, wie der dich ausnutzt, nur damit er da das Regiment führen kann?«

»Hilde, wir müssen zusehen, dass wir mit dem Füttern fertig werden«, mahnte Julia und wandte sich ab.

Hilde Brunnbauer seufzte. Sie war sehr froh, dass sie damals auf dem Hauser-Hof untergekommen war, als ihr Mann bei einem Bergrettungseinsatz abgestürzt war. Ganze drei Jahre war sie mit Erich verheiratet gewesen, und Hubert war damals eineinhalb Jahre alt.

Erich war noch sehr jung gewesen, und die Witwenrente fiel reichlich mager aus. Aber Eva Hochhauser, Julias Mutter, hatte Hilde als Haushaltshilfe eingestellt, und den kleinen Buben hatte sie neben ihrer Arbeit betreuen können.

Ein halbes Jahr später waren dann die Hochhauserin und ihr Mann verunglückt, und Hilde war mit dem Buben ganz auf den Hof gezogen.

Sie hatte es nicht übers Herz gebracht, Julia jetzt ganz allein zu lassen. Sie wusste ja nur zu gut, wie es war, nahe Angehörige zu verlieren.

Der Sterneder sah sie nicht gern im Haus, das wusste Hilde. Aber Julia war die Bäuerin, und Julia sah in Hilde eine Art Freundin, denn gar so viel älter war die so früh verwitwete Brunnbauerin nicht. Grad vierunddreißig, und Julia war jetzt achtundzwanzig.

»Warum hast du eigentlich nie mehr geheiratet?«

Hilde hob den Kopf. Diese Frage hatte sie von Julia nicht erwartet.

»Es hat sich net ergeben«, erwiderte sie und zuckte die Schultern. »Mit einem Kind ist das net so leicht.«

»Aber du müsstest doch net drauf achten, dass dich einer nur deswegen nimmt, weil du einen schönen Hof hast.«

Hilde legte die Futtergabel beiseite. »Aber du musst das?«

»Ja schon«, erwiderte Julia unsicher. Hildes Blick war plötzlich grimmig geworden.

»Das hat dir bloß der Sterneder eingeredet«, fuhr Hilde auf. »Der hat doch bloß Angst, dass du ihn nimmer brauchst, wenn du heiratest.«

»Aber geh, ich würd Onkel Tobias nie wegschicken«, verteidigte sich Julia.

Hilde wandte sich ab. Wann würde Julia endlich verstehen, dass es ihrem Onkel nur darum ging, Herr auf dem Hof zu sein!

»Mama, der Sterneder will, dass ich morgen den Traktor aufs Rübenfeld rausfahre!«

Hubert, Hildes Bub kam in den Stall gelaufen und lehnte sich an eine der Futterraufen.

»Was? Du sollst den Traktor aufs Feld fahren? Bub, du bist zwölf und noch lang keine sechzehn!«

Auch Julia war herumgefahren. Sie ging zu Hubert und legte ihm die Hand auf die Schulter.

»Warum will Onkel Tobias, dass du das tust?«, fragte sie ruhig.

»Weil der Valentin doch immer noch zu dieser Behandlung muss und zu rein gar nix mehr zu gebrauchen ist«, stieß der Bub hervor.

»Also, das ist doch …!« Hilde fehlten die Worte, doch Julia strich dem Buben über das Haar.

»Du fährst natürlich net«, bestimmte sie hart. »Ich lass net zu, dass dich mein Onkel ausnutzt. So, und jetzt geh rüber und mach deine Hausaufgaben. Mit Onkel Tobias red ich schon, da musst du keine Angst haben.«

Erleichtert lief der Bub aus dem Stall, und Hilde sah Julia mit neuer Hochachtung an.

»Du meinst also auch, dass was g'schehen muss?«

Julia nickte. »Ja, so kanns auf jeden Fall net weitergehen.«

*

Die letzten Wochen waren nicht leicht für Julia gewesen. Ständig musste sie sich gegen ihren Onkel durchsetzen, und das hatte zur Folge, dass Tobias Sterneder wieder mehr und vor allem öfter trank.

Er sah es mit Missfallen, dass Julia einen Aushilfsarbeiter auf dem Hof einstellte, nur weil Valentin sich noch schonen musste und die Heuernte in vollem Gang war.

»Schmeiß ihn raus!«, schrie Tobias seine Nichte unbeherrscht an. »Zwei Knechte kannst du dir doch gar net leisten!«

Julia gab ihm gar keine Antwort. Wenn Onkel Tobias in solch einer Stimmung war, konnte man nicht mit ihm reden.

Hilde kümmerte sich sehr fürsorglich um Valentin, damit er ja alles tat, was ihm Dr. Burger geraten hatte. Dazu gehörte auch regelmäßige Gymnastik, die Valentin erst vehement abgelehnt hatte. Aber Hilde meinte, es könnte auch ihr nicht schaden, und zu zweit fiel es auch dem Knecht leichter.

Julia sah diese Entwicklung mit einem leisen Schmunzeln, aber auch mit Wehmut. Hilde und Valentin schienen auf dem besten Wege zu sein, sich ineinander zu verlieben! Ob sie selber dieses Gefühl auch einmal erleben durfte?

Valentin wurde zugänglicher, und es ging ihm wieder gut. Zur schweren Arbeit musste er noch ein Stützmieder tragen, aber damit fand er sich gern ab, wenn er Julia entlasten konnte.

Die Heuernte war glücklich eingebracht, als Valentin zu Julia ging.

»Du kannst den Veit wieder heimschicken. Den Rest schaff ich mit dem Sterneder allein.«

Julia sah ihn an. »Bist du sicher? Onkel Tobias trinkt in letzter Zeit ziemlich viel.«

Valentin nickte. »Trotzdem, Julia. Wenn er trinkt, lass ich ihn sowieso net auf einen Traktor. Aber für den Veit haben wir jetzt wirklich zu wenig Arbeit.«

Julia zahlte den Aushilfsarbeiter aus und entließ ihn. Und dann fuhr sie mit Hilde nach Schwaz und kaufte neue Kleidung ein.

»Also, dass ich das noch erleb!«, seufzte Hilde drollig auf. »Bin ich froh, dass du endlich was aus dir machst!«

Julia schämte sich ein wenig, kam sich plötzlich eitel und putzsüchtig vor und griff wieder zu ganz unauffälligen Kleidungsstücken.

Aber da hatte sie nicht mit Hilde gerechnet. Die junge Witwe ließ nicht zu, dass Julia aus lauter Unsicherheit wieder in den alten Stil zurückverfiel. Sie bestimmte, was gekauft wurde und was nicht.

»Der Onkel wird Augen machen«, meinte Julia nun doch wieder unsicher. Aber der Glanz in ihren dunklen Augen zeigte Hilde, dass Julia sich insgeheim freute.

»Der Sterneder solls Maul halten«, erwiderte sie grob. »Der vertrinkt jetzt mehr, als du für anständige Kleider ausgibst.«

Darauf erwiderte Julia nichts. Sie machte sich Sorgen um den Onkel, der immer unduldsamer wurde. Langsam fragte sie sich auch, woher er das Geld für seine unmäßige Trinkerei nahm.

»Wart mal, ich brauch noch ein paar Taschentücher«, hielt Hilde sie zurück und ging in einen Textilladen.

Julia folgte ihr und sah erstaunt, dass Hilde Herrentaschentücher kaufte.

»Der Valentin hat doch nächste Woche Geburtstag«, erklärte Hilde ihren seltsamen Einkauf und wurde tatsächlich ein wenig rot. »Weißt, Taschentücher kann er brauchen, er hat ja lauter so grobe und groß karierte.«

Julia nickte, und wieder überkam sie eine leise Wehmut. Ob sie auch einmal Herrentaschentücher kaufen würde?

»Du, net, dass du jetzt falsch denkst«, erklärte Hilde auf dem Weg zum Auto. »Der Valentin und ich, wir kennen uns halt schon so lang. Und mit dem Hubert hat er sich auch immer beschäftigt, als der Bub noch klein war.«

Julia lächelte. »Du brauchst dich net zu rechtfertigen. Und selbst wenn du was mit dem Valentin hättest, ist das eure Privatsache.«

Hilde blieb stehen und sah Julia völlig perplex an. »Na, das tät der Sterneder aber net so locker sehen.«

»Onkel Tobias ist ein Einzelgänger«, erklärte Julia ungewohnt milde. »Aber deswegen müssen ja net alle so sein.«

»Na, dann nimm dich selber auch mal an der Nase«, schlug Hilde burschikos vor. »Ehrlich, Julia! Du wirst von Tag zu Tag hübscher, und ich freu mich so darüber! Es wär doch wirklich g'lacht, wenn sich net bald einer …«

»Hilde!«, mahnte Julia mit einem halben Lächeln. »Du weißt, dass das net so leicht ist.«

»Nix ist leicht, wenn mans sich schwer macht«, brummte Hilde und schloss den Kofferraum auf. »Das meint übrigens auch der Valentin.«

Julia hob ihre Einkäufe in den Kofferraum und presste die Lippen zusammen.

»Was ihr zwei meint, ist mir wurscht«, erwiderte sie ärgerlich. »Komm, steig ein, sonst sind wir zum Füttern net daheim. Und kochen muss ich auch noch was.«

»Bei der Hitz tut es auch ein kaltes Nachtmahl«, meinte Hilde ungnädig.

»Ja, aber der Onkel …«

»Sei mir net bös«, unterbrach Hilde nun ungeduldig, »der Sterneder wird net gleich sterben, wenn er eine saure Wurst essen muss.«

Julia seufzte und startete das Auto. »Saure Wurst und neue Kleider. Ich hoff, es trifft ihn net gleich der Schlag, wenn er sieht, was ich gekauft habe.«

Hilde verbiss sich eine grobe Antwort. Der Sterneder war Julias Onkel, und wenn er damals nicht auf den Hof gekommen wäre, hätte Julia es nicht geschafft, ihr Erbe zu erhalten.

Aber das gab ihm noch lange nicht das Recht, sich so in Julias Leben einzumischen. Das fand zumindest Hilde Brunnbauer, das fand auch Valentin Schober, nur Julia selber schien immer noch sehr weit davon entfernt zu sein, das zu akzeptieren.

»Schwül ist es«, murmelte Hilde und ließ das Seitenfenster ganz herunter. »Es ist auch so dunstig! Ich denk, das gibt ein Gewitter.«

»Regen könnten wir schon brauchen«, nickte Julia. »Das Heu ist unter Dach, aber die Rüben und das Getreide trocknen langsam aus.«

»Ja, es wär schon gut, wenns wieder mal richtig regnen würde. Aber ich fürcht, da kommt net bloß der Regen allein.«

*

Die Nacht war schwül, die Luft stand unbewegt zwischen den Felswänden und legte sich wie eine Dunstglocke über das Dorf.

Julia stand am Fenster ihres Zimmers. Sie konnte nicht schlafen, und von den Ställen herüber hörte sie das unruhige Muhen der Rinder.

Lieber Gott, lass es endlich regnen, betete sie in Gedanken. Doch ihr Gebet wurde nicht erhört.

»Die Sonn kommt ja net einmal durch den Dunst«, beklagte sich Valentin beim Frühstück.

»Ich weiß net, so etwas hab ich schon einmal erlebt«, stöhnte Hilde. »Das schnürt einem ja die Luft ab.«

»Ja, es ist arg«, nickte Julia und schob das Kaffeehäferl von sich. »Ich glaub, ich lass den Kaffee kalt werden. Jetzt was Warmes trinken, das geht einfach net.«

Tobias Sterneder wischte sich den Schweiß von der Stirn. Er hatte am Vorabend ziemlich viel Schnaps getrunken und fühlte sich alles andere als wohl. Diese vermaledeite Schwüle legte sich wie ein feuchter Zementsack auf seine Brust und schien den letzten Atem aus ihm herauszupressen.

»Ist dir net gut?«, fragte Julia, als Tobias plötzlich röchelte.

»Gut?«, schnaufte der Sterneder und riss sich das Hemd auf. »Ich erstick!«

»Bleib ganz ruhig«, sprach Julia auf ihn ein. »Komm, leg dich auf das Sofa, ich bring dir was Kaltes zum Trinken.«

Tobias taumelte zum Sofa und ließ sich darauf fallen. Draußen zuckte es gelblich durch den Dunst, und ganz von fern war leises Grollen zu hören.

»Jesus Maria«, murmelte Hilde und bekreuzigte sich schnell. »Das gibt ein Unwetter.«

»Ich geh in den Stall und schau nach dem Vieh«, meinte Valentin besorgt. »Bei so einem Wetter weiß man nie, ob net der Stier narrisch wird.«

»Pass bloß auf«, bat Hilde mit blassen Lippen. »Wenn der sich losreißt…!«

»Ich geh mit!« Hubert sprang auf und folgte Valentin, der schon bei der Tür war.

Hilde sagte nichts mehr, aber ihre Lippen bewegten sich wie in einem verzweifelten Gebet. Damals, als Erich abgestürzt war, hatte es auch so ein Unwetter gegeben. Aber die Bergrettung hatte ausrücken müssen, um ein paar vermisste Urlauber zu suchen.

Julia griff nach ihrem Arm. »Hilde, es passiert schon nix. Die zwei gehen bloß rüber in den Stall.«

»Ja, bloß rüber in den Stall. Mein Gott, es ist genauso wie damals.«

»Ich krieg keine Luft!«, kam es röchelnd vom Sofa herüber.

»Jessas, der Sterneder«, fuhr Hilde auf. »Den trifft glatt der Schlag!«

»Gar nix trifft mich«, schnaufte Tobias. »Gib mir sofort einen Schnaps!«

Hilde sah Julia an, und Julia nickte. »Gib ihm einen, im Moment kann das sogar helfen.«

Mit zitternden Fingern goss Hilde den Schnaps in ein Stamperl und gab es Tobias.

Julia öffnete alle Fenster in der Stube und zündete dann die geweihte Kerze auf der Kommode an.

Tobias stürzte den Schnaps hinunter und sank wieder zurück auf das Sofa. Er atmete schwer, aber es schien ihm besser zu gehen.

»Noch einen«, verlangte er mit schwerer Zunge, und Hilde tat ihm den Gefallen. Sie fand, dass ein betrunkener Sterneder immer noch besser war als ein randalierender.

Ein Luftzug ließ das Licht der Kerze flackern, und Julia atmete auf. Endlich bewegte sich etwas, der Dunst wurde von einem lauen Wind zerstreut, aber der Wind wurde stärker und trieb schwere, dunkle Wolken vor sich her.

Eine Weile ließ Julia die Fenster noch offen stehen. Es tat gut, endlich wieder freier atmen zu können.

Hilde gab dem Sterneder klammheimlich noch einen Schnaps, den er wieder in einem Zuge hinunterkippte.

Julia stand wie festgenagelt an einem offenen Fenster und sah in den Himmel.

Die bleigrauen Berggipfel tauchten nur noch schemenhaft zwischen den immer dichter werdenden, jagenden Wolken auf und verschwanden schließlich ganz. Gelbes Gelichter geisterte durch das Dunkel der Wolkenwand, der Wind wurde stärker und frischte auf.

Hilde lief aus der Stube, um überall die Fenster zu schließen, und bevor die Tür hinter ihr zufiel, blies der Luftzug die Kerze aus.

Julia holte tief Luft, dann schloss sie die Fenster und zündete die Kerze wieder an. Draußen auf dem Flur hörte sie Schritte. Valentin und Hubert waren wieder da, und das beruhigte sie.

Plötzlich, als hätte sich eine Schleuse geöffnet, begann es zu regnen. Der Wind peitschte den Regen prasselnd gegen die Fensterscheiben, ein Blitz zuckte auf, und Julia wich vom Fenster zurück.

»Wo ist die Mama?«, fragte Hubert verängstigt.

»Weiß net, wahrscheinlich macht sie alle Fenster dicht«, erwiderte Julia und warf einen Blick auf das Sofa. Onkel Tobias war eingeschlafen und schnarchte.

Valentin trat neben sie. »Vielleicht ist es besser, wenn er das Unwetter gar net mitkriegt.«

Julia sah ihn dankbar an und zuckte zusammen, als ein Blitz die dunkle Stube taghell erleuchtete und gleich darauf ein gewaltiger Donnerschlag das Haus erzittern ließ.

Die Stubentür flog auf, und Hilde kam zitternd herein. »Jesus Maria und Josef, das ist ja noch ärger wie damals!«

Julia war plötzlich ganz ruhig. Sie war die Bäuerin vom Hauser-Hof, und zum ersten Mal konnte sie sich in einer Notsituation nicht auf ihren Onkel verlassen.

Sie stellte die Wetterkerze mitten auf den Stubentisch, nahm den geweihten Rosenkranz aus einer Schatulle auf der Kommode, legte ihn um die Hände und setzte sich.

Es bedurfte keiner Worte, die anderen setzten sich auch an den Tisch und beteten mit der jungen Bäuerin, während draußen das Unwetter tobte.

Julia erkannte in dieser Stunde, dass nur sie die Verantwortung für ihr Erbe trug. Sie erkannte, dass sie endlich stark genug war, um den tragischen Tod ihrer Eltern zu verkraften, und auch stark genug, um die Schwächen von Onkel Tobias zu sehen.

»Heilige Maria, Mutter Gottes, bitte für uns, jetzt und in der Stunde…«

Julia brach das Gebet abrupt ab, und auch die anderen hoben den Kopf. Da hämmerte jemand gegen die Haustür!

Valentin sprang auf. »Ich schau nach, ihr bleibt da!«

Julia stand auf und ließ den Rosenkranz auf den Tisch gleiten.

»Valentin, wenn jemand auf dem Hauser-Hof Schutz sucht, dann ist das meine Sache. Aber es wär schon gut, wenn du mit mir zur Tür gehst.«

In den Augen des Knechtes blitzte Anerkennung und etwas wie Stolz auf. War Julia endlich bewusst geworden, dass sie – und nur sie – die Bäuerin hier war?

Das Hämmern an der Tür wiederholte sich, und Julia hatte es nun eilig. Draußen tobte noch immer das Gewitter, der Wind peitschte den Regen vor sich her, und als sie die schwere Haustür öffnete, stand ein völlig durchnässter Mann vor ihr.

»Entschuldigung, aber ich bin mit meinem Auto hängen geblieben. Und das war das nächste Haus.«

Julia stand wie vom Donner gerührt, als sie in die Augen dieses jungen Mannes sah.

Valentin aber handelte. Er zog den Fremden in den Flur und schloss die Tür ab. Dann stieß er Julia etwas grob in die Seite.

»Bäuerin, ich mein, da ist jemand, der deine Hilfe braucht!«

*

Julia zucke zusammen. Es war das erste Mal, dass Valentin sie nicht beim Vornamen genannt hatte. Ihr schlanker Körper straffte sich.

»Valentin, kümmere dich um unseren Gast. Er braucht zuallererst trockene Sachen, und dann kommt bitte in die Stube.«

Der Fremde lächelte, obwohl er vor Kälte zitterte. »Mein Name ist Gregor Brandtner, und ich wohne derzeit bei den Braunecks im Schlössl. Aber bis dahin hats mein Wagen nimmer geschafft.«

Julia erwiderte das Lächeln, das sie seltsam anziehend fand. »Auf dem Hauser-Hof lassen wir niemanden im Stich, der Hilfe braucht. Geh nur mit dem Valentin, du musst aus den nassen Sachen raus.«

Gregor nickte. Er wandte sich nur ungern ab, denn diese junge Bäuerin faszinierte ihn. Die dunklen Augen, das schwarze Haar, das im Nacken von einer Spange zusammengehalten wurde, und die schlanke und doch kräftige Gestalt hatten es ihm sofort angetan.

Julia spürte seinen Blick, als sie zurück in die Stube ging, und ein angenehmes Kribbeln ging durch ihren Körper. Was war das nur? Warum ging ihr dieser fremde Mann so unter die Haut?

Valentin hatte den Blickwechsel der beiden bemerkt und verkniff sich ein Lächeln.

»Komm«, forderte er Gregor auf, »du holst dir den Tod in den nassen Sachen. Ich glaub, von mir wird dir schon was passen.«

»Ja danke«, murmelte Gregor abwesend. Hatte es sein müssen, dass sein Wagen plötzlich da unten auf dem verschlammten Güterweg hängen geblieben war?

Valentin ließ ihm nicht viel Zeit zum Nachdenken. Er versorgte Gregor mit trockener Wäsche und fand auch eine Hose, die dem jungen Mann passen konnte. Ein leichtes Hemd und ein Pullover vervollständigten Gregors Ausstattung, und er fühlte sich nun behaglich und warm.

»Komm, wie ich die Bäuerin kenne, hat sie sicher schon Tee aufgebrüht.« Valentin hielt dem Gast die Tür auf, ging dann aber voraus.

»Sag mal, hat die Bäuerin auch einen Namen?«, fragte er, als sie vor der Stubentür angekommen waren.

»Sie heißt Julia«, gab Valentin bereitwillig Auskunft. »Julia Hochhauser, aber jetzt komm.«

»Julia«, murmelte Gregor und folgte Valentin in die Stube.

Der Tisch war gedeckt, frisch aufgebrühter Tee dampfte in der Kanne, und Hilde hatte Kuchen geholt.

»Das ist Gregor«, stellte Julia den Gast einfach nur mit dem Vornamen vor. »Ich denk, heißer Tee kann uns allen jetzt net schaden.«

Gregor setzte sich an den Tisch, doch dann fiel ihm etwas ein. »Ich hab mein Handy im Auto liegen lassen. Könnt ich, bitt schön, bei euch telefonieren? Die Braunecks machen sich sicher Sorgen, man hat ja net ahnen können, dass es so ein Unwetter geben wird.«

Das Telefon stand in der Stube auf der Kommode, und Gregor fasste sich kurz. Dann genoss er den heißen Tee und den köstlichen Kuchen, und er konnte kaum den Blick von Julia wenden.

Auch Julia hatte große Mühe, Gregor nicht immer anzusehen. Sie fühlte sich zu diesem Manne derart hingezogen, dass sie nach einer Ausrede suchte, um die Stube verlassen zu können.

»Ich muss mich um das Essen kümmern.«

»Gar nix musst du«, wehrte Hilde sofort ab. »Das mach ich, ich kann ja sowieso nix anderes tun.«

»Aber das Vieh muss noch gefüttert werden«, versuchte es Julia noch einmal, doch sie hatte wieder kein Glück.

»Das machen der Hubert und ich«, erbot sich Valentin und verzog das Gesicht, als vom Sofa her ein lauter Schnarcher kam. »Aber zuerst bringen wir den Sterneder in seine Wohnung. Mit dem ist sowieso noch ein paar Stunden nix anzufangen.«

Gregor bemerkte erst jetzt den schlafenden Mann auf dem Sofa. Er sah auch, wie Julia verlegen die Lippen zusammenpresste und Valentin zunickte.

»Ist er krank?«, fragte er vorsichtig.

»So ungefähr«, antwortete Valentin für Julia. »Das Unwetter hat ihn ein bisserl erschreckt. So, Sterneder, aufstehen, du schläfst dich besser in deiner Wohnung aus!«

Tobias widersetzte sich zuerst, grummelte ein paar Schimpfworte, doch gegen Valentin und den Buben kam er nicht an. Sie schleppten ihn mehr aus der Stube, als er selber ging.

»Ich kümmere mich um das Essen«, meinte Hilde und verschwand in der Küche.

»Du bist beim Baron zu Besuch?«, fragte Julia, nur um irgendetwas zu sagen.

Gregor sah sie an, und in seinen grauen Augen lag grenzenlose Bewunderung.

»Ja, ich hab eine Zeit lang im Gestüt zu tun, weil ich vom Baron viel lernen kann.«

»Lernen?«

Gregor lächelte. »Ich hab vor Kurzem Vaters Haflingerzucht in Imst übernommen und möcht vom Baron einen Zuchthengst kaufen. Mein Vater und der Baron sind alte Freunde, deswegen kauf ich lieber bei ihm, weil so was schon auch Vertrauenssache ist.«

Julia nickte. »Die Haflingerzucht vom Baron Brauneck ist berühmt. Der verkauft dir sicher einen guten Hengst.«

»Ich hoff es! Von so einem Hengst hängt schon recht viel ab.«

Julia blickte zum Fenster. Der Sturm hatte nachgelassen, aber es regnete immer noch in Strömen.

»Hoffentlich hat das Unwetter beim Getreide keinen großen Schaden angerichtet«, murmelte sie.

»Du bist ganz allein auf dem Hof?«, fragte Gregor. »Ich mein, es gibt keinen Bauern?«

Julia lächelte wehmütig. »Nein, es gibt keinen Bauern auf dem Hauser-Hof. Meine Eltern sind vor zehn Jahren verunglückt, aber mein Onkel unterstützt mich.«

Gregor war sehr erleichtert über diese Auskunft. Anscheinend gab es keinen Mann in Julias Leben. Er sah aber auch den nagenden Schmerz in ihren Augen, als sie auf die beiden Fotos im Herrgottswinkel blickte.

»Julia, wenn ich dir helfen kann …«

Sie schüttelte sofort abwehrend den Kopf. »Ich glaub, jetzt brauchst du erst mal Hilfe. Wenn der Regen nachlässt, soll Valentin deinen Wagen mit den Traktor abschleppen.«

»Ich glaub, so lang kann ich net bleiben«, wandte Gregor halbherzig ein.

»Aber ja«, ließ Julia den Einwand nicht gelten. »Es soll mir niemand nachsagen, dass ich net gastfreundlich bin.«

*

Der Regen ließ kaum nach, und Gregor rief noch einmal im Schlössl an. Er bat darum, ihn auf dem Hauser-Hof abzuholen, denn er konnte ja nicht gut den ganzen Tag hierbleiben.

»Valentin kriegt deinen Wagen schon wieder flott«, versprach Julia beim Abschied. »Wir stellen ihn bei uns ein, du kannst ihn jederzeit holen.«

»Das tu ich gleich morgen«, versprach Gregor und widerstand der Versuchung, Julia ein Busserl zu geben. Er hatte schon bemerkt, dass sie sehr scheu war, und auch das gefiel ihm an ihr.

»Außerdem muss ich Valentin seine Sachen wieder zurückgeben.« Er sah an sich herab und lächelte. Die Hosen waren ihm zu kurz, das Hemd in den Schultern ein wenig zu eng, und der Pullover reichte gerade über den Hosenbund.

»Valentin ist halt ein bisserl kleiner als du«, meinte Julia. »Aber in der Not ist man mit allem zufrieden.«

»So ist es. Bis morgen, Julia!«

»Bis morgen, Gregor!« Sie hob winkend die Hand, als der Wagen vom Schlössl den Hauser-Hof verließ.

»Du, der Gregor ist schon ein fesches Mannsbild«, bemerkte Hilde wohlwollend, als Julia zurück in die Stube kam.

»Ja, fesch ist er«, gab die junge Bäuerin zu. »Aber er wird net lang hierbleiben.«

»Ah ja, er hat ja eine Haflingerzucht in Imst«, nickte Hilde. »Aber Imst ist ja wirklich net aus der Welt.«

Julia lächelte. »Hilde, ich hör deine Gedanken direkt! Schlag dir das aus dem Kopf, ich kenn den Gregor doch überhaupt net.«

»Was net ist, kann noch werden«, murmelte Hilde und ging an ihre Arbeit.

Julia setzte sich an den Stubentisch und sah auf die Bilder ihrer Eltern. Ob ihnen Gregor wohl gefallen würde?

»So ein Schmarrn«, schimpfte sie sich selber aus. Was war nur los mit ihr! Gregor war im Schlössl zu Gast, er wollte einen Zuchthengst vom Baron kaufen und dann wieder zurück nach Imst fahren. Ob er jemals wieder nach St. Christoph kam, stand in den Sternen!

Die Stubentür flog auf, und Tobias Sterneder stolperte in die Stube.

»Ah, da bist ja«, knurrte er. »Ich hab einen Brummschädel, und im Magen ist mir ganz flau. Koch mir eine Rindssuppe, die bringt mich wieder auf die Beine.« Er ließ sich schwer auf das Sofa fallen. »Was ist? Warum schaust du denn so komisch?«

»Ich hab keine Rindssuppe, Onkel Tobias«, erklärte Julia leise, aber bestimmt.

»Dann mach halt eine«, fuhr er auf.

»Ich kann nix dafür, wenn du dich sinnlos betrinkst«, erwiderte Julia kühl. »Vom Mittagessen sind noch Tiroler Knödel übrig, und Sauerkraut ist auch noch da. Das kann ich dir warm machen.«

Tobias sah seine Nichte mit zusammengekniffenen Augen an. Irgendetwas war anders, das spürte er. Und er spürte auch, dass er jetzt vorsichtig sein musste, wenn er sein Ziel erreichen wollte.

»Na, von mir aus«, brummte er, »dann mach mir halt das warm.«

Julia ging in die Küche. War Onkel Tobias immer schon so gewesen? Er trank wieder häufiger, aber seine Art hatte sich dadurch nicht sehr geändert.

Julia war, als würde sie ihren Onkel gar nicht

richtig kennen. Ihr fiel erst jetzt seine herrische Art auf. Er benahm sich so, als hätte er hier das Sagen. Dabei war er eigentlich nur ihr Verwalter.

Der tut so, als wär er hier der Bauer.

Diese Worte hatte sie schon oft gehört, entweder von Valentin oder von Hilde. Und in letzter Zeit auch von Hubert, der sich mit seinen zwölf Jahren nicht mehr alles von Tobias gefallen ließ.

Was war geschehen, dass diese Worte erst jetzt in ihr Bewusstsein drangen?

Erst Dr. Burgers Bemerkung, dass sie hübsch war. Sie hatte sich nie für hübsch gehalten, der Onkel hatte immer gesagt, sie wäre keine Frau, von der die Männer träumen.

Aber Gregor hatte sie heute angesehen, als würde sie ihm gefallen. Sehr gefallen!

Wollte ihr der Onkel wirklich nur jeden Mann vergraulen, damit kein junger Bauer auf den Hof kam? Hatte Hilde mit dieser Behauptung recht?

Julia legte zwei Knödel in das kochende Wasser und zog den Topf mit dem Sauerkraut an den Herdrand. Das Kraut musste nicht mehr kochen, es langte, wenn es warm blieb.

Sie tat und überlegte das alles automatisch, ohne wirklich zu wissen, was sie tat. In ihrem Kopf kreisten so viele Gedanken, die völlig neu für sie waren.

Gregor Brandtner. Dieser Name hatte sich fest in ihrem Hirn eingebrannt, sie konnte an gar nichts anderes mehr denken als an Gregor.

Wie er sie angesehen hatte! So viel Bewunderung und Wärme hatte sie noch nie in Männeraugen gesehen. Und sie fühlte wieder dieses aufregende und doch angenehme Kribbeln.

Morgen wollte Gregor seinen Wagen bei ihr abholen, sie würde ihn wiedersehen!

Dieser Gedanke zauberte ein Lächeln auf ihre schön gezeichneten Lippen. Und dieses Lächeln lag auch in ihren Augen, als sie ihrem Onkel das Essen in die Stube brachte.

Tobias Sterneder war zu sehr mit seinem Kater beschäftigt, als dass ihm aufgefallen wäre, welch gravierende Veränderungen in den letzten Stunden mit seiner Nichte vorgegangen waren. Ihm passte nur der Ton nicht, den sie plötzlich anschlug.

Der Sterneder zwang sich zum Essen, er musste wieder ganz nüchtern werden, und er musste seinen Schnapskonsum in nächster Zeit reduzieren. Julia wurde aufmüpfig, und das musste sofort unterbunden werden.

»Wo ist der Valentin?«, fragte er barsch.

»Valentin? Hubert und er sind mit dem Traktor unterwegs, sie müssen ein stecken gebliebenes Auto abschleppen.«

Tobias starrte Julia entgeistert an. »Das ist jetzt aber net dein Ernst.«

Sie hielt seinem Blick stand, und immer noch lag dieses glückliche Lächeln in ihren Augen.

»Das ist schon richtig so. Ich glaub, es ist dir entgangen, dass wir ein grobes Unwetter gehabt haben.«

Tobias senkte den Blick. Von einem Unwetter hatte er tatsächlich nichts mitbekommen. Er konnte sich an überhaupt nichts mehr erinnern, was an diesem Tag passiert war.

»Dass mir da aber keine neuen Sitten eingeführt werden«, brummte er und aß weiter.

»Das kannst du ruhig mir überlassen«, erwiderte Julia und ging zurück in die Küche.

*

»Ach du lieber Gott, wie schaust denn du aus!« Baronin Christine von Brauneck sah Gregor belustigt an. »Bist so nass geworden, dass die Hosen eingelaufen sind?«

Gregor lachte. »So ungefähr, Tante Christine. Entschuldige, ich zieh mich erst mal um.«

Christine nickte lächelnd. Sie mochte Gregor sehr, und obwohl sein Vater nur ein guter Freund von ihrem Mann, Baron Markus, war, nannte er sie »Tante«.

Das hatte sich so ergeben, als Gregor zum ersten Mal mit seinen Eltern hier auf dem Schlössl gewesen war. Damals war er ein sehr aufgeweckter Bengel von siebzehn Jahren gewesen.

»Die Zeit vergeht«, murmelte die Baronin. »Jetzt ist der Kerl schon zweiunddreißig!«

»He, Mama, redest du am End mit dir selber?« Thomas von Brauneck war in das Wohnzimmer gekommen und sah seine Mutter kritisch an. »Muss ich mir Sorgen machen?«

»Nein«, erwiderte die Baronin auflachend. »Aber du hättest Gregor sehen sollen! Anscheinend hat ihn das Unwetter überrascht, und er hat sich von irgendjemandem Kleidung geborgt.«

»Wohl nicht ganz passende, wie ich vermute«, meinte Thomas gutmütig und setzte sich zu seiner Mutter. »Ich komm grad von den Pferden, es hat sich alles wieder beruhigt.«

»Das ist gut. Wie gehts Darius? Gregor will den Hengst ja kaufen, da sollte nichts passieren.«

»Ach, Darius war bloß ein bisserl nervös. Papa hat ihm Einzelhaft verordnet, aber das passt ihm gar nicht.«

»Wem passt das schon«, seufzte Christine auf. »Sag mal, weißt du, wo Uli steckt?«

»Ja, bei Fillis Pony. Sie hat ja hoch und heilig versprochen, auf Pedro aufzupassen. Und bei dem Unwetter hätte er fast seinen Stall zerlegt.«

Christine nickte. Ihre kleine, gerade sechsjährige Tochter Ulrike und Dr. Martin Burgers Sohn Philipp waren dicke Freunde. Und als Filli ein Pony geschenkt bekommen hatte, wurde es bei den Braunecks auf dem Gestüt untergebracht.

Es war Ulis Aufgabe, das Pony zu betreuen, und die kleine Baronesse nahm diese Aufgabe sehr ernst!

»Mama, ich zieh mich schnell um«, unterbrach Thomas ihre Gedanken. »Eine Dusche würd auch nicht schaden. Das Unwetter heute war nicht grad ohne.«

»Lass dir Zeit, bis zum Abendessen dauert es noch ein bisserl. Papa kommt erst gegen sechs Uhr, er hat noch mit dem Förster zu reden.«

»O Gott, Holzbruch wirds wieder genug geben«, seufzte Thomas auf und lief aus dem Wohnzimmer.

Baronin Christine ging an die Hausbar und schenkte sich einen Martini ein. Sie dachte jetzt nicht an das Unwetter, und während der Regen immer noch gegen die hohen Fenster klopfte, wanderten ihre Gedanken zurück in die Vergangenheit.

Die ersten Jahre ihrer Ehe mit Baron Markus von Brauneck waren sehr glücklich gewesen. Sie waren gleich in das kleine Barockschlössl mit den leuchtend gelben Fassaden gezogen. Das Schlössl gehörte den Braunecks, deren Chef nun Baron Markus war.

Christine hatte nicht viel Ahnung gehabt, wie groß der Besitz ihres Mannes war. Ihm gehörte ein Großteil der weitläufigen Wälder, und er betrieb deshalb auch ein Sägewerk, das vielen Dörflern Arbeit gab.

Ein Hobby des Barons war die Haflingerzucht, und auch die gedieh prächtig. Und dann hatte Baron Markus noch eine Likörfabrik in Jenbach geerbt, die sehr viel einbrachte.

An Geld hatte es im Schlössl nie gemangelt, dennoch hatte das private Glück eine Zeit lang auf der Kippe gestanden. Ihre Ehe war in eine Krise geraten, als das Wunschkind ausblieb.

Nach der dritten Fehlgeburt hatte Baronin Christine die Hoffnung auf ein eigenes Kind aufgegeben, und Baron Markus hatte sich in immer neue Affären gestürzt. Christine hatte sich am Ende ihrer Ehe gesehen, doch da war eine Cousine des Barons verunglückt und hatte einen kleinen Buben hinterlassen: Thomas.

Gunda hatte nie preisgegeben, wer der Vater des Buben war, und so hatte Thomas auf einmal völlig alleine dagestanden.

Für Baron Markus war es keine Frage gewesen, den Buben zu sich aufs Schlössl zu nehmen, und Christine hatte endlich eine Aufgabe als Mutter gehabt.

Der Baron hatte seine Verantwortung ernst genommen. Es hatte keine Affären mehr gegeben, und er hatte sich wieder mehr seiner Frau gewidmet.

Thomas war gerade zwölf Jahre alt, als dann das Wunder geschah: Christine war wieder schwanger geworden. Und diesmal war – dank Dr. Burgers Unterstützung – alles gut gegangen. Überglücklich hatte sie einem süßen Madel das Leben geschenkt.

Baron Markus trug seine Frau seit diesem Tag regelrecht auf Händen. Er vergötterte seine kleine Tochter, aber Thomas vernachlässigte er deshalb nie. Er und Christine hatten ihn längst adoptiert und zu Markus' Nachfolger bestimmt.

Jetzt arbeitete Thomas als Volontär auf dem Gestüt. Nach der erfolgreich bestandenen Matura wollte er erst einmal ein Jahr Praxis machen, bevor er sich zu einem Studium entschloss.

Baronesse Ulrike von Brauneck liebte ihren Bruder sehr, und Thomas vergötterte sie geradezu. Er überwachte ihren Reitunterricht, und wenn die Burger-Kinder kamen, übernahm er auch deren Reitunterricht.

Baron Markus war ein liebevoller, wenn auch

manchmal strenger Vater geworden. Seine Frau trug er nach wie vor auf Händen, und im Schlössl war nach turbulenten Jahren längst wieder das Glück eingekehrt.

»Es muss etwas sehr Schönes sein, woran du jetzt denkst.«

Baronin Christine fuhr herum. Sie hatte Gregor, der ins Wohnzimmer getreten war, nicht gehört.

»Ah Gregor! Wieso kommst du darauf?«

»Du lächelst so innig«, erwiderte er und ging zur Hausbar, um sich einen Cognac zu holen.

»Ich hab gerade darüber nachgedacht, wie glücklich wir hier geworden sind. Und dass man das Glück nicht als etwas Selbstverständliches betrachten soll.«

Gregor nickte. »Ja, wenn es einem begegnet, sollte man es festhalten.«

»Du sagst das so, als wäre dir das Glück schon begegnet.«

»Richtig«, bestätigte Gregor und setzte sich. »Hör zu, Tante Christine, ich muss dir was erzählen …«

*

Tobias Sterneder erwachte am nächsten Morgen frisch und ausgeruht. Julias Art gefiel ihm nicht, und er wollte gleich etwas dagegen tun, bevor ihm die liebe Nichte vielleicht noch über den Kopf wuchs.

»Wem g'hört denn der Angeberschlitten, der seit gestern bei uns steht?«, fragte er grob, als er sich zum Frühstückstisch setzte.

»Wieso interessiert dich denn das?«, fragte Julia kühl, und Hilde warf ihr einen anerkennenden Blick zu.

»Ja, Himmelkreuzdonnerwetter noch mal!«, fuhr der Sterneder auf und ließ die Faust auf die Tischplatte krachen. »Ich will wissen, was auf meinem Hof g'schieht!«

Julias dunkle Augen blitzten auf. »Auf *deinem* Hof? Onkel Tobias, der Hof gehört mir, du bist hier der Verwalter.«

Das Gesicht des Onkels lief rot an. »Komm schnell wieder runter von deinem hohen Ross! Wenn ich net g'wesen wär, hättest du den Hof net lang halten können.«

»Dafür bin ich dir auch dankbar«, lenkte Julia ein. »Aber der Bauer auf dem Hauser-Hof bist du deswegen net.«

Der Sterneder sah ein, dass er zu weit gegangen war. »Also, wem g'hört das Auto?«

»Gregor Brandtner«, erwiderte Julia und konnte nicht verhindern, dass sie ein klein wenig rot wurde. »Er holt den Wagen heut wieder ab. So lang bleibt er halt da stehen.«

»Gregor ist mit dem Auto gestern unten auf dem Güterweg stecken geblieben«, erklärte nun Valentin. »Vielleicht erinnerst du dich, dass es gestern ein rechtes Unwetter gegeben hat.«

Tobias schenkte sich Kaffee nach. »Hast du schon g'schaut, ob es viel Schaden beim Getreide gibt?«

»Ja, wann denn!«, fuhr Valentin auf. »Der Regen hat erst heut früh aufgehört, und der Boden ist weich!«

»Es langt, wenn wir nach der Stallarbeit nachschauen«, entschied Julia. »Wenns wirklich einen Schaden gegeben hat, dann wird der auch net kleiner, wenn wir gleich losrennen.«

»Und du willst eine Bäuerin sein«, spottete der Onkel, aber sein Spott prallte an allen ab.

Mürrisch beendete er sein Frühstück und sah dann Julia streng an. »Ich hab mit dir zu reden.«

»Ja? Um was gehts denn?«, fragte sie und überließ es Hilde, den Tisch abzuräumen.

»Ich will allein mit dir reden!«

»Valentin, geh doch schon in den Stall, ich komm gleich nach«, bat Julia gefasst. »Hilde, du hast sicher in der Küche was zu tun.«

Tobias Sterneder grinste zufrieden. Na also, Julia war wieder in der richtigen Spur, er durfte nur die Zügel nicht locker lassen.

»Es geht net an, dass ich als Verwalter des Hofes keinen Zugang zu den Konten hab«, verkündete er streng, als er mit Julia allein war.

»Wieso? Das ist doch so immer noch gut gelaufen«, gab Julia zurück.

»Madel, es geht auch um mein Ansehen!«

»Ah ja«, nickte sie und verschränkte die Arme vor der Brust. »Onkel Tobias, in letzter Zeit hast du sehr viel getrunken. Hast du am End Schulden gemacht?«

Der Sterneder starrte sie betroffen an. Himmel, das Gespräch verlief ja ganz anders, als er es vorgehabt hatte! Und woher wusste Julia …

»Schulden?«, fragte er verächtlich, doch er konnte

Julia nicht ansehen. »Wie soll denn ich zu Schulden kommen!«

»Na ja, ich zahl dir zwar ein hohes Gehalt, aber Schnaps ist halt auch net grad billig. Wir brennen selber ja keinen.«

»Ja, weil du net willst«, brauste er wütend auf.

»Onkel, du weißt genau, dass wir zu wenig Edelobst zum Brennen haben. Und das Mostobst brauchen wir eben für den Most!«

»Ist ja auch wurscht«, lenkte Tobias ab. »Als Verwalter hab ich das recht, an das Geld ranzukommen. Was ist, wenn ich ganz schnell eine neue Maschine kaufen muss?«

»Ich versteh dich net«, winkte Julia ab. »Eine neue Maschine kauft man net in einer halben Stunde. Ich sag dir ein für alle Mal, das Geld vom Hauser-Hof verwalte ich und nur ich allein. Da kannst du noch drei Stunden reden, es wird net anders.«

»Das ist also der Dank für meine Hilfe«, murmelte Tobias betroffen. Er unterdrückte seine Wut nur mühsam, doch er hielt es für besser jetzt nicht aufzubrausen.

»Ich werd dir immer dankbar sein«, erwiderte Julia ernst. »Aber der Hof ist nun mal das Erbe meiner Eltern, und das verwalte ich selber.«

»Du traust mir net?«, versuchte es der Sterneder mal andersrum, aber Julia hörte gar nicht mehr hin. Sie hatte durch das Stubenfenster den Wagen erkannt, der Gregor gestern abgeholt hatte.

»Julia, was ist denn los?«

Sie beachtete den Onkel nicht und lief aus dem

Haus. Sie sah nur Gregor, der den Wagen gerade wegschickte.

»Gregor!«

Er wandte sich um und sah Julia vor der Haustür stehen. Seine Augen leuchteten auf, als er auf sie zukam.

»Julia! Beinah hab ich schon gemeint, ich hab nur von einer guten Fee geträumt. Aber es gibt dich wirklich.«

»Gregor, du machst mich verlegen«, wehrte sie ab, aber ihre Augen strahlten. »Valentin hat deinen Wagen aus dem Schlamm gezogen und hergebracht.«

»Danke! Hier sind seine Sachen, gewaschen und gebügelt!«

Julia lachte. »Gewaschen ist dein Auto auch, aber das Bügeln haben wir net geschafft.«

Gregor sah sie an. Wie schön Julia doch war! Ihr schwarzes Haar glänzte, und die braunen Augen leuchteten. Er musste schlucken.

»Sag mal, hast du heut Abend Zeit?«

»Ja sicher«, gab sie erwartungsvoll zurück.

»Ich möchte mich für deine Gastfreundschaft bedanken und dich zum Abendessen einladen.«

Sie lächelte. »Gastfreundschaft ist bei uns etwas, für das man net zahlen muss, und bedankt hast du dich schon recht oft!«

»Darf ich dich trotzdem zum Essen einladen?«, ließ Gregor nicht locker.

»Ja«, gab sie glücklich nach. »Um halb acht?«

»Um halb acht, ich hol dich ab, ja?«

»Gut, dann bis heut Abend.«

Er nahm ihre Hand und hauchte einen leichten Kuss darauf. »Bis heut Abend, Julia.«

*

Das Gefühl, dass ein arbeitsreicher Tag so gar nicht vergehen wollte, hatte Julia bis jetzt nicht gekannt. Sie sah immer wieder auf die Uhr, doch die Zeit verging deshalb nicht schneller.

Nach dem Mittagessen fuhr sie mit Valentin hinaus auf die Felder. Der Boden war weich vom heftigen Regen, aber der Schaden beim Getreide hielt sich in Grenzen.

»Ach, das schafft der Mähdrescher schon«, meinte Valentin zuversichtlich. »Und wenns jetzt noch ein paar Tage schön ist, dann stehen die Halme wieder auf. Sind ja net abgebrochen, sie liegen bloß.«

Julia sah lächelnd über die Felder hinweg in die Richtung, wo das Schlössl lag. Was wohl Gregor jetzt machte?

»Sag mal, hörst du mir überhaupt zu?« Valentin stieß sie leicht mit dem Ellbogen an, und Julia zuckte zusammen.

»Was hast du g'sagt?«

»Dass wir trotz allem eine gute Ernte haben werden. Was ist denn los mit dir?«

»Valentin, ich bin heut zum Nachtmahl net da.«

»Aha.« Der Knecht schob den unvermeidlichen Strohhut in den Nacken und kratzte sich an der Stirn. »Das wird dem Sterneder aber gar net recht sein.«

»Da kann ich ihm auch net helfen«, erwiderte

Julia seufzend. »Ich glaub, ich muss ihn auch net um Erlaubnis bitten.«

»Ganz und gar net«, lachte Valentin auf. »Aber sag, wohin gehst du denn?«

»Gregor hat mich eingeladen. Wohin, das weiß ich noch net, aber ich glaub, wir werden beim Ochsenwirt essen.«

Valentin grinste verschmitzt. »Der Brandtner ist schon ein fescher Bursch. Und wie der dich gestern immer ang'schaut hat! Julia, ich mein, da könnt was draus werden!«

»Aber geh«, wehrte sie ab, und das Blut schoss ihr in die Wangen. »Gregor hat in Imst eine Haflingerzucht, er ist nur eine Weile in St. Christoph.«

»Na ja, es ist schon so mancher dageblieben«, meinte Valentin gutmütig.

»Hör auf! Nur weil mich der Gregor eingeladen hat, musst du net gleich auf blöde Gedanken kommen!«

»So blöd wär der Gedanke aber gar net.«

»Valentin, Gregor ist einfach nur dankbar, weil er gestern bei uns untergekommen ist. Wenn er in der Nähe eines anderen Hofes hängen geblieben wäre, hätt er halt jemand anderen eingeladen.«

»Ist er aber net«, stellte Valentin trocken fest. »Vielleicht war das Schicksal?«

»Geh, red net so blöd«, fuhr Julia auf. »Komm jetzt, wir können net den ganzen Nachmittag das Getreide anschauen.«

Valentin grinste. Julia war verliebt! Das hatte er gestern schon vermutet, aber jetzt war er ganz sicher. Und dass der Brandtner auch ein Auge auf Julia geworfen hatte, das war dem ja sehr deutlich anzusehen.

»Julia«, er hielt sie am Arm zurück und sah sie ernst an. »Lass dir diesmal nix vom Sterneder dreinreden, hörst du?«

»Wie meinst du das?«

»Na ja, es wär ja net das erste Mal, dass er dir einen ernsthaften Heiratskandidaten vergrault.«

»Heiratskandidaten!«, lachte Julia auf. »Valentin, du spinnst! Ich kenn Gregor doch erst seit gestern.«

»Manchmal weiß man vom ersten Augenblick an, dass es richtig ist«, murmelte der Knecht. »Dann sollt man halt net lang rumtun und einfach zugreifen.«

»Valentin! Das klingt ja grad so, als hättest du Erfahrung damit!«

»Ja, hab ich, Julia«, gab er leise zu. »Es war vor fünfzehn Jahren, da wärs fast ernst geworden.«

Julia starrte ihn an, sagte aber nichts. Valentin war einmal der großen Liebe begegnet?

»Aber ich hab verzichtet«, fuhr er fort. »Ich hätt das Madel nur unglücklich gemacht. Sie hat ja einen Hoferben gebraucht.«

»Das versteh ich jetzt net«, erwiderte Julia kopfschüttelnd. »Ich mein, das wär doch kein Problem gewesen.«

Valentin lächelte müde. »Ich hab mit zwanzig Jahren den Mumps gehabt, mit allen Folgen. Seitdem kann ich keine Kinder mehr zeugen.«

»Valentin!« Julia griff nach seinen Händen und

drückte sie. »Ist das der Grund, warum du nie geheiratet hast?«

Valentin nickte. Ja, das war der Grund gewesen, warum er auf dem Hauser-Hof geblieben war. Allein, als etwas scheuer Einzelgänger.

»Und was ist mit der Hilde?«, fragte Julia behutsam. »Mach mir nix vor, ihr zwei mögt euch doch.«

»Ja, irgendwie schon«, gab er zu und entzog ihr seine Hände. »Aber sie weiß nix.«

»Dann sag es ihr«, empfahl Julia herzlich. »Valentin, die Hilde hat ja schon ein Kind. Und der Hubert hängt an dir!«

»Ja, der Bub ist mir gleich ans Herz gewachsen«, nickte Valentin und lächelte. »Julia, das bleibt aber unter uns, ja?«

»Ja sicher! Aber du redest mit der Hilde, wenn es sich ergibt?«

»Versprochen! Aber jetzt komm, es gibt noch Arbeit. Übrigens, in den Stall musst du heut nimmer, das machen der Hubert und ich.«

»Dank schön, das ist lieb von euch. Onkel Tobias ist aber auch noch da.«

»Du, da arbeit ich lieber mit dem Hubert allein. Ich brauch den Sterneder net, ich weiß schon selber, was ich zu tun hab.«

Julia stieg ins Auto. Onkel Tobias arbeitete zwar auf den Feldern mit, aber in den Stall ging er schon lange nicht mehr. Und wenn, dann wusste er immer alles besser.

»Ist schon gut, Valentin, ich weiß ja, dass ich mich auf euch verlassen kann.«

»Wenn du jetzt öfter weggehen willst, dann tu

es«, empfahl er ihr warm. »Hör net auf den Sterneder, hör lieber auf das, was dir der Gregor sagt. Der lügt dich net an.«

»Bist du sicher?«

»Ganz sicher«, betonte Valentin und fuhr endlich zurück zum Hof.

*

Julia war nervös, es war immerhin ihre erste Verabredung nach langer Zeit. Aber es hatte sich etwas geändert. Sie freute sich auf den Abend mit Gregor, und sie hatte ihrem Onkel gegenüber überhaupt kein schlechtes Gewissen.

Früher war sie bedrückt gewesen, wenn sie sich mit einem Burschen traf, aber das war vorbei. Tobias Sterneder hatte die Macht über seine Nichte verloren.

Gregors Augen blitzten auf, als Julia aus der Haustür trat. Sie sah reizend aus, und zum ersten Mal trug sie ihr schönes, glänzendes Haar offen über die Schultern fallend.

»Du bist wunderschön«, flüsterte Gregor und gab ihr ein Busserl auf die Wange.

Julia hätte jauchzen mögen vor Glück. Gregor fand sie schön, und seine Augen konnten nicht lügen!

»Wohin fahren wir?«, fragte er, als sie den Güterweg entlang zur Hauptstraße fuhren.

»Du, der Ochsenwirt hat einen schönen Gastgarten«, erwiderte sie lebhaft. »Die Luft ist nach dem Unwetter so frisch, da möcht ich net irgendwo drin sitzen.«

Gregor lächelte. Es war am Nachmittag wieder warm geworden, und der Abend war mild. Nichts deutete mehr darauf hin, dass es gestern ein derart heftiges Gewitter gegeben hatte.

»Wenn es zu kühl wird, können wir immer noch reingehen. Gibt es große Schäden auf den Feldern?«

»Nein«, erwiderte Julia. »Es ist gottlob net arg, und wenn das Wetter jetzt schön bleibt, werden wir das Getreide bald ernten.«

Gregor fuhr über den Dorfplatz und hielt vor dem Gasthaus. Sie gingen gleich um das Haus herum in den Gastgarten, der im Schatten von zwei alten Kastanienbäumen lag.

»Schau, da hinten ist es noch heller!« Gregor wies auf einen Tisch, der am Rand schon halb in der Wiese stand.

Julia nickte und folgte ihm. Sie war ganz ruhig, sie fühlte sich in Gregors Nähe einfach wohl.

Der Wirt kam sofort an den Tisch und begrüßte sie herzlich. »Na, dass man dich wieder mal sieht!«, meinte er wohlwollend zu Julia. »Mei, Madel, du wirst immer hübscher!«

Julia errötete. »Joschi, spar dir deine Komplimente für die Anna.«

»Du, die hätt jetzt dasselbe g'sagt«, konterte Joschi. »Wollt ihr was essen?«

Julia und Gregor nickten, Joschi brachte ihnen die Speisekarte und fragte nach den Getränken.

Gregor bestellte Weißwein, und Julia war damit einverstanden. Sie trank selten Wein, aber sie bevorzugte den weißen.

»Erzähl mal, wie gehts dem Zuchthengst?«, fragte sie, als sie mit Gregor angestoßen hatte.

»Darius? Dem gehts im Moment net so gut«, erwiderte Gregor schmunzelnd. »Der hat sich gestern beim Gewitter ziemlich unsittlich aufgeführt, und Onkel Markus hat ihn allein in eine Box gesperrt. Das passt dem temperamentvollen Kerl überhaupt net.«

Julia lachte. »Na ja, Einzelhaft ist auch net grad unterhaltsam. Du hast gestern gar net g'sagt, dass der Baron dein Onkel ist.«

»Ist er auch net«, winkte Gregor ab. »Mein Vater und er sind schon sehr lang und auch sehr gut befreundet. Und als halbwüchsiger Bub hab ich halt mal zur Baronin ›Tante Christine‹ gesagt. Seitdem hab ich eine Wahltante und logischerweise auch einen Wahlonkel.«

Julia seufzte. »Die kann man sich wenigstens aussuchen.«

Gregor stutzte. »Spielst du jetzt auf deinen Onkel Tobias an?«

»Du musst ja einen schrecklichen Eindruck von ihm bekommen haben. Aber immer ist er net so arg betrunken.«

»Du musst dich für deinen Onkel net entschuldigen«, meinte Gregor beruhigend und griff über den Tisch nach ihrer Hand. »Du kannst ja nix dafür. Aber der Valentin hat gesagt, dass er dich ziemlich unterdrückt. Wie kommt das?«

Julia entzog ihm ihre Hand und nahm einen Schluck Wein. »Ich war grad achtzehn, als meine Eltern verunglückt sind. Onkel Tobias ist sofort zu mir auf den Hof gekommen und hat mir geholfen. Valentin und Hilde waren damals auch schon da, und ohne die beiden wärs überhaupt net gegangen.«

Gregor war erschüttert. »Das muss ja eine schreckliche Zeit für dich gewesen sein.«

Sie warf den Kopf zurück, und in ihren schönen dunklen Augen schimmerte Trauer auf.

»Die Eltern haben mir immer gefehlt, und sie werden mir immer fehlen. Warum haben sie bloß so früh sterben müssen!«

Gregor sah sie an. Julia war einsam, und sie litt immer noch unter dem Tod ihrer Eltern. Spontan griff er wieder nach ihrer Hand und drückte sie sanft.

»Julia, du bist nicht mehr allein, ich bin ja jetzt da. Kann es sein, dass sich dein Onkel nach all den Jahren als Bauer auf dem Hauser-Hof fühlt?«

»Ja, er hat mir immer wieder eingeredet, dass es alle Burschen bloß auf meinen Hof abgesehen haben. Ich wär ja net grad die Frau, die einem Mann den Kopf verdrehen könnt.«

»Was?«, rief Gregor entsetzt. »Julia, du bist eine wunderbare Frau, und du bist schön. Aber das ist es nicht allein, du hast einfach Herz und viel Gefühl. Ich bin sehr froh, dass es mich gestern grad auf deinen Hof verschlagen hat.«

Ein klein wenig Misstrauen blitzte in ihren Augen auf. »Und wenn ich keinen so großen Hof hätte?«

Gregor lächelte. »Das wär doch ganz egal. Julia, du musst endlich an dich selber glauben. Ich weiß net, was dein Onkel mit seiner Taktik verfolgt, aber lass dich net von ihm kleinkriegen.«

»Ich glaub, er will mehr Geld«, murmelte sie und wunderte sich, dass sie mit Gregor so offen sprechen konnte. Ihr war, als würde sie ihn schon lange kennen.

»Ist er am Hof beteiligt?«

»Nein, ich hab ihn als Verwalter angestellt, und er kriegt ein wirklich hohes Gehalt. Das haben mir damals der Bürgermeister und der Filialleiter von der Bank geraten.«

»Da hast du gute Freunde«, nickte Gregor anerkennend. »Aber deinem Onkel ist das anscheinend net genug.«

»Nein, er sagt, dass es seinem Ansehen schadet, wenn er nicht an die Geschäftskonten rankann.«

Gregor pfiff überrascht durch die Zähne. »Argumentieren kann er. Aber ich hoffe, du gehst darauf net ein.«

»Nein, tu ich net«, erwiderte sie fest. »Der gute Onkel wird sich damit abfinden müssen, dass ich jetzt meine eigenen Wege gehe.«

»Tust du das?«, fragte Gregor lächelnd.

Sie sah ihn an und nickte. »Ja, das tu ich. Du machst mir Mut, Gregor. Wenn du da bist, geht alles auf einmal so leicht.«

»Julia, ich bin immer für dich da, das verspreche ich. Ich lass dich nie mehr allein.«

»Aber du musst doch wieder zurück…«

»Pssst«, mahnte er und sah sie zärtlich an. »Es gibt für alles eine Lösung, man muss sie nur suchen.«

»Und finden«, ergänzte sie.

»Das wird uns net schwerfallen. Du, da kommt das Essen! Ich hab jetzt wirklich großen Hunger.«

»Ich auch«, seufzte sie tief auf und beschloss, die Gedanken an die Zukunft einfach zu vergessen. Was jetzt zählte, war allein die Gegenwart.

*

Die Ernte war in vollem Gange, doch Julia fand immer wieder Zeit, sich am Abend mit Gregor zu treffen.

Onkel Tobias war das gar nicht recht, und um ihn nicht noch zusätzlich zu verärgern, blieb Julia meist zum Nachtmahl daheim und ging erst später weg.

Sie blühte sichtlich auf, und sie war glücklich. Gregor liebte sie, und um diese Liebe würde sie notfalls auch kämpfen.

Auch Gregor war ganz sicher, die Frau fürs Leben gefunden zu haben. Er machte sich Gedanken, wie man seine Pferdezucht mit Julias Hof unter einen Hut bringen könnte, und er hatte da auch schon eine Idee, die er allerdings noch für sich behielt.

Julia fragte auch nicht nach einer gemeinsamen Zukunft. Sie genoss die Zeit mit Gregor in vollen Zügen, und gegen die Anfeindungen ihres Onkels war sie immun geworden.

»Was willst du denn?«, fragte sie eines Abends, als der Sterneder wieder einmal gegen Gregor wetterte. »Du wirst doch net im Ernst behaupten, dass Gregor bloß meinen Hof will!«

»Aber dein Geld«, trumpfte der Onkel auf. Er hatte wieder einmal etwas zu viel getrunken und fühlte sich sehr stark.

Julia lachte erheitert auf. »Geld? Gregor hat mehr davon als ich! Also, was soll das Ganze? Warum willst du net, dass ich heirate?«

Dem Sterneder verschlug es beinahe die Sprache. »Heiraten? Du wirst doch net so blöd sein! Der Gregor ist auch net anders als die anderen, der will sich doch bloß ins g'machte Nest setzen und den großen Herrn spielen!«

»Hör auf, Onkel Tobias«, bat Julia seufzend, »Gregor will nichts dergleichen. Er liebt mich, und ich liebe ihn. So, und jetzt trink net so viel, morgen ist ein harter Tag.«

»Von dir lass ich mir nix verbieten«, brauste der Sterneder auf. »Ich weiß schon, was ich zu tun hab!«

»Ich auch«, betonte Julia und verließ das Haus. Sie hasste die Auseinandersetzungen mit dem Onkel, aber er legte es ja geradezu darauf an.

Gregor wartete schon auf sie, und er sah ihr sofort an, dass sie sich wieder einmal geärgert hatte.

»Der Onkel?«, fragte er nur und legte den Arm um ihre Schultern.

Julia nickte. »Jetzt will er mir doch glatt einreden, dass du bloß auf mein Geld aus bist.«

Gregor sah sie prüfend an. »Und? Glaubst du ihm das?«

Sie lachte trocken auf. »Dann wär ich wohl net hier. Gregor, ich will mich jetzt net über Onkel Tobias unterhalten.«

»Du wirst dir aber was überlegen müssen«, erwiderte er ernst. »Er wird immer versuchen, einen Keil zwischen uns zu treiben.«

»Vielleicht kapiert er es, wenn …« Sie brach erschrocken ab. Beinahe wäre ihr das Wort »heiraten« rausgerutscht. Aber Gregor hatte sie noch gar nicht richtig gefragt!

»Was, wenn?«, hakte er nach. »Hast du am End vor, deinen Onkel rauszuwerfen?«

»Nein, das tu ich sicher net. Er ist Mutters Bruder, und er hat ja nix Eigenes.«

»Was hast du dann gemeint?«

Sie blieb stehen und sah zu ihm auf. »Gregor, ich hab gemeint, wenn wir zusammenbleiben, dann wird sich Onkel Tobias halt damit abfinden.«

Er lächelte und küsste sie zärtlich. »Wir bleiben zusammen, Julia. Wenn du magst, ein ganzes Leben lang.«

Ihre Augen verdunkelten sich. »Heißt das, dass du … dass wir …«

Er nickte. »Julia, möchtest du meine Frau werden?«

In ihren dunklen Augen brach ein Leuchten durch. »Ja, Gregor, das will ich. Irgendwie werden wir es schon schaffen, unsere Betriebe unter einen Hut zu bringen.«

Er zog sie zu einem gefällten Baumstamm und setzte sich. »Darüber hab ich mir schon Gedanken gemacht, aber ich muss erst mit Vater drüber reden.«

Sie setzte sich dicht neben ihn und sah ihn erwartungsvoll an. »Was hast du für Pläne?«

»Was hältst du davon, wenn ich mit meinen Haflingern zu dir auf den Hof komme?«

»Das wär schön!«, rief sie begeistert. »Du, der Bruckmüller möcht mir schon seit längerer Zeit seine große Weide verkaufen. Die grenzt direkt an die meine, und der Bruckmüller braucht sie nicht mehr, weil er die Viehwirtschaft aufgegeben hat.«

»Das klingt gut«, freute sich Gregor. »Die Weide kauf ich und mach eine Koppel daraus.«

»Ich könnt meinen Viehbestand ja auch verkleinern«, spann Julia den Faden weiter. »Ich mein die Rinder.«

»Warum?«

»Deine Rösser brauchen Heu, und meine Rinder auch. Dazu haben wir dann doch zu wenig.«

»Ich bekomm eine sehr kluge Frau«, lobte Gregor und zog sie an sich. »Aber geht das so einfach?«

»Die Milchwirtschaft bringt nicht mehr so viel ein wie früher«, erklärte Julia. »Ich überleg schon länger, ob ich net doch mehr auf Schweine umsteigen soll.«

»Die brauchen kein Heu«, ergänzte Gregor.

»Dafür öfter den Tierarzt«, seufzte Julia auf. »Aber das ist net wirklich ein Problem.«

»Ach Julia! Mit dir an meiner Seite gibts überhaupt keine Probleme.«

»Mit dir auch net«, erwiderte sie innig und lehnte sich an ihn. »Wenn das meine Eltern erleben dürften. Sie hätten dich sicher gemocht.«

»Du vermisst sie immer noch?«

»Ja«, gab sie leise zu. »Grad jetzt wieder. Mutter

hätt sich mit mir gefreut, und Vater hätt dich ganz schön unter die Lupe genommen.«

Er hob ihr Kinn an und sah ihr in die Augen. Sie waren ganz dunkel geworden, und immer noch lag leise Trauer in ihnen. »Du hast jetzt mich, mein Schatz«, meinte er zärtlich tröstend. »Ich liebe dich sehr, und ich will auch net, dass du deine Eltern jemals vergisst. Sie sollen immer einen Platz in deinem Herzen haben.«

»Du bist so lieb«, flüsterte sie erstickt. »Ich liebe dich auch, Gregor. Aber vielleicht wär es leichter für mich, wenn der Unglücksfahrer, dem Vater ausweichen musste, bestraft worden wäre.«

»Ist er das net?«, fragte Gregor verwundert.

Julia schüttelte den Kopf. »Es ist nie herausgekommen, wer es gewesen ist. Er ist damals einfach weitergefahren und wurde nie gefunden.«

Gregor nahm sie in die Arme. »Vielleicht finden wir es gemeinsam heraus. Julia, ich möchte net, dass dich noch irgendwas bedrückt, wenn wir heiraten.«

»Ich hab dich lieb, Gregor«, flüsterte sie und küsste ihn zärtlich.

*

Gregor grübelte über den Unfall von Julias Eltern nach, aber er wusste zu wenig über den Hergang. Der Zufall wollte es, dass er an einem verregneten Nachmittag Valentin im Dorf traf.

»Na, gönnst du dir auch mal eine Pause?«, fragte er den Knecht, mit dem ihn inzwischen eine herzliche Freundschaft verband.

Valentin lachte. »Ja, mit dem Dreschen sind wir fertig, und die Rüben können ruhig noch ein bisserl nass werden. Da werden sie wenigstens saftiger.«

Gregor nickte und legte Valentin die Hand auf die Schulter. »Ich möcht gern mit dir reden. Kommst du mit auf ein Bier?«

»Ja gern«, versicherte Valentin, und die beiden Männer strebten dem Ochsenwirt zu.

Um diese Zeit waren nur wenige Gäste da, und Gregor deutete auf einen Tisch am halb offen stehenden Fenster.

»Da kriegt man ein bisserl frische Luft ab«, meinte er und setzte sich.

Valentin nahm ihm gegenüber Platz und sah ihn fragend an. »Gehts um die Julia?«

»Ja«, nickte Gregor und bestellte zwei Seidel Bier bei Joschi. »Sie leidet immer noch unter dem Unfalltod ihrer Eltern.«

»Ja, das war halt schon recht tragisch«, seufzte Valentin tief auf. »Und der Kerl, der den Unfall verursacht hat, ist nie gefunden worden.«

»Das hat mir Julia auch erzählt. Dank schön, Joschi!« Er nickte dem Wirt zu, der die beiden Seidel auf den Tisch stellte und wieder seinem Geschäft nachging.

»Sag mal, kannst du mir mehr über den Unfall erzählen? Ich mag Julia net fragen, sie bekommt immer so traurige Augen, wenn sie davon redet.«

Valentin nahm einen großen Schluck und stellte das Glas zurück auf den Tisch.

»Ja, so genau weiß man gar nix, es war ja niemand dabei. Aber es ist auf der Heimfahrt passiert, und den Spuren nach muss der bergab Fahrende ins Schleudern gekommen sein. Der Bauer hat wahrscheinlich Gas gegeben, um dem Fahrzeug auszuweichen. Die Straße ist steil, und wenn er gebremst hätte, wär er bergauf total hängen geblieben.«

»Es war im Winter, ja?«, fragte Gregor.

»Ja, wir haben damals sehr viel Schnee gehabt. Aber grad einen Tag vorher hat die Straßenmeisterei die Schneeberge vom Räumen wegschaffen lassen. Es haben kaum noch zwei Autos aneinander vorbeikönnen. Wenn der Schneewall noch da gewesen wäre, wär der Unfall vielleicht net so tragisch ausgegangen.«

»Du meinst, dann wär das Auto im Schnee stecken geblieben?«

»Genau.« Valentin nickte und nahm wieder einen Schluck. »So aber ist der Bauer mit Vollgas gegen einen Baum gekracht. Das war dann das Ende.«

»Aber das muss der andere Fahrer doch gesehen haben, oder wenigstens hätte er es hören müssen«, überlegte Gregor.

»Das ist gar net so sicher«, wandte Valentin ein. »Es ist ja in einer Kurve passiert. Du kennst die Straße nach Mayrhofen, da sieht man nix, wenn man nach einer Kurve zurückschaut.«

»Ja, da hast du recht«, murmelte Gregor nachdenklich. »Sag mal, wann war denn dieser Unfall genau?«

»Am zweiundzwanzigsten Dezember waren es zehn Jahre.«

»Vor zehn Jahren, zwei Tage vor Weihnachten«, murmelte Gregor betroffen und stellte das Bierglas, aus dem er trinken wollte, wieder zurück auf den Tisch. »Valentin, ich hab die Sache total vergessen gehabt. Mein Gott, ich hab wirklich net gewusst, dass da was passiert ist. Noch dazu so was Schreckliches.«

»He, was redest du denn da! Gregor, was ist denn, du schaust aus, wie wenn du ein Gespenst gesehen hättest!« Gregor atmete schwer.

»Ich seh es wieder genau vor mir. Ich war damals im Schlössl, ich musste für meinen Vater was abholen. Aber dann konnte ich net weg, weil es so arg geschneit hat.«

Valentin sah ihn verständnislos an. »Was hat denn das mit dem Unfall zu tun?«

Gregor hob den Kopf. »Der Fahrer, der den Unfall verursacht hat, bin ich.«

Valentin blieb vor Schreck der Mund offen stehen, doch dann fasste er sich.

»Red keinen Blödsinn, Mensch! Hast du vor zehn Jahren überhaupt schon einen Führerschein gehabt?«

»Ich bin zweiunddreißig«, murmelte Gregor. »Natürlich hab ich vor zehn Jahren … Valentin, ich erinnere mich jetzt genau, wie es war.«

»Erzähl!«, forderte ihn der Knecht mit tonloser Stimme auf.

»Tante Christine hat mich nicht weggelassen, weil die Straße total verschneit war. Aber dann wurde gründlich geräumt, und es war ja auch bald Weihnachten, ich wollte nach Hause.«

Gregor brach ab und starrte in sein Bierglas. Wie ein Film rollte jetzt alles vor seinem inneren Auge ab.

»Ich ließ mich nicht mehr zurückhalten, die Straße war ja geräumt, es konnte also nichts mehr passieren. Ich bin gefahren, vorsichtig, es war ja doch ziemlich glatt. Und dann bin ich im Waldstück in einer Kurve ins Schleudern gekommen. Ein Auto kam den Berg herauf, ich bin grad noch daran vorbeigekommen, hab im Rückspiegel gesehen, dass das Auto die Kurve geschafft hat und war wirklich erleichtert, dass nix passiert ist.«

Wieder machte Gregor eine Pause und hob den Kopf. »Valentin, ich hab wirklich net g'sehen, dass dieses Auto dann einen Unfall hatte. Ich wär doch sonst net einfach weitergefahren!«

Valentin nickte schwer. »Das glaub ich dir. Die Polizei hat das damals auch nachgeprüft, ob der Fahrer den Unfall des anderen Autos mitbekommen haben müsste. Die Felsen versperren die Sicht nach hinten, und der Schnee hat den Kracher gedämpft.«

»Mein Gott, es waren Julias Eltern«, murmelte Gregor erschüttert. »Ich muss es ihr sagen.«

»Ja, das bleibt dir net erspart. Sie wird dich net verurteilen, du hast ja wirklich nix davon mitbekommen.«

»Das stimmt«, stöhnte Gregor dumpf auf. »Aber ob sie mir das glaubt, weiß nur der Himmel.«

»Sie wird es dir glauben«, versicherte Valentin. »Jessas, du hast doch net wissen können, was da hinter dir passiert ist. Ich glaub, wir brauchen jetzt alle zwei einen Schnaps.«

*

Tobias Sterneder war auf dem Weg zum Ochsenwirt. Er hatte wieder eine Auseinandersetzung mit Julia gehabt. Das Madel wollte diesen Gregor wirklich heiraten!

»Na, so weit kommts noch«, knurrte er böse. »Damit sich der als Bauer aufspielen kann!«

Verärgert ging er an den Fenstern des Gasthauses vorbei zum Eingang – und stutzte. Das war doch der Valentin, der da drinnen mit jemandem sprach. Und dieser Jemand war Gregor Brandtner! Was hatten denn die zwei überhaupt miteinander zu bereden?

Der Sterneder blieb neben dem halb geöffneten Fenster stehen, und seine Augen wurden immer größer, je mehr er von diesem Gespräch mitbekam.

Ja, Himmelkreuzsakra, er traute seinen Ohren nicht! Aber es gab keinen Zweifel, Gregor gab offen zu, dass er den Unfall verursacht hatte, bei dem Julias Eltern ums Leben gekommen waren!

Der Sterneder vergaß seinen Ärger und seinen Bierdurst. Er machte auf dem Absatz kehrt, sprang in sein Auto und fuhr zurück zum Hauser-Hof. Jetzt galt es, keine Zeit zu verlieren, denn er musste vor dem Brandtner auf dem Hof sein.

Wenn der Gregor Julia alles gestand, klang es sicher anders, als wenn es der gut meinende Onkel sagte!

Der Sterneder hatte Glück. Julia war in der

Stube und bügelte. Sie sah erstaunt auf, als ihr Onkel eintrat und sie mitleidig musterte.

»Ich hab gedacht, du bist zum Ochsenwirt gefahren.«

»Bin ich auch«, nickte Tobias und baute sich vor seiner Nichte auf. »Ich hab dort was recht Interessantes gehört.«

»Aber geh«, winkte Julia ab, »Wirtshausgespräche halt. Was Besonderes kanns net g'wesen sein.«

»Hast du eine Ahnung«, tat der Sterneder geheimnisvoll und beugte sich vor. »Was meinst du, wer dort in der Gaststube sitzt und mit dem Valentin redet?«

Julia lachte erheitert auf. »So, wie du ausschaust, wirst du es mir gleich sagen.«

»Ja, das tu ich«, schnaufte der Sterneder und fixierte Julia wie eine Schlange das Kaninchen. »Der Brandtner! Und weißt du, was er dem Valentin grad erzählt hat?«

Jetzt wurde Julia unwillig. »Onkel Tobias! Gregor und Valentin können immer und überall miteinander reden, das ist doch net verboten!«

»Julia, der Brandtner hat dem Valentin grad gestanden, dass er es war, der am Unfall deiner Eltern schuld ist.«

Julia starrte ihren Onkel entsetzt an. »Das … das ist net wahr! Das erfindest du jetzt, weil es dir net passt, dass ich den Gregor heirate.«

»Es *ist* wahr«, betonte der Sterneder und spielte den Betroffenen. »Er weiß bloß net, wie er das vor dir verheimlichen kann.«

»Onkel Tobias, hast du wieder getrunken?«

Er lächelte mitleidig. »Mei, du wirst schon noch draufkommen, wer es hier ehrlich mit dir meint. Frag ihn doch, wenn du mir net glaubst. Er wirds net abstreiten können.«

Julia stellte das Bügeleisen beiseite und ließ sich auf den nächsten Stuhl sinken. Ihre Augen suchten die Bilder der Eltern im Herrgottswinkel.

»Lasst es net zu, dass Gregor es war«, flüsterte sie tonlos. »Es kann net sein, er kann mich doch net die ganze Zeit über angelogen haben.«

Tobias verstand nur die Hälfte ihres Gemurmels, aber er hakte sofort nach. »Sicher hat er es gewusst, aber zuerst hat er dich verliebt machen müssen, damit du ihm vielleicht verzeihst, wenn er es später zugibt. Lass dich net von ihm einwickeln, Madel. Ich habs ja gewusst, dass es auch er net ehrlich mit dir meint!«

»Sei still!«, herrschte ihn Julia an. »Bevor er mir das net selber sagt, glaub ich es net!«

Der Sterneder hörte ein Auto vorfahren und trat ans Fenster. »Bitt schön, da kommt er. Frag ihn halt, und dann wirst du schon sehen, wer recht hat!«

Julia sah wieder auf die Bilder ihrer Eltern. Ihre Lippen zitterten, und ihr Gesicht war leichenblass. Sie merkte nicht, dass Onkel Tobias aus der Stube geschlichen war, aber sie wandte den Kopf, als Gregor nach einem kurzen Klopfen eintrat.

»Julia, was ist denn mit dir!«, rief er erschrocken, als er sie so sitzen sah.

Sie sah ihn mit brennenden Augen an. Die

Stimme wollte ihr nicht ganz gehorchen, aber sie musste die Frage stellen.

»Ist es wahr, dass du schuld bist am Unfall meiner Eltern?«

Jetzt war es an ihm, sie anzustarren. »Woher weißt du ... Ich weiß es ja selber erst ...«

»Es ist also wahr«, unterbrach ihn Julia hart. »Du hast mich die ganze Zeit über belogen.«

»Nein!«, rief Gregor entsetzt. »Ich hab doch selber keine Ahnung gehabt. Erst als mir Valentin alles genau erzählt hat, hab ich mich erinnert!«

Julia sah ihn an, und dieser Blick sagte ihm deutlich, dass sie ihm nicht glaubte.

»Woher weißt du das überhaupt«, fragte er beherrscht.

»Das ist net wichtig«, wehrte sie ab.

»Das ist verdammt wichtig!«, brauste er auf.

Sie sah ihn kühl an. »Onkel Tobias war so freundlich, es mir zu sagen. Vielleicht hätte ich es sonst nie erfahren.«

»Das ist net wahr«, beteuerte Gregor und trat einen Schritt auf sie zu. »Ich bin sofort zu dir gefahren, weil ich wusste, dass ich es dir sagen muss.«

»Ich glaube dir nicht mehr«, erwiderte sie müde. »Bitte, geh jetzt und komm nie wieder.«

»Julia! Lass dir doch alles erklären!«

Sie schüttelte den Kopf. »Da gibt es nichts mehr zu erklären. Du bist schuld am Unfall meiner Eltern und hast mir das verschwiegen.«

»Aber ich weiß es doch selber erst seit ...«

»Geh!«, herrschte sie ihn plötzlich zornig an.

»Geh doch endlich, ich will dich nie wieder sehen! Nie wieder, hörst du?«

Gregor wich zurück. Er konnte sich nicht erklären, warum der Sterneder alles wusste und warum Julia ihn nicht anhören wollte. Hatte der Onkel das Gespräch belauscht? Aber wie sollte das möglich gewesen sein?

»Woher weiß dein Onkel das?«, forderte er nun auch etwas lauter eine Antwort.

Julia sah ihn an, und ihr Blick erinnerte ihn an den eines waidwunden Rehs.

»Das ist doch jetzt ganz egal«, gab sie müde zurück. »Es ändert nichts mehr dran, dass du mich belogen hast. Wahrscheinlich hättest du mir nie die Wahrheit gesagt, wenn ich dich nicht so direkt gefragt hätte.«

»Julia!«

Sie hob abwehrend die Hand. »Geh, ich will dich nie wieder hier sehen.«

Gregor sah ein, dass er jetzt nichts ausrichten konnte. Julia ließ nicht mit sich reden, aber in ein paar Tagen würde sie vielleicht so weit sein, ihn anzuhören.

Mit einem langen Blick auf Julia, die immer noch mit abweisender Haltung und starrem Gesicht auf dem Stuhl saß, verließ er die Stube. Aber er wusste, dass er wiederkommen würde. Julia musste ihm glauben, dass er von dem Unfall nichts gewusst hatte, und sie würde ihm glauben … irgendwann.

*

Hilde fand Julia etwas später ohnmächtig auf dem Fußboden in der Stube liegen. Sie rief erschrocken Valentin zu Hilfe, und der verständigte sofort Dr. Martin Burger.

Tobias Sterneder war nicht auf dem Hof. Er hatte Julia und Gregor belauscht und war dann befriedigt zum Ochsenwirt gefahren. Diesen Sieg über den verhassten Heiratskandidaten musste er gebührend feiern!

Dr. Martin Burger kam so schnell es ihm möglich war. Er untersuchte die immer noch ohnmächtige Julia gründlich, aber er konnte keinen organischen Schaden feststellen.

»Hat sie sich aufgeregt?«, fragte er die ratlos herumstehende Hilde.

»Mei, das weiß ich net«, schluchzte Hilde auf. »Ich war die ganze Zeit in der Waschküche, und dort kriegt man wirklich nix mit, was im Haus passiert.«

Hubert, der still auf der Ofenbank saß, stand nun auf. »Der Gregor war da«, berichtete er leise. »Ich hab ihn wegfahren gesehen. Mir scheint, der hats recht eilig g'habt.«

»Jessas«, murmelte Valentin, »der hat aber wirklich keine Zeit verloren.«

»Wie meinst du das?«, fragte Martin Burger und sah ihn forschend an.

Valentin druckste erst ein wenig herum, doch dann erzählte er, was Gregor ihm gestanden hatte.

»Er hat wirklich nix von dem Unfall bemerkt«, beteuerte er, und der Bergdoktor nickte.

»Das glaub ich ihm, aber anscheinend war es für

Julia zu viel. Valentin, hilf mir, sie in den Wagen zu bringen, ich nehm sie mit.«

»Was hat sie denn?«, fragte Hilde verzagt. »Ist es schlimm?«

»Die lange Ohnmacht gefällt mir net«, erklärte Dr. Burger. »Das könnte ein Nervenschock sein.«

»O mei, das arme Madel!« Hilde schluchzte wieder auf. »Hat wohl nie Glück im Leben!«

»Das wird sich noch herausstellen«, versuchte Valentin sie zu beruhigen, aber er hatte jetzt keine Zeit, er musste dem Doktor helfen.

»Sag der Hilde, sie soll ein paar Sachen für Julia zusammenpacken und zu mir bringen«, bat der Bergdoktor den Valentin, als sie Julia in den Wagen gebracht hatten.

»Mach ich«, versprach der Knecht und nahm sich vor, Gregor sofort anzurufen. Was war zwischen ihm und Julia geschehen?

Er ging zurück ins Haus und wunderte sich, dass sich der Sterneder nicht blicken ließ. Hilde saß zusammengekauert in der Stube und weinte still vor sich hin.

»Komm, es wird schon wieder«, versuchte Valentin seine eigene Sorge zu überspielen. »Du, der Bergdoktor hat g'sagt, du sollst ein paar Sachen von der Julia zusammenpacken und ins Doktorhaus bringen.«

Hilde sprang sofort auf. Etwas tun zu können war jetzt besser, als nur so herumzusitzen und nachzugrübeln, was geschehen war.

»Wo ist denn bloß der Sterneder?«, murmelte Valentin und ging zum Telefon, um Gregor anzurufen.

»Der ist kreuzfidel weggefahren«, berichtete Hubert, der wieder auf der Ofenbank saß.

»Kreuzfidel?« Valentin legte den Hörer wieder auf. »Bist du sicher?«

»Da war der Gregor noch da«, nickte der Bub. »Valentin, ich hab die zwei bloß gesehen, aber g'hört hab ich wirklich nix. Ich war oben auf dem Balkon, die Blumen gießen.«

»Schon gut, Bub«, beruhigte ihn Valentin und griff wieder zum Hörer. »Vielleicht kann mir der Gregor was sagen.«

Gregor war entsetzt, als er von Valentin hörte, was geschehen war. Er kam sofort zurück auf den Hof und konnte einiges aufklären.

»Der Sterneder hat uns gehört«, erzählte er dumpf. »Der muss draußen vor dem Fenster gestanden sein.«

»Net möglich«, stöhnte Valentin wie erschlagen auf. »Dann hat der auch g'hört, dass du Julia alles sagen willst.«

»Genau«, nickte Gregor. »Aber er war vor mir da und hat Julia eine ganz falsche Version erzählt.«

»Das kann ich mir vorstellen«, murmelte Valentin erbost. »Wenn ich bloß das Fenster in der Gaststube zug'macht hätt!«

»Geh, wer denkt denn an so was«, winkte Gregor ab. »Ich muss zu Julia.«

»Das kannst du jetzt net, sie ist beim Bergdoktor.«

»Ihr nennt Doktor Burger so?«, fragte Gregor.

»Ja mei, der Kerl kraxelt ja auch wie eine Gams in den Felsen rum. Dem ist nix zu steil, wenn er jemandem helfen kann, und sei ganz beruhigt, er wird auch der Julia helfen.«

»Kann ich denn gar nix tun!«, fuhr Gregor nervös auf.

»Im Moment net«, bedauerte Valentin. »Die Julia hat wahrscheinlich einen Schock, das hat jedenfalls der Bergdoktor gemeint. Und sie braucht jetzt Ruhe, damit sie den verarbeiten kann.«

»Du sagst mir sofort, wenn es ihr besser geht, ja?«

Valentin legte die Hand auf Gregors Schulter. »Das ist wohl klar. Aber ich werd auch dafür sorgen, dass die Wahrheit rauskommt.«

»Die Wahrheit?«

Valentin lachte trocken auf. »Meinst du im Ernst, dass der Sterneder der Julia alles so erzählt hat, wie es wirklich gewesen ist?«

Gregor schüttelte den Kopf. »Sie hat behauptet, ich hätt ihr sicher nie was davon g'sagt, wenn sie mich net so direkt gefragt hätt.«

»Und? Ist das die Wahrheit?«, fragte Valentin grimmig. »Der Sterneder dreht immer alles so, wie ers grad braucht.«

»Sag mal, warum tut er Julia das an?«

Valentin setzte sich auf die Ofenbank. »Der Sterneder will den Hof. Er ist der seltsamen Meinung, dass ihm der zugestanden hätte, net seiner Schwester. Und jetzt tut er alles, damit die Julia net heiratet und vielleicht gar für einen Erben sorgt!«

»Der Mann spinnt ja«, bemerkte Gregor respektlos. »Merkt Julia denn net, was da gespielt wird?«

»Ich glaub, sie *wills* net merken«, seufzte Valentin tief auf. »Aber jetzt ist Schluss, jetzt ist der Sterneder zu weit gegangen.«

»Was hast du vor?«, fragte Gregor interessiert.

»Reinen Tisch machen«, erwiderte Valentin hart. »Aber dazu muss die Julia erst wieder g'sund sein.«

*

Als Julia erwachte, wusste sie nicht, wo sie war. Sie kannte das helle, freundliche Zimmer nicht, und sie wunderte sich über den prachtvollen Wiesenblumenstrauß, der auf dem kleinen Tisch am Fenster stand.

Sie wollte sich aufsetzen, aber da legte sich eine warme Hand mit sanfter Gewalt auf ihre Schulter.

»Na also, du bist wieder da.«

Julia wandte den Kopf und sah Dr. Martin Burger auf einem Stuhl neben ihrem Bett sitzen.

»Herr Doktor?«

»Du erkennst mich? Das ist gut!« Martin lächelte. »Du bist bei mir in der Miniklinik. So nennt ihr ja meinen Anbau ans Doktorhaus, oder?«

»Ja«, nickte Julia verwirrt. »Aber warum bin ich da? Was ist denn passiert?«

»Eine ganze Menge«, seufzte Dr. Burger auf und prüfte die Infusion. »Erinnerst du dich an gar nix mehr?«

»Ich weiß net«, murmelte Julia verstört, und wieder fiel ihr Blick auf die schönen Blumen.

»Von wem sind die?«

»Von Gregor«, wagte es Martin, diesen Namen

auszusprechen. Er riskierte damit einen neuerlichen Schock, aber er musste es tun.

»Gregor«, flüsterte Julia mit blassen Lippen, und plötzlich wurden ihre Augen groß. »Herr Doktor, Gregor ist schuld am Unfall meiner Eltern.«

»Ich weiß«, nickte Martin und prüfte ihren Puls. Der ging zwar jetzt schneller, aber er flatterte nicht. »Er und Valentin haben mir alles erzählt.«

»Sie sagen das so ruhig«, fuhr Julia auf, doch der Bergdoktor drückte sie wieder zurück in die Kissen.

»Julia, ich weiß inzwischen, dass du alles von deinem Onkel erfahren hast, bevor Gregor zu dir kommen konnte.«

Sie schloss die Augen. »Der hätte mir doch nie etwas davon gesagt.«

»Bist du da so sicher?«, fragte Dr. Burger behutsam. »Hat dir der Onkel gesagt, woher er weiß, dass Gregor der Fahrer des Wagens war?«

»Ja«, gab Julia verstört zu. »Er hat Valentin und Gregor zufällig beim Ochsenwirt darüber reden gehört.«

»Zufällig, das stimmt. Dein Onkel stand vor einem offenen Fenster und hat gelauscht. Aber hat er dir auch gesagt, dass Gregor erst im Laufe des Gesprächs mit Valentin draufgekommen ist, dass er es war, der damals den Unfall verursacht hat?«

»Nein, wieso … Das versteh ich jetzt net.«

»Gregor hat Valentin gefragt, wie deine Eltern ums Leben gekommen sind«, erzählte nun Martin Burger ganz ruhig und ließ Julia nicht aus den Augen. »Er wollte nicht dich fragen, weil du immer so traurig bist, wenn von diesem Unfall die Rede ist. Ja, und als ihm dann Valentin die Einzelheiten geschildert und auch das Datum genannt hat, da hat sich Gregor erinnert, dass er an diesem Tag vom Schlössl heimgefahren ist.«

Julia lag ganz still und sah auf die Blumen, die in allen Sommerfarben leuchteten.

»Er hat sich dann auch erinnert, wie er ins Schleudern gekommen ist«, fuhr der Bergdoktor leise fort. »Auch an das entgegenkommende Auto konnte er sich erinnern und wie froh er war, dass er daran grad noch vorbeigekommen ist.«

Julias Lippen zuckten, doch sie sagte nichts. Sie starrte immer noch auf die Blumen.

»Gregor hat in den Rückspiegel geschaut und gesehen, dass der andere Wagen die Kurve geschafft hat. Da hat er sich doch denken müssen, dass alles in Ordnung war. Es gab keine Anzeichen für einen Unfall.«

»Onkel Tobias hat aber g'sagt …« Sie brach ab und biss sich auf die Lippen. Ihr war noch ein wenig wirr im Kopf, und sie konnte keinen klaren Gedanken fassen. Aber Martin Burgers Worte drangen zu ihr durch.

»Dein Onkel hat schon öfter was g'sagt, was dir net gutgetan hat«, erwiderte Martin ruhig. »Aber mir scheint, bei diesem Gespräch hat er dir verschwiegen, dass Gregor sofort zu dir fahren wollte, um dir alles zu sagen.«

»Das wollte er?«, flüsterte sie ungläubig.

»Ja, aber der Sterneder ist ihm zuvorgekommen. Alles andere weißt du ja. Julia, ich will jetzt keine Lanze für den Gregor brechen. Vor zehn Jahren war er noch ein junger Bub, aber nie verantwortungslos. Er hat keine Ahnung gehabt, dass sich hinter der Kurve dann dieser tragische Unfall abgespielt hat. Und als ihm das bewusst geworden ist, wollte er sofort zu dir, um es dir zu sagen.«

Julia starrte wieder auf den Blumenstrauß. Tat sie Gregor unrecht?

»Ob du ihm verzeihen kannst, liegt ganz allein bei dir«, fuhr Dr. Burger sanft fort und streichelte ihre Hände. »Seine ganze Schuld besteht darin, dass er deinen Eltern in einer engen Kurve entgegengekommen und sein Auto ins Schleudern geraten ist. Da hat es aber noch keinen Unfall gegeben. Dass dein Vater dann hinterher selber ins Schleudern kam und an den Baum gefahren ist, hat Gregor nicht gewusst.«

Julia reagierte nicht, und Martin Burger ließ sie in Ruhe. Er hatte ihr gesagt, was gesagt werden musste, um endlich Klarheit zu schaffen. Er war sicher, dass sie mit der Wahrheit besser fertigwerden würde als mit all den Intrigen ihres Onkels.

Der Bergdoktor strich Julia sanft über die blassen Wangen und lächelte.

»Ich schau später noch mal nach dir. Die Zenzi bringt dir gleich was zu essen.«

»Ich hab keinen Hunger«, murmelte Julia. »Ich bin bloß müde.«

»Dann schlaf ein bisserl«, empfahl ihr Dr. Burger väterlich, »aber vorher isst du eine Kleinigkeit. Das musst du mir versprechen.«

Julia hörte die Tür leise ins Schloss fallen, aber

sie sah nicht hin. Ihr Blick hing an den Wiesenblumen, die Gregor für sie gebracht hatte.

Konnte sie ihm verzeihen? Sie wusste es nicht, sie war zu überhaupt keiner Gefühlsregung fähig. In ihr schien alles wie abgestorben zu sein.

Als die Bachhuber-Zenzi ihr eine leichte Mahlzeit brachte, aß sie ein wenig davon, trank Tee, aber sie sprach kein Wort. Das Einzige, womit sich ihre Gedanken beschäftigten, waren Dr. Burgers Worte über den Unfall ihrer Eltern.

War Gregor schuldig? Sie wusste es nicht, und es hatte auch keinen Sinn, jetzt darüber nachzugrübeln. Julia war müde und fühlte sich völlig ausgelaugt.

Als Zenzi das Krankenzimmer leise verließ, schlief Julia ein. Es war ein guter Schlaf, der sowohl ihrer Seele als auch dem Körper half, über alles besser hinwegzukommen.

*

Es dauerte fast zwei Wochen, bis Dr. Burger Julia nach Hause entließ. Er konnte jetzt sicher sein, dass sie den richtigen Weg gehen würde, auch wenn sie noch Zeit brauchte. Gregor hatte er in dieser Zeit nicht zu Julia gelassen, er hielt den Zeitpunkt für verfrüht. Erst wollte sich Gregor mit Gewalt Zutritt verschaffen, aber dann hatte er doch eingesehen, dass das nichts brachte.

Außer Hilde hatte in diesen Tagen niemand zu Julia gedurft, und Hilde erzählte nur das Nötigste vom Hof und überhaupt nichts über den Sterneder, der sich jetzt erst recht als Bauer aufspielte.

Deshalb war Julia darauf nicht vorbereitet, als sie still, blass und schmaler geworden zurück auf den Hof kam.

Valentin trug ihr Gepäck ins Haus, und Hilde hatte Kaffee gemacht und Julias Lieblingskuchen gebacken.

»Wo ist denn der Hubert?«, fragte Julia, als sie mit Hilde Kaffee trank und zum ersten Mal mit wirklichem Appetit vom Kuchen aß.

»In der Schule«, erwiderte Hilde verwundert. »Du, die Ferien sind vorbei!«

Julia nickte. Ihr Zeitgefühl war ein wenig eingeschlafen, aber als sie später hinaus in den Baumgarten ging, spürte sie den nahen Herbst.

Die Blätter begannen sich zu verfärben, die Sonne wärmte nicht mehr so stark, und Julia zog die leichte Strickjacke enger um sich.

»Julia!«

Sie wandte sich um und sah Valentin von der Weide her auf sie zukommen. Sie ging ihm ein paar Schritte entgegen und lächelte verhalten.

»Julia, bevor der Sterneder wieder blöd daherredet...« Er brach ab, als sich Julias Gesicht verschloss und sie sich abwandte.

»Ich muss es dir sagen, ich habs versprochen«, fuhr er fort und hielt sie am Arm zurück. »Gregor ist seit einer Woche wieder daheim in Imst. Er hat den Darius heimbringen müssen, das war schon längst fällig.«

»Warum erzählst du mir das?«, fragte sie herb.

»Damit du net wieder was Falsches aufgetischt bekommst. Gregor liebt dich, aber er will dich jetzt net bedrängen. Er will warten, bis du ihm sagst, ob du ihm verzeihen kannst – oder net.«

Valentin ließ ihren Arm los, und sie sah ihn an. »War das alles?«

»Ja«, erwiderte der Knecht und griff in die Hosentasche. »Da, die Visitenkarte hat er dagelassen. Auf dem Handy kannst du ihn immer erreichen.«

Er drückte Julia die schlichte Karte in die Hand und ging zum Haus.

Gregor! Es verging kein Tag, an dem sie nicht an ihn dachte. Ihr Herz hatte ihn längst von aller Schuld freigesprochen, aber war er wirklich so ganz unschuldig?

Sie steckte die Karte ein und ging zurück zum Haus. Der Wind frischte auf, und jetzt spürte sie wirklich den Herbst.

In der Stube saß Onkel Tobias und trank Schnaps. Als Julia eintrat, grinste er selbstgefällig.

»Na, bist du auch wieder mal da?«

Sie beachtete ihn nicht und wollte in die Küche, aber das ließ sich der Sterneder nicht gefallen.

»Dableibst, wenn ich mit dir red!«, herrschte er sie grob an, und in Julia stieg Zorn hoch. Sie hatte in Dr. Burgers Miniklinik viel Zeit gehabt, über ihr Leben nachzudenken. Und sie hatte mit Martin Burger und auch mit seiner Frau Sabine des Öfteren darüber gesprochen, wie sie mit Onkel Tobias fertigwerden konnte. Aber die Entscheidung lag allein bei ihr, die konnte ihr niemand abnehmen.

Sie drehte sich um und sah ihren Onkel kühl an. »Was willst du?«

»Hoppla, *so* redest du net mit dem rechtmäßigen Bauern vom Hauser-Hof! Wieso bist du so lang beim Doktor einquartiert gewesen? Weil du zu einer Bäuerin gar net taugst!«

»Onkel Tobias!«

»Du bist jetzt still, jetzt red ich! Du fährst jetzt mit mir zur Bank und unterschreibst eine Vollmacht, dass ich über das Geld verfügen kann.«

»Gar nix tu ich«, gab Julia hitzig zurück. »Du bist ja schon wieder betrunken.«

»Ich trink so viel ich will, das merk dir endlich. Ich bin immer noch besser als du! Du hast dich mit dem Gregor, diesem Mörder, eingelassen!«

Julia starrte ihren Onkel entgeistert an. War er immer schon so gewesen, oder sah sie ihn jetzt erst so, wie er wirklich war?

»Mörder?«

»Ja sicher«, trumpfte der Sterneder auf und goss sich wieder einen Schnaps ein. »Der Gregor hat deine Eltern umgebracht, du bist ja net normal, dass du den net anzeigst. Du bist keine Bäuerin, der Hof gehört mir!«

Julia war entsetzt, und sie handelte spontan. »Onkel Tobias, verlass sofort den Hof! Ich *bin* die Bäuerin, und wenn hier jemand net normal ist, dann bist das du. Also, geh jetzt!«

»Du schmeißt mich raus?« Er stierte sie aus trüben Augen an. »Das kannst du ja gar net.«

»Doch, das kann ich«, erklärte Julia und war plötzlich ganz ruhig. »Es ist mein Hof.«

»Das werden wir sehen!«, schrie sie der Onkel an und sprang auf. »Das klär ich jetzt ein für alle Mal!«

Er stürmte zur Tür hinaus und aus dem Haus. Julia hörte den Motor seines Autos aufheulen, als der Sterneder vom Hof preschte, als wäre der Teufel selbst hinter ihm her.

»Jessas, jetzt ist er ganz narrisch g'worden«, stammelte Hilde, die in der Küche alles mit angehört hatte und Julia zu Hilfe kommen wollte.

»Ja, das glaub ich auch«, gab Julia benommen zurück. »Ich muss schauen, wo ich ihn unterbringen kann. Auf dem Hof bleibt der nicht mehr.«

»Da müsst man sich ja fürchten«, stimmte Hilde zu. »Mei, mit dem Sterneder nimmts sicher noch ein böses Ende!«

*

Es war gegen Abend, als der Ortsgendarm Ludwig Sirch mit seinem schweren Motorrad auf dem Hauser-Hof vorfuhr.

»Ludwig, was ist denn g'schehen? Hat der Onkel vielleicht…« Julia brach ab, als sie das ernste Gesicht des Gendarmen sah.

»Der Sterneder ist mit dem Auto verunglückt«, erwiderte Ludwig. »Doktor Burger hat ihn gefunden, aber es war schon zu spät. Er muss gleich tot gewesen sein.«

Aus Julias Gesicht wich jede Farbe. »Tot?«, fragte sie entsetzt. »O mein Gott, das ist…«

»Julia, dein Onkel war total betrunken«, erklärte der Gendarm. »Er war beim Ochsenwirt und hat dort herumgeschrien, dass ihm der Hauser-Hof gehört.«

Julia hörte gar nicht zu. »Wo ist er?«

»Der Bergdoktor hat veranlasst, dass er gleich in die Leichenhalle kommt. Der Hurras kümmert sich um alles, aber einen Anzug und ein weißes Hemd würd er halt brauchen. Man kann den Sterneder ja net so in den Sarg legen.«

»Sarg«, stammelte Julia, doch dann fing sie sich. »Ludwig, ich kümmere mich drum. Dank schön, dass du es mir gleich g'sagt hast.«

»Jemand muss es ja tun«, meinte Ludwig und drückte ihre Hand. »Mein Beileid, Julia.«

Sie nickte ihm zu und ging zurück ins Haus. In der Stube stand Hilde am Fenster und sah sie besorgt an.

»Was wollte denn der Ludwig?«

»Onkel Tobias ist mit dem Auto verunglückt. Er ist tot«, erwiderte Julia tonlos.

»Tot?«, fragte Hilde betroffen.

»Ja, und ich bin schuld!«, brach es plötzlich aus Julia heraus. »Ich hätt doch wissen müssen, wie er reagiert!«

Hilde legte den Arm um die zitternde Bäuerin. »Du bist an gar nix schuld. Julia, er hat dich genug gequält, und ich hab ja g'sagt, dass es noch ein böses Ende mit ihm nehmen wird.«

»Ich hab ihn rausgeworfen«, schluchzte Julia verzweifelt auf.

»Aber du hast ihm net geraten, dass er sich betrinken soll«, versuchte Hilde sie zu beruhigen. »Er war ja schon betrunken, als er weggefahren ist.«

»Ja«, nickte Julia und putzte sich die Nase. »Der Sirch hat gesagt, dass er total betrunken war.«

Hilde streichelte Julias Schultern. »Es ist tragisch, dass er so enden musste, aber du hast daran keine Schuld.«

Julia ging zum Tisch und setzte sich. Hilde konnte sagen, was sie wollte, Julia fühlte sich schuldig am Tode ihres Onkels. Sie starrte blicklos auf das Tischtuch und wusste nicht, was sie jetzt tun sollte.

Hilde holte Valentin herein, aber auch Valentin schaffte es nicht, Julia zu trösten. Die junge Bäuerin gab nur Anweisungen, was jetzt zu tun war.

Hilde übernahm es, Kleidung für den Toten zum Bestatter zu bringen, Valentin und Hubert erledigten die abendliche Stallarbeit, und Julia saß beim Stubentisch, das Gesicht in die Hände gestützt und starrte auf das Kreuz im Herrgottswinkel.

Sie sah auch auf die Bilder ihrer Eltern, und sie dachte an Gregor. Fühlte er sich genauso schuldig wie sie jetzt?

Der Gedanke an Gregor rüttelte sie auf. Sogar Dr. Burger hatte gesagt, dass Gregor keine Schuld am Unfall ihrer Eltern hatte. Aber er fühlte sich dennoch schuldig. Er wartete darauf, dass sie ihm verzeihen konnte.

Sie wusste jetzt, wie er sich fühlen musste, denn nun war auch sie schuldig geworden. Obwohl Hilde und Valentin sagten, dass sie nichts für den Tod ihres Onkels konnte.

Die beiden verstanden nicht, wie das war. Sie konnten sich so eine Situation überhaupt nicht vorstellen.

Aber Gregor wusste, wie sie sich jetzt fühlte. Gregor machte sich dieselben Vorwürfe, wie sie es jetzt tat.

Julia bedeckte das Gesicht mit beiden Händen. Tief in ihrem Herzen hatte sie Gregor längst verziehen. Sie hatte sich nur an die Trauer um ihre Eltern geklammert, weil sie nichts anderes gehabt hatte als dieses Gefühl.

Aber dann war Gregor gekommen, und sie hatte eine tiefe Liebe kennengelernt. Und ausgerechnet Gregor war es gewesen, der den Unfall ihrer Eltern verursacht hatte. Wenn auch nicht beabsichtigt, aber eben doch.

Auch Julia hatte nicht beabsichtigt, ihren Onkel in den Tod zu treiben. Aber ihr Hinauswurf hatte den Unfall bewirkt. Es gab ihr aber niemand die Schuld daran!

Seufzend erhob sich Julia. Sie fühlte sich einsam, niemand verstand sie.

Niemand? Doch, es gab einen Menschen, der sie jetzt sehr gut verstehen würde, und dieser Mensch hieß Gregor Brandtner.

Julia bereitete ein einfaches Nachtmahl für ihre Leute zu, zündete dann eine Kerze für Onkel Tobias an und ging zum Telefon. Sie musste die Verwandten verständigen, wenn sie auch noch nicht wusste, wann die Beerdigung stattfinden würde.

Beim Nachtmahl war sie schweigsam, aber gefasst. Hilde und Valentin redeten nur das Nötigste, und auch Hubert hielt sich zurück. Die bedrückte Stimmung färbte auch auf den Buben ab.

Nach dem Essen ging Julia in ihr Zimmer. Sie hatte Gregors Karte in die Schublade des Nachttisches gelegt, und dort lag sie noch immer.

Zögernd nahm sie das schlichte Kärtchen heraus, betrachtete es eine Weile und legte es wieder zurück. Sie holte Briefpapier aus einer Schublade und setzte sich an den kleinen Tisch am Fenster.

Lange starrte sie in die Nacht hinaus. Ein Kauz rief vom Wald herüber, irgendwo fiepte eine Rehgeiß, und auf einem der Nachbarhöfe bellte ein Hund.

Julia kannte all diese Geräusche, sie waren ihr so vertraut, dass sie ganz ruhig wurde.

Ja, sie würde Gregor schreiben, sie hatte ihm ja längst verziehen. Und er war jetzt der Einzige, der sie verstehen konnte.

Obwohl es in der Nacht schon empfindlich kühl wurde, öffnete sie das Fenster halb. Der Wind raschelte mit den dürren braunen Blättern, und im Gesträuch knackte es.

Julia stand noch einmal auf, schlüpfte in eine warme Wolljacke und setzte sich wieder an den Tisch. Endlich griff sie nach dem Kugelschreiber. Sie wusste jetzt ganz genau, was sie Gregor schreiben wollte.

*

Die Beerdigung war für Freitag angesetzt. Es war ein goldener Herbsttag, die Strahlen der milden Sonne ließen das verfärbte Laub leuchten.

Julia nahm das als gutes Omen, doch sie war unruhig. Hatte Gregor ihren Brief rechtzeitig bekommen? Sie hatte ihn vor vier Tagen eigenhändig zum Postamt gebracht, doch Gregor hatte sich noch nicht gemeldet.

»Julia, wir müssen gehen, Valentin und der Bub warten schon im Wagen«, mahnte Hilde.

Julia nickte. Sie trug ein schlichtes, schwarzes Kostüm und sah irgendwie verloren aus. Hilde nahm sie am Arm und ging mit ihr hinaus.

Schweigend fuhren sie zur Kirche, wo das Requiem für Tobias Sterneder gehalten wurde.

Tobias war kein gläubiger Mensch gewesen, aber Julia hatte darauf bestanden, dass er mit allen Ehren begraben wurde.

Es waren nicht viele Menschen, die in der kleinen Kirche Platz nahmen, um sich von Tobias Sterneder zu verabschieden. Der Verstorbene war nicht beliebt gewesen, und auch die Verwandtschaft war nur spärlich vertreten.

Julia saß mit ihren Leuten in der ersten Bank und dachte an Gregor. Ob er den Weg zu ihr finden würde? Vielleicht irgendwann …

Ihre Augen richteten sich auf den Altar, als Pfarrer Roseder mit dem Requiem begann.

Das schwere Tor der kleinen Kirche quietschte in den Angeln, als ein verspäteter Trauergast eintrat.

Julia wandte sich nicht um, aber Valentin tat es. Erleichterung malte sich in seinem hageren Gesicht ab, und er trat aus der Kirchenbank, um den Platz an Julias Seite frei zu machen.

Nun sah Julia doch auf, und ein heißer, freudiger Schreck durchfuhr sie. Es war Gregor, der sich rasch zu ihr setzte, damit Valentin wieder Platz nehmen konnte.

Er war gekommen! Trotz der Trauer und der Schuldgefühle konnte Julia die Freude in ihren schönen Augen nicht unterdrücken.

Gregor legte sanft seine Hand auf die ihre, und Julia verfolgte das Requiem wie in einem Traum.

Auch auf dem Weg zum Friedhof blieb Gregor ganz selbstverständlich an ihrer Seite. Julia musste sich sehr beherrschen, um nicht immerzu auf Gregor zu sehen. Vor ihr trugen sechs Männer den Sarg, in dem sich die sterblichen Überreste ihres Onkels befanden, zu Grabe.

Pfarrer Roseders wohldurchdachte Grabrede plätscherte an Julias Ohr vorbei. Sie konnte nur an eines denken, Gregor stand neben ihr!

Der Sarg wurde in die Grube gesenkt, und die wenigen Trauergäste kondolierten der jungen Bäuerin. Auch Dr. Martin Burger und seine Frau Sabine sprachen Julia ihr Beileid aus.

»Schön, dass du Gregor verziehen hast«, raunte ihr der Bergdoktor zu, und Julia nickte kaum merklich.

Das Trauermahl wurde beim Ochsenwirt eingenommen, und auf dem Weg dorthin hatten Julia und Gregor endlich Gelegenheit, ein paar Worte miteinander zu wechseln.

»Ich dank dir, dass du gekommen bist«, meinte Julia schlicht.

»Ich weiß doch, wie es dir jetzt geht«, gab er leise zurück. »Julia, dein Brief hat mich sehr berührt.«

»Ich wollt net, dass Onkel Tobias …« Sie brach

ab, denn er griff nach ihrem Arm und zog sie näher an sich heran.

»Das weiß ich, und das weiß jeder hier. Aber ich kenn das Gefühl. Glaubst du, dass wir es gemeinsam schaffen, die Vergangenheit zu vergessen?«

»Wenn du bei mir bleibst, dann werden wir das können«, erwiderte sie innig.

Nach dem Essen löste sich die kleine Trauergemeinde bald auf. Hilde und Valentin fuhren mit Hubert zurück auf den Hof. Die Arbeit musste getan werden, das Leben ging weiter.

Julia und Gregor aber gingen noch einmal zum Friedhof. Das Grab des Onkels wurde gerade zugeschaufelt, und Julia zog Gregor weiter zum Grab ihrer Eltern. Eine Weile standen sie schweigend davor, doch dann hob Julia den Kopf.

»Sie hätten dich sicher sehr gerngehabt.«

Gregor sah ihr in die Augen. »Heißt das, dass du mir wirklich verzeihen kannst?«

»Ja, das kann ich«, bestätigte sie ernst. »Es war ein verhängnisvoller Unfall, und wir sollten die Toten endlich in Frieden ruhen lassen.«

»Julia!« Er schlang einen Arm um sie und drückte sie an sich. »Ich liebe dich so sehr.«

Sie schmiegte sich an ihn und sah zu ihm auf. »Ich dich auch, Gregor. Komm, lass uns nach Hause fahren.«

»Nach Hause«, wiederholte er beinahe andächtig, und seine Augen leuchteten auf.

»Ich meine den Hauser-Hof«, erklärte sie mit einem kleinen zärtlichen Lächeln. »Oder hast du deine Pläne geändert?«

»Nein, das hab ich nicht«, versicherte er. »Das konnte ich gar nicht.«

»Dann komm«, forderte sie ihn auf.

Das ließ sich Gregor nicht zweimal sagen. Hand in Hand verließen sie den Friedhof. Die Sonne neigte sich über den Achenkegel und ließ noch einmal das verfärbte Laub wie pures Gold glänzen.

In dieses Strahlen schritten die beiden Menschen, die endlich wieder zusammengefunden hatten. Hand in Hand gingen sie nun in eine Zukunft, in der es keine Schatten der Vergangenheit mehr gab.

ENDE